PRESQUE MINUIT

404 EDITIONS
www.404-editions.fr

404 éditions
un département d'Édi8
12, avenue d'Italie, 75013 Paris

Corrections et relectures : Frédéric Lorreyte
Maquette couverture : Axel Mahé
Maquette intérieure : Hélène Mercy

ISBN : 979-10-32401-64-4
Dépôt légal : janvier 2018
Achevé d'imprimer en décembre 2017 par EGEDSA en Espagne

Loi n° 49-956 du 16 juillet 1949 sur les publications destinées à la jeunesse, modifiée par la loi n° 2011-525 du 17 mai 2011.

PRESQUE MINUIT

SIX ORPHELINS, UNE VILLE EN DANGER

PARIS 1889

ANTHONY YNO COMBREXELLE

404 EDITIONS

Prologue

Minuit exactement

De la fenêtre de son antre, Sibylline observait la lune. La sorcière et l'astre lumineux n'étaient pas si différents, tous deux seuls, perdus au milieu d'une nuit infinie et dissimulés aux yeux de tous. Une centaine d'étages en contrebas, l'épaisse couverture nuageuse tapissait l'immensité à perte de vue. D'humeur mélancolique, la vieille femme se remémorait de lointains souvenirs. Elle avait tant vu, tant entendu. Elle regardait son reflet dans le verre de la fenêtre et s'égarait dans celui des flammes des bougies qui dansaient derrière elle. Sibylline était pâle et anémique. Ses beaux cheveux noir de jais avaient laissé place à un assortiment filandreux de mèches grises et blanches. Son visage était creusé et les cernes se tassaient sous ses yeux fatigués. Sa peau était devenue sèche et détendue, ses longs doigts tannés et tachetés. Le poids des années et du savoir accumulé se faisait plus que jamais ressentir. Chaque jour, il était un peu plus lourd à porter.

La tour qu'elle avait faite sienne avec le temps était si haute qu'elle s'en trouvait coupée de la création. Afin de se garantir une certaine tranquillité, éviter toute persécution et les chasses dont furent victimes ses sœurs, la sorcière avait volontairement mis une distance entre elle et les moroses – ceux qui ne croyaient pas ou plus en l'existence de la magie. Ils ne pouvaient la voir et, en contrepartie, elle avait décidé qu'elle ne les verrait pas non plus. Les gardes étaient son unique compagnie, des hommes prêts à tout pour assurer sa protection et la préservation de ses connaissances. La tour des Sorcières d'Hécate était trop haute, trop froide, trop vétuste aussi. Semblable à la posture voûtée de Sibylline, elle penchait dangereusement. Quiconque prêterait l'oreille entendrait ses os de bois craquer, ses respirations difficiles à travers les fenêtres usées, ses sifflements le long des pierres descellées. Toutes deux étaient trop âgées pour rester debout encore très longtemps.

CLAC, CLAC, CLAC, CLAC.

Le bruit la fit sursauter. Elle se retourna sans parvenir à déterminer la provenance du son saccadé. Elle engloba la chambre de son regard, tendant l'oreille, scrutant si quelque chose, quelque part, bougeait. Son antre comptait nombre de bibelots et objets, souvenirs, historiques et magiques, de temps révolus. Les meubles étaient recouverts de vanités et de squelettes – crânes de gargouilles de sacrement, ergots de stryges d'argent, langues de laviches dorées, des créatures aujourd'hui disparues et inconnues de l'humanité. Des accessoires – bijoux d'incantation, bougies noires, miroirs assermentés, encensoirs d'Erzulie – emplissaient la pièce aux tentures obscures. Sa silhouette amaigrie louvoya à travers la chambrée, scrutant chaque détail, attentive au moindre mouvement. Les auvents de son lit à baldaquin et les épais tapis recouvrant le sol en pierre glacé étaient parsemés de symboles runiques. De la même manière, les commodes avaient été gravées de signes rituels par Jesperia, élue grande menuisière de leur sororité, et des colifichets ésotériques avaient été cloués aux murs afin de conférer au lieu des propriétés magiques protectrices.

CLAC, CLAC, CLAC, CLAC.

Le son émanait d'un endroit à sa gauche. Elle l'avait distinctement entendu. Il n'était jamais exactement identique, mais ce n'était pas le fruit de son imagination, elle en était maintenant certaine. La sorcière se dirigea vers la source du son, doucement, vigilante, prête à…

CLAC, CLAC, CLAC, CLAC.

Il provenait d'un des meubles ! Le tiroir du bas d'une commode a priori. Elle marqua un temps d'arrêt, hésitant devant le ridicule de la situation. Une sorcière marchant à pas feutrés à l'affût d'un bruit incongru. Une souris ? Dans la tour ? À cette altitude ? Peu probable. Elle n'avait aucunement peur des rongeurs, elle les avait même souvent utilisés durant la majeure partie de son existence en tant qu'ingrédients ou familiers. Alors, pourquoi se sentait-elle si vulnérable, si perturbée en entendant ce bruit parasite ?

Arrêtant de tergiverser, elle agrippa fermement les deux poignées du tiroir, retint sa respiration et tira d'un coup sec.

CLAC, CLAC, CLAC, CLAC.

Face à elle, l'objet gesticulait, dardant l'air, pris d'une vie dont il était pourtant normalement dépourvu… Car c'était les doigts d'un imposant gant de fer qui bougeaient ! Tâtonnants, aveugles, cherchant à s'accrocher à quelque chose, les cinq appendices de la main métallique couraient dans le fond du tiroir.

Comprenant trop bien le sens de ce spectacle grotesque, la sorcière fut prise de vertiges.

À son réveil, de nombreuses bougies avaient été allumées et disposées autour du lit sur lequel elle somnolait. Un candélabre avait été posé sur sa table de chevet et Hector, le chef de la Garde, était assis à ses côtés. Les traits de son visage, marqué par de profondes cicatrices, étaient tendus. En cinquante années à son service, il ne l'avait jamais vue aussi pâle et fébrile. Quelque chose clochait. Quelque chose de mauvais.

— Madame ?

— Que se passe-t-il ? questionna-t-elle.

— Rien de grave. Vous avez perdu connaissance et vous êtes tombée. Il faut vous reposer. Si vous avez besoin, nous sommes tous là, dans l'antichambre.

TIC-TAC, TIC-TAC, TIC-TAC, TIC-TAC, TIC-TAC, TIC-TAC…

Confuse, elle se releva en tremblant, se redressant au mieux sur le matelas tassé par les ans.

TIC-TAC, TIC-TAC, TIC-TAC, TIC-TAC, TIC-TAC, TIC-TAC…

Un son résonnait dans la pièce et il ne s'agissait pas du gantelet. Ce dernier avait été posé sur le meuble par le chef de la Garde et les doigts continuaient à claquer, brassant l'air en vain. Non, il s'agissait d'autre chose. Le nouveau bruit était constant, mécanique, indifférent aux voix et aux rythmes de leurs respirations. Hector fronça ses sourcils broussailleux et la dévisagea, cherchant l'endroit d'où provenait l'étrange son. En le regardant dans les yeux, Sibylline comprit. C'était elle. C'était elle qui émettait ce bruit. Plus exactement, c'était son cœur qui décomptait le temps à la manière d'un métronome.

TIC-TAC, TIC-TAC, TIC-TAC, TIC-TAC, TIC-TAC, TIC-TAC…

C'était maintenant évident, parfaitement discernable, définitivement incontestable.

Elle prit une profonde inspiration qui n'affecta en rien le retentissement de la minuterie, puis demanda :

— Aidez-moi à m'asseoir sur le fauteuil, je vous prie.

Elle commençait à recouvrer ses esprits et sa voix, son ton autoritaire habituel. L'homme passa sa tête sous le bras de la sorcière au cas où elle viendrait à nouveau à perdre l'équilibre et la soutint afin d'atteindre le siège. L'acte en lui-même le gêna. Sibylline n'était pas le genre de personne à demander la moindre aide et il n'avait jamais eu à le faire jusqu'alors. Il sentait qu'elle avait été prise au dépourvu. Pire, qu'elle était nerveuse et diminuée. Le fauteuil était un ancien modèle de bergère, large et moelleux, dans lequel la sorcière aimait s'asseoir pour converser avec les gardes et présider aux entrevues matinales. Pondérée, elle prit quelques secondes pour méditer.

TIC-TAC, TIC-TAC, TIC-TAC, TIC-TAC, TIC-TAC, TIC-TAC…

Puis très solennellement, elle le questionna.

— Quelle heure est-il, je vous prie ?

Il se tourna vers la petite horloge incrustée dans le fronton boisé d'une armoire baroque au fond de la pièce. Les ombres projetées par les bougies presque entièrement fondues tremblaient entre les aiguilles argentées.

— Minuit. Minuit exactement, madame.

— Bien.

Elle se racla la gorge, fronça les sourcils à son tour, et d'une voix claire et imperturbable, elle continua.

— L'heure est grave, Hector. J'ai une mission de la plus haute importance à vous confier. À vous et aux plus aguerris de vos gardes. Il y va de l'avenir des hommes.

1

Que le spectacle commence !

— Nonnnn. Laissez-moi !

Elle hurlait, vautrée sur le pavé humide. Elle se débattait les yeux fermés, salissant sa chemise de nuit auparavant blanche, maintenant grise et usée, les mains tendues vers son agresseur pour le repousser, le visage détourné pour se protéger d'un éventuel mauvais coup.

C'était la tombée de la nuit aux abords des Invalides. L'air commençait à se rafraîchir et les becs de gaz de la rue Fabert étaient progressivement allumés. Les passants, moins nombreux que dans les allées du Champ-de-Mars tout proche, restaient indifférents aux cris apeurés de la fillette agressée. Tous faisaient comme si la souillon aux longs cheveux blonds bouclés et l'infirme aux loques rebutantes n'existaient pas. Qu'avaient-ils à gagner à aider une gamine d'à peine sept ans désargentée ? Ils continuaient leur chemin d'un pas pressé, fuyant l'interpellation. Ils ne voulaient pas savoir de quoi il retournait, encore moins être impliqués dans une quelconque querelle de ruelle. Il n'y avait rien de bon à gagner à s'interposer dans une bagarre avec un clochard. L'homme avait l'accoutrement d'un sauvage des bas-fonds, barbe hirsute, œil poché et chapeau melon déchiré. Comble de la déviance, il arborait un crochet de boucher aiguisé en lieu et place de sa main gauche. Le phénomène de foire aviné s'apprêtait à abattre son bras sur le visage de l'apeurée quand il fut dérangé.

— Poussez-vous !

Les deux protagonistes sursautèrent et se tournèrent vers le jeune homme qui venait de parler. C'était le cocher d'un petit coupé carré. Les demi-sang qu'il dirigeait avaient l'allure menaçante, les naseaux gonflés et grand ouverts, impatients de reprendre leur chemin. La voiture était sombre et les fenêtres des passagers étaient masquées par des tentures noires.

— Allez ! Allez-vous-en, racailles ! Laissez-nous passer ! Le conducteur du fiacre n'était pas dupe du manège qui se jouait, mais la fillette et l'infirme étaient aussi sourds face à l'instance qu'en plein milieu de la chaussée. De fait, la voiture ne pouvait avancer sans les écraser. Vigilante, Pleurs remarqua que l'homme hésitait pourtant à donner un coup de rêne, à passer outre et à continuer sa course. Loin de se laisser démonter par l'ordre du cocher, elle se renfrogna, se força à pleurer – du moins à le faire croire – et haussa le ton, direction les aigus. Personne ne pouvait plus l'ignorer. Par ailleurs, sourd aux invectives grandissantes du cocher excédé, l'ivrogne, dont la barbe commençait à se décoller, continua à réciter ses lignes de dialogue sur un ton théâtral surjoué.

— Ah ! Ah ! tonna Moignon. Mon enfançon, j'vais te boulotter pour le dîner ! Tes cuisses de bébé f'ront d'chouettes ailes de poulet avec quelques herbes épicées !

— Noonn ! Au secours ! À l'aide ! brailla la fillette.

— Personne pour te sauver ? Tu finiras donc rôtie comme un becquant !

— Non mais allez-vous déguerpir ? Vauriens ! s'écria le conducteur furieux.

Embarrassé aussi. Il savait son étrange client peu patient et ne voulait pas s'éterniser. Comprenant qu'il ne pourrait déloger les deux garnements de la chaussée sans leur mettre une déculottée, il descendit du coffre lui servant d'assise et entreprit de leur faire plier bagage. Il attrapa son fouet et réajusta son chapeau mou pour se donner de la contenance. Au moment où les pieds du cocher touchèrent le pavé, Boiteux sortit de sa cachette, derrière une rangée de caisses en bois contiguë à un débit de vins odorant dans la ruelle perpendiculaire. Légèrement accroupi, le garçon aux cheveux châtain clair, portant casquette et bretelles en toute occasion, s'adossa contre la roue arrière, puis se faufila sous la calèche, prêt à agir.

L'homme était à mi-chemin de mettre la main sur Pleurs et Moignon quand la porte s'ouvrit. Le garçon dissimulé dans les ombres du véhicule sourit. Les pions étaient en place, le timing parfait. Une longue jambe dépassa du fiacre, rapidement suivie d'une seconde. La voiture s'inclina. L'occupant pesait son poids. De belles chaussures de cuir marron, un costume gris neuf, observa le jeune voleur. Ils avaient eu du flair.

— Chauffeur, que se passe-t-il ?

La voix était étouffée, vraisemblablement grippée et trahissait un âge avancé. Si le passager était malade, il serait moins conscient et réactif. C'était du tout cuit. Détaillant le peu qu'il voyait dépasser de la voiture, des éléments éveillèrent la curiosité de Boiteux. Si l'homme portait un costume luxueux, le vêtement ne semblait pas avoir été coupé pour lui. Le pantalon était trop court et les derbies, à l'inverse, trop grandes. On pouvait distinctement remarquer le jeu entre les talons et le bord des souliers.

À une vingtaine de mètres de là, le cocher retenait Moignon par le col et lui arrachait ses accessoires. Quand il comprendrait que le crochet n'était pas un faux, la surprise leur ferait gagner l'attention de tous et quelques précieuses secondes. Sur le côté, Pleurs se relevait, prête à s'enfuir à tout moment.

— C'est de la graine de malandrins. Des gamins des rues qui espéraient nous berner. Ne vous inquiétez pas, monsieur, nous repartons de suite, s'excusa le conducteur, particulièrement déférent.

Un homme important, supposa Boiteux. Vraisemblablement riche malgré ses choix vestimentaires indignes. Mais le temps étant compté, il se mit à l'œuvre sans plus attendre. Le garçon s'extirpa du véhicule et, genou à terre, se plaça au plus près de l'inconnu pour le délester de sa monnaie. C'était assurément leur meilleur client de la journée !

Une fois rentré, Boiteux voulait être félicité, aussi remplit-il avec zèle les poches de son pantalon court de pièces et d'objets dorés. Il souhaitait prouver tout ce dont il était capable, ce qu'il avait réussi à faire par lui-même. Surtout, il désirait une occasion de briller auprès d'Allumette. Le garçon était frustré de ne pas parvenir à lui dire ce qu'il ressentait, à s'exprimer quand il la voyait. Il espérait que son butin puisse remplacer son manque d'éloquence auprès de l'adolescente.

Ironiquement, c'est à ce moment qu'il l'aperçut du coin de l'œil. Elle courait dans sa direction, descendant la rue comme une furie, affolée.

2

L'ATTENTE

— J'ai mal aux fesses. J'suis pressée qu'on en finisse. Pourquoi est-ce qu'on doit toujours faire le guet, toi et moi ? C'est tellement chiant !

— Peut-être parce que je suis le seul à supporter ton sale caractère, lui répondit-il, souriant.

— P't'être parce que nous sommes les deux plus gros râleurs de la bande, concéda-t-elle.

Ils étaient tous deux accolés à un mur, assis sur les pavés sales et glacés, de part et d'autre de la rue principale, quelques dizaines de mètres en amont de l'endroit où avait lieu la « représentation » de Moignon et des autres. Morve s'était accroupi au pied d'un lampadaire tandis qu'Allumette était dissimulée par l'obscurité de la venelle adjacente. Elle avait les fesses en compote. Il avait des fourmis dans les jambes. Ils attendaient depuis trop longtemps à leur goût, surveillant les alentours pour que personne ne vienne déranger leur récolte et s'assurer qu'aucun policier ne circule dans les environs.

— Ceci dit, le patron n'a pas tort, rétorqua-t-il. Prends du recul et visualise la scène. Imagine la petite en pleurs et le grand avec son crochet. Tu serais là, tu jurerais dans le tableau. Déjà, tu es trop grande. Les gens ne vont pas se battre pour venir te défendre. Ils penseront que tu es capable de le faire toute seule. Et puis, excuse-moi, mais tu fais pas trop « jeune fille innocente et sans défense » !

Les sourcils de l'adolescente se froncèrent. Elle se redressa et postillonna.

— Qu'est-ce qu't'entends par là ? Tu dis qu'j'suis pas féminine, c'est ça ?

— Non, non, répondit-il avec un calme olympien. Je dis simplement que, vautrée au milieu de la chaussée, hurlant au secours avec Moignon en guise d'effroyable clochard crochu face à toi, tu serais un peu comme un éléphant dans un magasin de porcelaine : pas crédible une seconde. On a déjà parfois du mal à attendrir les badauds avec la gamine, alors avec une longue tige comme toi…

— Et toi, avec ton nez qui renifle tout l'temps, tu les dégoûtes, c'est pour ça que t'es pas là-bas ?

Elle jetait des petits coups d'œil de temps en temps, au gré de leur conversation, vérifiant qu'aucune personne suspecte n'arpente la rue attenante. Morve haussa les épaules, reniflant de plus belle, indifférent à la pique.

— Tu essaies de me moucher ? Ça ne marche pas sur moi, jeune fille.

Elle lui jeta un regard noir qui lui fit presque regretter sa repartie. Elle était plus âgée et plus grande que lui. Elle était vraisemblablement plus forte aussi. L'action, ce n'était pas son truc à lui. Le garçon avait treize ans et faisait déjà preuve d'un solide sens du sarcasme et de l'ironie. Ses cheveux bruns courts, le port de lunettes et sa diction tout à fait particulière pouvaient le faire passer pour un enfant de bonne famille – exception faite de sa sale manie de renifler sans cesse. Et il en jouait souvent, aussi bien à des fins de duperie que pour occuper ses moments d'ennui.

— Que veux-tu que je te dise ? C'est la triste vérité. Boiteux boîte, ça fend le cœur des passants. Ils voient ce qui pourrait leur arriver s'ils étaient malchanceux. Et puis il faut bien reconnaître qu'il est sacrément habile de ses doigts pour détrousser n'importe qui – bien meilleur qu'aucun d'entre nous en fait. Pleurs amadoue les passants avec ses larmes et ses boucles blondes, Moignon joue bien la comédie – enfin, disons qu'il est persuadé qu'il joue bien, ce qui est déjà pas mal – et Bègue sait se servir de ses muscles, ce qui n'est pas toujours négligeable ! Toi, ton truc, c'est la course. Tu galopes plus vite qu'aucun d'entre nous, et moi… eh bien, c'est moi. Je ne suis pas particulièrement habile, pas particulièrement homme d'action, et jouer la comédie m'ennuie plus que tout. Disons que voler, ce n'est pas mon truc.

— Mais c'est quoi ton truc à toi alors ? rétorqua-t-elle, agacée.

— C'est une bonne question, ma chère Allumette. Disons que je peux m'enorgueillir d'un certain don pour l'observation ainsi que d'une certaine culture. Et d'une certaine flemme aussi, oui. J'apprécie énormément ne rien faire du tout. Je suis très consciencieux lorsqu'il s'agit de ne pas agir. En tout cas, j'estime donc que s'il y a bien un point dans ce plan que nous avons fini par roder et sur lequel il n'y a pas à redire, c'est bien celui-ci. Nous sommes chacun à notre place.

— Mouais. Tu sais, c'est pas parce que tu es cultivé que tu dois être insultant.

L'adolescente s'adossa au mur et se mit à jouer avec ses allumettes, boudeuse. Les arguments de Morve pouvaient difficilement être contredits. Et ça l'énervait. Elle était fâchée de n'être finalement bonne qu'à faire le coursier. Le garçon consulta la grosse besace qu'il portait en bandoulière. Le trésor de guerre émettait un tintamarre de ferraille dès qu'il bougeait un peu trop, vacarme où s'entrechoquaient bourses pleines, montres rutilantes, broches brillantes, bracelets colorés, colliers scintillants et boutons de manchette dorés. Il en extirpa un petit livre corné et réajusta ses lunettes sur le bout de son nez. Alors qu'il s'apprêtait à continuer sa lecture là où il avait précédemment rabattu une page, Allumette le coupa.

— Tu lis quoi ?

Le garçon respira profondément, chassant un sarcasme de trop. Impossible de bouquiner un peu tranquillement avec une camarade aussi bavarde. Il referma l'ouvrage et lui fit miroiter la couverture.

Sa comparse plissa les yeux, puis lui fit signe de la tête qu'elle ne comprenait pas.

— J'arrive pas à déchiffrer d'où je suis.

Comme la plupart des gamins des rues, Allumette ne s'essayait jamais à l'exercice de la lecture et elle éprouvait une infinie difficulté lorsqu'elle y était forcée.

— C'est le *Guide du visiteur à l'Exposition universelle*, ânonna Morve. Ça détaille tout ce qui s'y trouve, tous les palais, les lieux, chaque classe, chaque pays. C'est très intéressant. Il y a plein de réclames pour des restaurants, des glaces et du champagne. Ça fait saliver !

— Tant que ça t'fait pas couler du nez ! rigola-t-elle.

— Dedans, ils disent qu'il y a un petit train qui fait le tour de l'Exposition, continua-t-il l'air de rien. « Chemin de fer Decauville » que ça s'appelle. Il longe les quais et les allées d'arbres à 10 km/h maximum. De neuf heures du matin à minuit. Il fait trois kilomètres et il « est jalonné de cinq stations qui vont des “Affaires étrangères” jusqu'au “palais des Machines” ».

Morve n'avait aucun problème de lecture, adorait le faire savoir et parler, parler, parler – parfois un peu trop au goût des autres.

— Pas besoin d'un livre pour connaître ça, suffit de se balader sur les quais pour l'voir, ton « p'tit train », se moqua Allumette.

Le garçon la fixa un bref instant avec dédain, puis rouvrit l'ouvrage. Il le consulta en silence, ignorant l'adolescente. Quelques secondes filèrent avant qu'elle ne se rappelle à lui.

— Et puis j'en ai marre des restes de repas. Est-ce que c'est une vie d'manger une fois par jour ? Un pot-au-feu fait d'gras de jambon, d'peaux d'gigot, de trognons d'choux et d'œufs pourris ?

— Tu oublies les croûtes de pain.

— Tu m'as bien comprise, grogna-t-elle.

— Disons que je comprends mieux.

— Tu comprends mieux quoi ?

— Pourquoi on est là, tous les deux. J'ai compris que je suis puni.

Je n'ai pas voulu débarrasser la table hier, et du coup, je suis de corvée ce soir. Obligé de me coltiner la chieuse. Mais je tiens à faire savoir que je trouve la peine très injuste et vraiment disproportionnée !

— Hey ! Mais pour qui tu t'p…

Allumette s'était interrompue après avoir jeté un bref coup d'œil au coin de la rue. Elle resta figée durant quelques secondes, les yeux grand ouverts. Morve l'imita et comprit instantanément.

L'homme avait perdu de sa corpulence, portait une simple moustache et ses cheveux étaient impeccablement plaqués sur le côté. Ils ne s'attendaient ni à le voir ici ni à être vêtu de la sorte, mais après l'avoir bien détaillé, ils n'avaient plus de doute là-dessus, c'était lui. Il avançait, tête haute et torse bombé, habillé à la manière d'un inspecteur et accompagné par des agents de la police municipale. Ils patrouillaient dans les rues bordant les principaux sites de l'Exposition universelle, quadrillant le secteur pour probablement mettre la main sur d'éventuels fauteurs de troubles. Allumette recula, tout en fixant un Morve paniqué. Elle savait garder la tête froide, aussi fut-elle brève et directe. L'urgence était de mise.

— Tu fais diversion, et moi, j'vais les prévenir. D'accord ?

— D'a… d'accord.

Le garçon reprit ses esprits autant que son sérieux et se redressa. Collé au mur, il scruta le passage et fit un signe de tête, déclenchant le départ d'Allumette.

L'adolescente démarra en trombe, courant un sprint que peu de garçons de son âge auraient pu suivre, et fila à toute allure dans la descente. Morve respira un bon coup et se racla la gorge. Contrôlant son larynx et son abdomen, les mains en coupe autour de sa bouche, il prit son timbre muant d'adulte qui les avait déjà sauvés de quelques mauvaises postures par le passé.

— Au voleur ! Au voleur ! Il s'est enfui rue de Grenelle ! C'est un borgne qui porte un sabre de cavalerie. Il m'a volé tout mon argent ! Vite, rattrapez-le !

Le reste de la troupe se trouvait au bout de la rue et le garçon à lunettes s'époumona pour les aiguiller dans la direction contraire. Il répéta par deux fois l'invective avant que sa voix ne s'enraille, puis se cacha derrière un renfoncement afin de ne pas être repéré par un passant qui aurait sitôt fait de dévoiler la supercherie. Lorsqu'il reprit son souffle, Allumette avait quitté depuis longtemps les ombres de la rue Fabert.

3

QUE LE SPECTACLE CONTINUE !

— La Teigne est là !

Allumette hurlait au loin, paniquée. Moignon, en prise avec le cocher, resta interdit devant la nouvelle. Reprenant ses esprits, il regarda en direction de Pleurs et de Boiteux – qui volait discrètement le passager –, puis cria pour être entendu de tous :

— On remballe !

L'adolescent, qui avait jeté son chapeau et sa fausse barbe à terre, se débattit et pointa son crochet vers le visage de l'homme qui lui tenait le bras droit. Surpris par le mouvement et la réalité du moignon, le conducteur du fiacre lâcha prise.

— Allez, on plie bagage et on disparaît en vitesse ! Sinon, on est bons pour y retourner ! Qui veut y retourner ? Allez, magnez-vous !

Le ton de sa voix exprimait sans ambiguïté l'urgence de la situation. Il fallait fuir au plus vite. Allumette arriva, à bout de souffle. Elle se figea, se plia, posa ses mains sur ses genoux, prit une grande goulée d'air et repartit de plus belle. Moignon tira Pleurs en avant pour qu'elle se mette à courir vers la ruelle transversale. Boiteux, quant à lui, se…

— Mais qu'est-ce que… !

L'aristocrate à qui il faisait les poches s'était retourné.

Stoppé dans son élan par les ordres de Moignon, le garçon n'eut pas le temps de retirer sa main. Il décrochait la chaînette d'une montre à gousset reliée à la poche avant du veston du notable quand ce dernier l'attrapa. Son emprise était puissante, froide et douloureuse. Boiteux tira aussi fort qu'il le put, ne relâchant pas l'objet luxueux. Devant l'impassibilité de l'homme, le garçon se débattit et força. Il fixa le regard du passager dans une vaine tentative de l'intimider et de lui faire lâcher prise et… l'orphelin se figea. Les yeux de l'homme n'étaient pas… normaux. Pire : ils n'étaient pas humains ! En lieu et place de globes oculaires, l'être arborait deux fentes laissant apparaître deux billes noires sans vie, deux fines ouvertures terrifiantes. La créature humanoïde n'avait pas non plus de sourcils. Sa peau était épaisse et luisante.

Boiteux était paralysé.

Dissimulé derrière l'amas de caisses de la rue adjacente, attendant patiemment d'agir en cas de client trop « problématique », Bègue surgit. Le garçon avait le tempérament d'un casse-cou, d'un véritable homme d'action, et ses souliers usés jusqu'à la semelle pouvaient en témoigner. Courant pour arriver à hauteur de son ami, il se laissa glisser sur le sol et tacla la cheville de l'étrange passager en hurlant : « Guillotine ! » – son cri de guerre et seul mot qu'il parvienne à prononcer sans jamais bafouiller. Surpris, l'homme desserra son étreinte durant une paire de secondes – suffisamment de temps pour que le garçon à casquette récupère sa main comprimée par la poigne de fer et chipe la montre à gousset.

— Des voleurs ! Des voleurs ! Par ici !

Le cocher hurlait à qui voudrait bien l'entendre. Il pointait du doigt Boiteux, Bègue et Allumette. Un peu plus loin, Moignon et Pleurs se faisaient la malle. Le chef de la bande avait pris la fillette sous son bras valide pour hâter leurs pas. Les trois autres orphelins ne demandèrent pas leur reste et coururent à leur tour. Ils redoublèrent d'efforts pour mettre un maximum de distance entre eux et leurs poursuivants, en veillant à ne pas se coincer les pieds dans le creux de certains pavés en fuyant. Dans leur dos, ils entendaient la course effrénée des policiers qui les talonnaient. Bègue avançait à vive allure, mais Boiteux n'arrivait pas à suivre. Sa jambe le gênait et il se faisait distancer à vue d'œil par son ami. Le garçon le savait, il ne tiendrait pas le rythme. Il ne pourrait pas. Entre deux bouffées d'air, il s'adressa à Allumette qui était restée à ses côtés.

— T'es beaucoup plus rapide que moi. Ne m'attendez pas. Cours aussi vite qu'tu peux ! dit-il tout en tenant sa casquette pour ne pas qu'elle s'envole.

Celle-ci ne se laissa pas démonter et lui répondit du tac au tac :

— T'sais quoi ? J'vais faire diversion. Au détour de la prochaine rue, tu t'caches. Et dès qu'ils sont passés, tu marches dans l'sens inverse. On s'retrouve chez nous !

Elle parlait tout en courant. Comment faisait-elle ? Il était admiratif, et essoufflé. Le garçon confirma le plan en hochant la tête, la respiration saccadée.

Il avançait tant bien que mal, claudiquant à travers les interstices des pavés, forçant au maximum de ses capacités, cherchant dans ses ultimes réserves pour ne pas faiblir.

Ils tournèrent au coin de la première rue et se séparèrent. L'adolescente fila tout droit, criant à l'assemblée des « Je suis là ! Vous ne m'attraperez pas, bande d'andouilles ! » pour mieux narguer et attirer l'attention des policiers et de La Teigne, tandis que Boiteux rentra dans le premier lieu qui s'offrit à lui. C'était un bar – les trois quarts des commerces du coin étaient des cafés ou des bistrots –, et il s'accroupit, ni vu ni connu, derrière la première table venue. Il ne voulait pas être remarqué. Aussi chercha-t-il à se faire le plus petit possible. Il n'en pouvait plus. Il pouvait entendre son cœur battre à tout rompre. Il allait exploser. Le garçon transpirait et ses jambes tremblaient. Il les serra contre lui, minimisant au maximum son gabarit et pestant intérieurement contre son handicap, son incapacité à suivre Allumette et les autres. Il s'en voulait. Il était nul. Face à lui, collée contre le mur, une affiche colorée commémorait le centenaire de 1789 ou, comme le proclamait la réclame qu'il avait toutes les difficultés du monde à déchiffrer, « le triomphe de la République ». Rien que ça.

Il fit abstraction de son environnement proche pour reprendre sa respiration tant bien que mal, mais son regard accrocha un élément brillant. Traînant au sol, l'objet reflétait la lumière. Il s'en saisit, contempla longuement le bijou – une broche figurant une étoile filante –, puis le fit glisser au fond de sa poche.

À l'extérieur, les gardiens de la paix couraient à perdre haleine et passèrent devant le bar sans s'arrêter. Il retint sa respiration, puis souffla. Dans sa poigne nerveuse et crispée se trouvaient non seulement la broche, mais aussi l'imposante montre volée quelques minutes plus tôt à l'effrayant passager du fiacre. Recroquevillé, en sueur, le garçon se demanda comment il en était arrivé là.

4

Ça va aller

— Vite, vite, vite ! Allez, descendez. Vas-y, donne-moi la main.

Pierre attrapa le bras de Boiteux pour l'aider à passer sa jambe raide par-delà le rebord de la fenêtre de la réserve.

Il faisait nuit depuis plusieurs heures, mais ils discernaient difficilement le rayonnement lumineux des réverbères au gaz situés de l'autre côté de la cour. L'extérieur, leur destination. Il fallait se dépêcher, aussi tenta-t-il de le rassurer en chuchotant.

— Tiens-toi bien. Y a aucune raison qu'ça se passe mal. Laisse-toi tout simplement descendre. Un bras après l'autre, tu vas voir, ça va aller comme sur des roulettes.

Le plus petit des garçons n'était pas rassuré, il avait la phobie du vide. Dans ces moments-là, il perdait tous ses moyens.

— Bègue est juste là, en bas. Il va te réceptionner. Il ne te reste presque plus rien à descendre, même pas un étage. Tu y es.

Pierre se voulait rassurant. Après tout, c'était son rôle – il était le plus grand et le plus âgé – et il avait besoin d'eux et de leurs habits pour fuir. Boiteux se cramponnait aux différents vêtements qu'ils avaient noués entre eux pour se constituer un cordage de fortune. Et les nœuds le gênaient dans sa descente. Il craignait de lâcher prise, de décrocher en agrippant le linge suivant. Ils avaient passé la journée entière avec plusieurs couches de vêtements supplémentaires sur eux pour les retirer à la nuit tombée. Ils y étaient presque – l'évasion, l'extérieur, la liberté –, et cette pensée le ragaillardit.

Bègue réceptionna Boiteux. Morve passa à son tour, non sans lâcher un « J'espère vraiment qu'on ne fait pas ça pour rien ! ». Tous orphelins qu'ils étaient, l'édifice leur était devenu insupportable. Ils étouffaient et avaient soif d'aventures. Ils désiraient découvrir le monde à leur manière sans être prisonniers des murs ni devoir apprendre encore et encore des choses inintéressantes. Ils voulaient vivre et, surtout, décider par eux-mêmes. Morve était arrivé en bas et Marie, pleurnichant et poussée par Allumette, se présenta.

— J'te l'ai dit. J'y vais pas si elle ne nous accompagne pas, expliqua-t-elle, tout en soutenant le regard de Pierre.

La rouquine fronçait des sourcils, n'en démordant pas. Le temps était compté et Pierre ne pouvait pas tergiverser éternellement. Un de plus ou un de moins, il fallait y aller. Bientôt, l'alerte serait donnée. La Teigne remarquerait qu'ils n'étaient pas présents pour l'appel, et alors il les chercherait – « traquerait » serait un terme plus adéquat, vu le caractère de l'intendant en chef.

C'était aussi ça qu'ils fuyaient, cette éducation, ces règles, ces ordres, ces punitions et ce futur. Pierre avait passé trop de temps ici. Il n'en pouvait plus. Il ne voulait pas finir chiffonnier, se lever à cinq heures du matin, payer quelques francs les concierges d'immeuble pour avoir le droit de fouiller les ordures et y récupérer ce qu'il convoitait, ou bien travailler dix heures par jour dans une des usines de la cité. Ce destin tout tracé, il le refusait. Pierre rêvait de mieux. Il souhaitait devenir quelqu'un par lui-même, être respecté pour ses actes. Et pour cela, il devait d'abord fuir.

Il aida Allumette à descendre avec Marie sur ses épaules. Elles étaient lourdes. C'était des filles, mais elles étaient deux. La chute était risquée. Il maintint la corde en place, veillant à ce qu'elle ne cède pas sous leur poids, que les nœuds soient correctement serrés.

À l'origine, il n'avait proposé de fuir qu'à Allumette et Bègue, mais une chose en entraînant une autre, ils s'étaient retrouvés à monter un plan d'évasion à six. Après avoir dîné à la cantine et juste avant de retourner dans les chambres de leurs bâtiments respectifs, ils s'étaient tous réunis, garçons comme filles, dans l'aile désaffectée. L'endroit ne servait jamais, si ce n'est à entreposer parfois des outils et des meubles à retaper. Ils n'avaient que peu de temps pour agir et s'enfuir de l'orphelinat.

La première étape consistait à sortir du bâtiment par l'une des fenêtres du troisième étage. Ensuite, une fois dans la cour, le portail étant trop éclairé par les lampadaires extérieurs, ils devraient coller au plus près de l'enceinte pour finalement utiliser leurs draps noués comme d'un grappin.

Pierre avait longuement médité leur fuite. Le plan comportait quelques faiblesses – passer les piques en fer forgé de l'enceinte dans la pénombre ne serait pas aisé –, mais il le savait, il n'existait pas de stratégie parfaite. Il n'en était pas à sa première tentative. Plusieurs fois déjà, au cours des mois précédents, il avait essayé de filer. En se dissimulant sous la calèche d'un couple venu chercher un marmot à adopter, en s'enfermant dans le camion d'un fournisseur. Une fois, il s'était même caché dans un arbre et avait attendu que le portail soit ouvert pour se dévoiler et courir à toute allure à l'extérieur. Il avait été rattrapé deux rues plus loin. Pierre avait quatorze ans et il ne comptait pas rester une année de plus dans cet enfer social. Pour lui, c'était entendu, c'était ce soir ou jamais.

Ils descendirent sans encombre et Pierre détacha de quelques mouvements brusques les vêtements accrochés. Il les roula en boule et longea le vieux bâtiment. Accroupis, les uns à la suite des autres, ils suivirent le mur d'enceinte, dissimulés par la nuit et les quelques arbres de la cour, jusqu'à se rendre à l'opposé de la réserve, au plus proche de l'entrée. À l'intérieur de l'orphelinat, on commençait à s'agiter dans les chambres, des lumières s'allumaient, et Pierre crut même apercevoir plusieurs adultes courir. On les cherchait.

Son soulier gauche, accroché à l'enchevêtrement de vêtements – afin de le lester d'un poids supplémentaire –, fut lancé par-dessus le mur d'enceinte. Pierre tira quelques coups secs pour tester la solidité de l'ensemble et ils grimpèrent. Bègue, le plus musclé, en premier. Boiteux s'en sortit admirablement. Pierre assura la montée de Morve en le poussant et celui-ci égratigna le bas de son pantalon. Rien de dramatique, excepté que dans l'orphelinat, durant ce temps, l'aile désaffectée s'était illuminée. Ils devaient plus que jamais se dépêcher. Il fut décidé qu'Allumette passerait seule – ce qu'elle fit sans encombre –, que Marie serait soulevée par Pierre et réceptionnée de l'autre côté par la jeune fille.

— Pierre !

La voix d'un homme résonna dans toute la cour. L'adolescent ne se retourna pas. Il savait. Il devait escalader le mur et partir. Rien ne devait le retenir. Sous le coup de l'adrénaline, et se sentant pousser des ailes, il grimpa de moitié le semblant de corde et fit passer Pleurs de l'autre côté. La fillette fut récupérée par Allumette et tous l'encouragèrent à se dépêcher.

— Revenez ici tout de suite !

C'était La Teigne. L'intendant en chef était dans la cour et, à en juger par sa respiration haletante, il courait dans sa direction, furieux. Pierre grimpa aussi vite qu'il put la corde de fortune et fut fermement saisi par le pied. Il se trouvait à cheval sur le fronton tandis que l'homme maintenait sa jambe gauche dans la cour. Le garçon gesticula, donnant quelques coups de chaussure en direction du visage de son agresseur afin de le faire lâcher prise. Dans la précipitation, il glissa. Cherchant à se rattraper, il s'empala la main sur l'une des piques garnissant le mur. Il lâcha un son rauque, animal et, malgré ses dents serrées par la douleur, déporta son centre de gravité pour pencher et tomber de l'autre côté. Il s'écrasa de tout son long sans parvenir à amortir sa chute dans la rue.

— Tu ne vas pas t'en tirer comme ça !

L'homme vociférait de l'autre côté. Des clefs étaient en train d'être tournées dans le portail non loin. L'intendant allait surgir à quelques dizaines de mètres d'où ils avaient atterri. Bègue et Allumette relevèrent Pierre, étourdi, et le soutinrent afin de déguerpir.

Le porche métallique s'ouvrit et l'homme bondit à l'extérieur. Il scruta la rue, regardant avec insistance à droite et à gauche, les cherchant entre l'obscurité et les lumières des lampadaires. Il était à l'écoute, prêt à les poursuivre au moindre bruit lui indiquant une direction à suivre.

— Je vais vous retrouver ! Vous ne vous échapperez pas comme ça, vauriens !

Excédé, l'homme menaçait la nuit.

Dans la ruelle perpendiculaire, collés contre un renfoncement dans le mur humide, les orphelins retenaient leur respiration. Allumette avait la main sur la bouche d'un Pierre grimaçant pour l'empêcher d'émettre le moindre son. L'avant-bras de l'adolescent n'était pas beau à voir. Il saignait abondamment et Boiteux l'avait enroulé dans sa chemise pour ne pas que le sang continue de goutter au sol.

— Il faut qu'on t'trouve un médecin. Il va t'soigner ça. Tu vas voir, d'ici peu, tu seras réparé, comme neuf, tenta-t-il de le rassurer.

— Ne t'inquiète pas, ça va aller, confirma Allumette qui ne savait pas encore que Pierre y laisserait sa main.

5

Sur le chemin du retour

Il faisait maintenant complètement nuit. Boiteux arpentait les rues parisiennes en direction de leur quartier général. Il ne se pressait pas. Il redoutait son arrivée, le moment où il serait dévisagé, où il sentirait dans les yeux de chacun son incompétence, son inutilité. Il retardait son entrée le plus possible. Il se remémorait la dernière phrase d'Allumette : « On s'retrouve chez nous ! » Ils devaient tous y être depuis une petite heure maintenant, et il traînait. Il soufflait, dépité. Marchant au gré de ses trouvailles sur la chaussée, un caillou dans lequel donner un coup de pied, un morceau de bois à frotter le long des murs éraflés des vieux immeubles voisins, il repensait au discours de Moignon quelques jours plus tôt.

— Faisons court, faisons clair. Je ne vais pas y aller par quatre chemins : les prochains mois sont cruciaux pour notre organisation. Nous sommes actuellement fin mai et l'Exposition dure jusqu'en novembre. Nous avons donc six mois devant nous. Six mois pour faire fructifier notre mise de départ. Six mois durant lesquels des millions de clients potentiels et fortunés vont venir à nous. Des clients que nous ne devons surtout pas décevoir ! Les poches doivent être vidées, les bourses délestées et les objets de valeur soutirés. Si je vous reprends aujourd'hui, c'est que, soyons francs, les débuts ont été mollassons. Nous ne sommes pas parvenus à notre rythme de croisière. Cela a manqué de pleurs, de cris, de bons mots et l'exécution des gestes a été en deçà de ce que nous pouvions espérer. Évidemment, un petit coup de mou, ça peut arriver, on se cherche, il faut prendre ses marques, mais ça ne peut pas continuer ainsi et, surtout, ça ne doit pas continuer ainsi. Il y va de la survie de cette organisation. C'est pourquoi, en ce 26 mai 1889, je lance l'opération « Délestage de masse ». La technique est libre – comédie, attaque ou furtivité –, mais l'objectif reste le même : l'argent, la monnaie et le pognon! Début des hostilités : pas plus tard que tout de suite.

Du haut de ses quinze ans, Moignon prenait très à cœur sa position. Il bombait le torse, fier de son aisance orale, certain que son auditoire ne pouvait que partager son état extatique. Il réajustait la fausse couronne en ferraille qu'il portait lorsqu'il voulait donner des ordres importants et être pris au sérieux par ses sujets. Le diadème fabriqué par ses soins était toutefois un peu trop grand pour lui et glissait régulièrement. Plus qu'à un roi, elle le faisait surtout ressembler à un évadé de l'asile Sainte-Anne, mais aucun de ses camarades ne lui en faisait la remarque, bien trop occupés qu'ils étaient à se moquer. Quand il en eut fini, Moignon descendit de l'estrade de fortune, s'assit sur la cagette retournée et les regarda un à un.

— Des questions?

— Dis, est-ce qu'on pourrait avoir un chien? J'aimerais bien avoir un chien. Ils sont jolis, supplia Pleurs.

La plus jeune des gamins des rues – elle venait d'avoir sept ans – avait figé sa moue boudeuse qui attendrissait si bien les passants en espérant qu'elle ait le même effet avec le chef de bande. Ce dernier hésita à répondre, mais voyant qu'aucune autre question n'était posée, il dut s'y résoudre.

— Oui, mais... non. Ça mange trop, un chien. Au cas où tu ne l'aurais pas remarqué, on n'a pas beaucoup à gaspiller. On ne peut pas dire qu'on roule sur l'or. Pas encore du moins.

Progressivement, Boiteux s'éloigna des Invalides et des habitations bourgeoises pour les quartiers pauvres de Maubert et Saint-Victor où ils avaient élu domicile. Il pensait à son rôle dans le groupe, à leur départ de l'orphelinat. Il revoyait Bègue lui proposer de s'enfuir avec eux. Il n'était rien d'autre qu'une pièce rapportée. Il ne voulait pas être abandonné parce qu'il était faible. Il était le plus petit garçon de la bande. Il avait treize ans, mais en paraissait deux de moins, ce qui avait tendance à le contrarier à chaque fois qu'on lui en faisait la remarque – c'est-à-dire à peu près deux fois par jour. Il rétorquait alors que ce n'était pas de sa faute, qu'il avait des difficultés à grandir parce qu'une de ses jambes était plus courte que l'autre – ce qui n'avait vraisemblablement rien à voir, il le savait. Il se demanda ce qui faisait de lui un élément sur lequel on pouvait compter, car il ne supportait pas l'idée d'être inutile. Le garçon s'était fait remarquer par son impressionnante dextérité. Ses mains étaient habiles dès qu'il fallait escamoter pièces et portefeuilles, et cette pensée lui apporta du réconfort. Puis il se remémora la montre dorée bien au chaud dans sa poche de pantalon et son mystérieux propriétaire. Ces yeux noirs, ces affreuses billes insondables, sans vie. Deux gouffres, deux failles donnant sur le néant. Il frissonna en y repensant, réalisant qu'il était passé sûrement près d'une chose horrible, inhumaine.

— J'aimerais qu'on en revienne à l'ordre du jour, continua Moignon. Je voudrais attirer votre attention sur les transports. On aime tous « emprunter » les omnibus et les tramways, mais il faut se rendre à l'évidence : ils sont beaucoup trop bondés aux heures de pointe.

— Dans les p'tits omnibus, les clients sont parfois bloqués et n'peuvent pas du tout bouger. C'est plus facile d'leur soutirer des objets ! rétorqua Allumette.

Exception faite de Moignon, l'adolescente était la plus âgée de la bande – elle avait quatorze ans –, mais aussi la plus grande. Plutôt fine avec une manie de chiper des allumettes pour jouer avec, son surnom avait été vite trouvé. La rouquine avait des cheveux en bataille – une coupe au carré improvisée qui charmait le garçon à casquette.

— C'est vrai, répondit le chef de bande, mais d'un autre côté, ça bloque aussi votre sortie si jamais il y a un imprévu.

— Qu'est-ce que tu conseilles, toi qui es si malin ?

Lors des discussions de groupe, l'adolescente tenait régulièrement tête à Moignon et Boiteux avait remarqué qu'elle fixait le grand blond avec un peu trop d'intérêt à son goût.

— Je ne conseille rien de précis. Par contre, faites attention si vous vous y risquez. La circulation est tellement saturée à l'approche de l'Exposition que vous y gagnerez sûrement à simplement vous faufiler entre les passants : ils sont si nombreux ! Et nous ne sommes pas encore assez grands pour nous faire repérer dans la foule…

Sans s'en rendre compte, perdu dans ses pensées, Boiteux arriva sous le pont où ils avaient établi leur repaire. La lumière des réverbères était blafarde, vacillante. La muraille était humide et un filet d'eau noirâtre coulait dans la rigole qui accompagnait les marches descendant sur les berges. Leur quartier général se trouvait à l'abri sous le pont de la Tournelle. Ils avaient pris possession des lieux – une guérite de chantier abandonnée depuis plusieurs mois et dont la porte, dissimulée derrière des tôles de zinc ondulées, ne lui avait posé aucune difficulté pour la déverrouiller. Les murs en pierre étaient parcourus de champignons et les rares rayons de lumière en journée sortaient d'une fine ouverture rectangulaire située au plafond de la construction.

L'endroit sentait fort le renfermé. Il prit une profonde respiration et se glissa sous l'amoncellement de plaques métalliques qui masquait le passage vers l'intérieur.

Ils étaient tous là, assis autour de la table formée d'une vieille porte en bois et de tuyaux tordus en forme de V inversé en guise de pieds. Quelques bougies avaient été allumées, mais le manque d'air frais se faisait désagréablement sentir.

La bande avait vidé le contenu de la besace sur le tréteau de fortune et faisait le décompte de la récolte de la journée. Pleurs tapait dans ses mains, excitée par la brillance de leur butin et la promesse de l'argent à venir. Moignon cherchait à établir un classement de valeurs entre les différents objets. Allumette et Bègue délestaient les bourses pour regrouper toute la monnaie. Morve les regardait s'activer sans aider ni ciller. C'est d'ailleurs lui qui remarqua l'arrivée discrète de Boiteux.

— Ça a été ? demanda-t-il sans malice.

Le garçon se contenta d'un hochement de tête, pas fier, fixant le trésor de guerre plutôt que le regard de ses compagnons. Il parcourut les quelques grandes plaques de ferraille qui couvraient le sol et masquaient les canalisations pour les rejoindre à la table. La rouquine lui sourit en guise d'accueil, puis reprit son écoute de la comptabilisation de la fortune. Contrairement à ses craintes, personne ne lui fit de remarque déplacée. Ravie de la tournure des événements et de jouer la comédie à chaque arnaque, Pleurs se risqua à un :

— Il s'en est fallu d'un cheveu, hein ?

Boiteux sourit maladroitement. Oh oui ! Tous essayaient d'oublier le fait que La Teigne avait été à leurs trousses. À lui seul, il ravivait tout un pan de leur ancienne vie et de souvenirs désagréables.

— Il va falloir faire attention dans les prochains jours, être un peu plus discrets, peut-être espacer un peu plus nos représentations, recommanda Moignon. Il sait qu'on est dans le coin et surtout, Allumette et Morve sont catégoriques, il est devenu policier. Il est donc beaucoup plus dangereux pour nous. Je ne sais pas ce que vous en pensez, mais moi, je ne tiens pas à y retourner.

Sa voix tremblait légèrement. Le chef aux cheveux ébouriffés blonds marqua une courte pause, massant son avant-bras. Il craignait le futur avec cette nouvelle information. Il avait trop sacrifié pour faire ne serait-ce qu'un seul compromis. Réalisant qu'il avait refroidi l'atmosphère, l'adolescent enchaîna rapidement sur une note plus festive.

— En tout cas, j'pense qu'on peut tirer un bon petit pactole de cette ferraille. Alors, on va se dépêcher d'aller la refourguer, et ensuite on se fait un vrai festin !

Le ventre de Bègue répondit par l'affirmative à cette injonction. Il rougit et tous rigolèrent, ravis de penser à autre chose, enthousiastes à l'idée d'un copieux repas.

6

Entrevue

— Monsieur, j'ai cru comprendre que vous aviez eu maille à partir avec des voleurs.

Le policier s'adressait au passager du fiacre stationné en pleine rue Fabert. L'inspecteur avait couru, mais n'en laissait rien paraître. Il était déférent envers l'interrogé, ne connaissant ni son identité ni son statut, se fiant simplement à sa posture et au fait qu'il était visiblement l'unique occupant de la voiture. Les ombres vives projetées par les lampadaires accentuaient l'aspect anguleux du visage de l'aristocrate. Celui-ci ne répondit pas et c'est en fin de compte le jeune cocher qui prit la parole.

— Pardonnez-moi, monsieur.

Le conducteur retira son chapeau et tendit sa main vers l'homme de loi.

— Monsieur Pierrefite. Antoine Pierrefite. Je suis cocher à la Compagnie générale des omnibus et je peux vous l'affirmer : c'était l'œuvre d'enfants. Quatre ou cinq, je crois bien.

— Quel âge leur donneriez-vous ? questionna l'inspecteur.

— Une bonne dizaine d'années pour la plupart. Avec toutefois une petite fille. Oh ! Et puis le grand avait une sorte de crochet à la main. Je ne sais pas si… J'espère que ces informations pourront vous être utiles. Certains étaient déguisés, d'autres embusqués. Il s'agissait d'un guet-apens en bonne et due forme dans lequel mon client aurait pu être blessé si vous n'étiez pas intervenu…

Le cocher tenait visiblement à son travail et exagérait les événements afin de se dédouaner d'une quelconque faute dans le contretemps de ce début de soirée. Il fit de grands gestes et expliqua la chronologie des faits, non sans en rajouter dans la férocité et la préparation criminelle de ce qui convenait de qualifier de « véritable bande organisée ». Le policier écouta patiemment le jeune homme et se tourna ensuite vers l'étrange client. Celui-ci était retourné dans les ombres de la calèche et attendait, impatient de repartir au plus vite.

— Le bonjour, monsieur. Joseph Delencre, inspecteur au service de la Sûreté parisienne. Excusez-moi, mais je me dois de vous demander si ces enfants vous ont agressé ou vous ont soutiré quelque bijou ou argent que ce soit ?

Le policier se montrait prudent, les plus nantis pouvaient défaire une carrière d'un claquement de doigts, et il n'était qu'au commencement de la sienne.

— Rien. Ils ne m'ont rien volé, répondit-il d'une voix monocorde.

— Pardonnez ma curiosité, mais vous êtes… ?

— Étranger.

— Effectivement, vous avez un… un accent.

Le mystérieux passager laissa le temps filer, puis reprit.

— Anglais. Je suis Anglais. Adam Milton. Merci de votre sollicitude, inspecteur Joseph Delencre.

Adam Milton tendit une main franche dans la foulée. Le policier la lui serra, conscient que son interlocuteur agacé souhaitait écourter au plus vite cette conversation futile. Le gardien de la paix ressentit un étrange picotement en empoignant l'épais gant blanc que portait l'aristocrate. Les doigts étaient lourds, durs et glacés. Différents. Il le savait, il n'apprendrait rien de plus, aussi le salua-t-il. Ils en avaient fini. Légèrement troublé, Joseph referma la porte du fiacre pour laisser l'homme et son cocher repartir dans la fraîche nuit parisienne.

7

À LA SAUVETTE

TOC, TOC, TOC.

Trois coups furent tapés contre la porte en bois. Sans lampadaire à proximité, la ruelle était plongée dans le noir complet. Ici, les immeubles comptaient tant d'étages et les rues étaient si étroites que les toits semblaient se rejoindre au niveau du ciel. Plusieurs fois, Moignon répéta son geste pour ne pas être confondu avec le bruit du vent. Après quelques longues minutes à patienter, la bande entendit des pas provenant de l'intérieur. La porte s'entrouvrit, mais ne dévoila pas le visage de l'occupant. Morve et Boiteux jetèrent un coup d'œil de part et d'autre de la ruelle pour s'assurer que personne ne les surveillait. Portant un lourd baluchon, Bègue entra le premier. Puis ils s'engouffrèrent à sa suite.

Ce n'est qu'une fois à l'intérieur et la porte refermée qu'une bougie fut allumée, projetant des ombres menaçantes sur les traits de l'homme qui leur avait ouvert. Ils se trouvaient tous les six dans l'arrière-boutique de *Troc de Luxe*, une échoppe rue des Archives, dans le 4e arrondissement. L'enseigne était tenue par Renard, un homme crasseux aux traits marqués, d'une quarantaine d'années, à qui ils avaient l'habitude de refourguer leur butin. La forte concentration d'habitants pauvres dans le quartier n'aidait pas à la tranquillité des négociations, aussi les recevait-il une fois la nuit tombée. Il n'estimait pas particulièrement les gamins, mais les affaires étant les affaires, il n'y avait pas de petits profits. Renard était un adepte de l'argent, les enfants lui en ramenaient, le reste lui importait peu.

— Bon. Voyons voir ce que vous m'avez apporté aujourd'hui. J'espère que ce sera mieux que le mois dernier. C'était vraiment juste et je n'ai même pas réussi à tout écouler.

Il fit la moue, surjouant un misérabilisme de pacotille.

— Nous ne sommes pas des clients, Renard, s'amusa Moignon. Pas la peine de jouer le pauvre qui a du mal à joindre les deux bouts.

— Fais donc voir au lieu de jacasser, gamin.

Bègue posa le bruyant baluchon sur la table, soulageant ses épaules d'un poids important. La ferraille tinta. La bande vida le sac sur la tablée, en faisant attention à ce que rien ne tombe ni n'aille se glisser sous un meuble. Renard était du genre à arguer que l'objet était sa possession, qu'il avait été égaré par sa maladresse et qu'il ne le retrouvait plus depuis plusieurs semaines. Ils devaient sans cesse se méfier de l'arnaqueur. L'homme tira un tabouret caché dans les ombres et s'assit, passant en revue chacun des éléments dérobés.

Allumette tenait Pleurs dans ses bras, circonspecte. La fillette était muette, accrochée aux lèvres du revendeur, attendant son verdict. Y avait-il une pépite parmi les objets présentés ? Moignon énumérait à voix haute chaque élément, à la manière d'un commissaire-priseur, avec l'ambition de leur donner plus d'importance et d'éclat. L'homme triait, indifférent à ce qui se disait, passant d'une broche à un collier sans logique autre que celle du plus brillant. Il cherchait l'objet qui vaudrait le coup, celui qu'il pourrait revendre le triple de son prix d'achat.

À plusieurs reprises, Renard se frotta le menton, signe qu'il réfléchissait ou qu'il voulait donner l'impression de réfléchir. Plusieurs fois, il suréleva un sourcil, intrigué. Il prenait l'objet dans ses grosses paluches – ici, une broche soutirée à une femme d'âge mûr que Boiteux avait dégrafée de sa veste après qu'elle s'était abaissée quand il mimait une chute. Et à chaque fois, le revendeur suscitait la curiosité, jouant l'homme ennuyé à qui l'on fait perdre son temps. Finalement, il repoussa l'ensemble vers les enfants.

— Mouais.

— Mouais ? s'enquit Moignon.

— Mouais.

— Mais encore ? s'agaça Allumette.

L'adolescente était impatiente et frustrée que leur recette dépende d'une personne si peu avenante.

— J'vois rien de bien excitant. Aucun objet sur lequel je pourrais capitaliser pour…

— Oh ! Tu te moques de nous ? le coupa Moignon. Il y a un, deux, trois *(il les comptait en même temps)*, quatre, cinq… six belles broches pour femmes distinguées ! Il y a… dix-sept boutons de manchette ! Dix-sept !

— Il en manque un. Ça fonctionne par paire. Que veux-tu que je fasse d'un bouton de manchette seul ?

— Soit. Seize. Tu as aussi une magnifique flasque à whisky dorée avec…

— Gravée « Avec tout mon amour, votre épouse, Fleur de Salaignac », l'interrompit Renard. Que veux-tu que je fasse d'une flasque, aussi jolie soit-elle, si le nom de la personne à qui vous l'avez volée est inscrit dessus ?

— Vous pourriez l'effacer, le limer, suggéra Allumette.

— L'objet perdrait alors toute sa valeur, ma chère fille, lui répondit-il à la volée. Écoutez-moi. J'ai des yeux. Et je vois bien à quoi j'ai affaire. Moi, c'que je dis, c'est que là, y en a pas pour plus de…

Il réfléchit, il savait que la bande à Moignon ne pouvait se permettre de revendre leurs objets à des personnes plus rigoureuses sur leur provenance…

— Disons qu'il y en a pas pour grand-chose.

— Il y en a pas pour grand-chose ? gueula Moignon. Mais y a de quoi manger pour au moins deux semaines !

— Ah ! Ah ! Ah ! Mais où as-tu été chercher ça ? Si tu connais quelqu'un qui te les reprend à ce prix-là, eh bien, vas-y, ne te gêne pas. Moi, au prix où je te les rachète, c'est presque une faveur.

Renard n'avait aucune gêne à arnaquer les plus jeunes, bien au contraire. Le moral de Pleurs était au plus bas. Elle voyait s'enfuir ses rêves d'animal de compagnie. Au loin, un chien hurlait à la lune en réponse à son désarroi.

— Et avec ça, ça f'rait combien ?

Boiteux tendit la montre à gousset en direction du revendeur. Il l'avait oubliée dans sa poche et espérait pouvoir, peut-être, finalement, sauver la soirée avec son dernier larcin.

— Hum…

Dubitatif, l'homme remit ses besicles. Il prit délicatement l'objet et l'observa.

— Du bien bel ouvrage, ma foi. Précis, élégant. Et imposant.

C'était vrai, la montre était relativement grosse pour une horlogerie de poche. Boiteux avait eu du mal à la sortir de la veste de l'étrange aristocrate et sa main n'était pas assez grande pour se refermer entièrement dessus. Finalement, alors qu'il semblait intéressé et après s'être muni de sa loupe, Renard lâcha un soupir.

— Non, désolé. Je ne la prends pas.

— Mais pourquoi ? s'étonna le plus petit des garçons.

— Là *(il montrait de son gros doigt boudiné un minuscule symbole au dos de la montre)*, c'est un poinçon. La signature de son créateur. Et cette signature, c'est celle de Georges Hubris, le vieux qui tient un magasin à trois rues d'ici. À l'entrée du cul-de-sac juste à côté du passage Molière… En tout cas, je ne peux pas me permettre de revendre une de ses créations. Il aura tôt fait de l'apprendre ou son propriétaire de réclamer son dû… si vous voyez ce que je veux dire. Non, désolé, gamin. Reprends-la, j'en veux pas.

Il repoussa l'objet en direction de Boiteux, dépité. Celui-ci joua du bout du doigt avec la broche, mais, après avoir échangé un regard avec Allumette, préféra la garder au fond de sa poche.

Finalement, Renard se leva. Il en avait fini. L'inspection n'avait que trop duré à son goût.

— Bon, tu veux ta monnaie ou tu repars avec tout ton bazar là ? demanda-t-il à Moignon, plein de suffisance.

— Tu te sers de nous ! Tu fixes tes prix et nous ne pouvons rien dire. Que veux-tu que je te dise ? Je suis bien obligé d'accepter !

— Hey, écoute, je suis réglo, moi. Si tu estimes que je te vole, ne te gêne pas, appelle la police. Ça ne me pose pas de problèmes.

Il souriait. Il savait. Le garçon ne pouvait rien répondre.

— Alors, en tout, combien cela fait-il ?

La classe resta silencieuse. La plupart des orphelins, des enfants de tout âge, fixaient le bois de leur pupitre sans oser croiser le regard de monsieur Reauvillier. Le cinquantenaire au crâne chauve et à l'allure sinistre passait dans les rangs, lentement, surveillant chaque fait et geste. Tous savaient que celui qui serait coupable du moindre mouvement serait désigné pour répondre. Ils retenaient leur respiration, et malheureusement, ce faisant, la jeune fille fut prise d'une toux impossible à taire.

— Mademoiselle Charlotte ? Combien donc ? reprit-il en indiquant le tableau où l'opération à résoudre attendait sa solution.

L'ambiance était tendue et tous espéraient qu'elle donne la bonne réponse afin de pouvoir souffler. Dans le cas contraire, la roulette russe serait de nouveau de mise. L'orpheline ne répondit pas, gênée et incapable d'énoncer un quelconque début de résultat.

— Monsieur, c'est pas gentil. Vous êtes en train d'la rendre encore plus rouge que ses cheveux ! lança l'adolescent au fond de la salle.

La classe entière se mit à rire.

— Quelle est cette étrange manie de couper la parole aux autres, monsieur Pierre ? Vous savez que ce n'est pas très poli ?

— Désolé, m'sieur, sourit le garnement. Je n'ai sûrement pas été assez bien élevé !

Nouveau retour enthousiaste des autres enfants.

— Et monsieur Pierre sait-il résoudre l'opération que je viens de vous soumettre ? Alors ? Combien cela fait-il ?

— J'sais pas, monsieur. Mais sûrement pas assez !

L'adolescent était tout sourire derrière son pupitre, jouant avec les pieds de sa chaise, fier d'avoir sauvé la mise à la rouquine et ravi d'avoir pu amuser la galerie. C'était son petit plaisir, faire rire les autres et défier l'autorité. À chaque fois qu'il parvenait à placer un bon mot, il s'évadait pendant quelques secondes des murs du pensionnat. Chaque moment de liberté était une petite victoire.

— On se calme, on se calme, s'il vous plaît. Monsieur Pierre souhaite-t-il visiter le bureau de monsieur l'intendant en chef pour être un peu mieux élevé ?

Le garçon fronça les sourcils, fixant le sol sans moufter. L'idée de se retrouver face à La Teigne n'avait rien de plaisant. Il savait que c'était la porte ouverte aux punitions et aux corvées forcées pendant de très longues journées.

— Bien. C'est sur ces belles paroles que nous en finissons pour aujourd'hui avec l'arithmétique. Passons maintenant à l'apprentissage du français. Sortez vos cahiers, s'il vous plaît. Nous allons voir si monsieur Pierre est toujours aussi loquace lorsqu'il s'agit de lecture.

Après avoir effacé l'opération, monsieur Reauvillier écrivit une phrase au tableau. Ensuite, il se retourna, accusateur.

— Alors, monsieur Pierre, pouvez-vous me lire à haute voix ce que je viens d'écrire ?

L'ensemble des élèves s'était tourné vers lui et attendait sa réponse. Il avait si bien capté leur attention qu'ils étaient maintenant tous suspendus à ses lèvres. Le silence était tel qu'ils l'entendirent déglutir sans que la réponse ne vienne pour autant.

— Je… euh… baragouina-t-il.

— C'est bien ce que je pensais. Samuel ?

Le garçon à lunettes se redressa sur sa chaise et lut la phrase sans que l'adolescent ne daigne l'écouter. Il était déjà perdu dans ses pensées. En regardant les autres orphelins, il était facile de se rendre compte qu'il était l'un des plus âgés – si ce n'est le plus âgé. Personne n'avait voulu de lui et, d'ici peu, il savait que son chemin serait tracé. Il serait mis à la porte, finalement lâché dans la rue, et irait quémander un travail à l'usine, sur l'une des rives de la Seine, pour gagner de quoi subsister. Mais ce n'était pas dans son caractère, il n'aimait pas l'idée de se laisser faire et d'attendre que les événements viennent à lui. S'il devait se retrouver à la rue, l'adolescent voulait l'avoir décidé. Surtout, il ne voulait plus patienter. Supporter quelques mois de plus l'humiliation d'être l'un des plus vieux, un orphelin traité comme un gamin, une personne socialement inférieure, le rendait fou. Il voulait prouver de quel bois il était fait. Ici, il ne pouvait briller. Dehors, il se savait capable de tout. Son seul salut, il en était persuadé, passait obligatoirement par l'évasion du pensionnat au nez et à la barbe de tout le monde. Il tourna la tête et son regard se perdit bien au-delà de la fenêtre du deuxième étage et du mur d'enceinte du bâtiment. Il devait réfléchir à un plan et enrôler autant de fugitifs qu'il aurait besoin de vêtements pour constituer un cordage de fortune. Ensuite, à lui la belle vie, l'argent, et sa revanche sur les adultes.

8

VRAIMENT, VRAIMENT SPÉCIAL

— C'était trop bon !

Pleurs était rassasiée. La fillette n'avait pas énormément mangé – des produits de base, une pomme de terre, du pain et du beurre, du marc de café et du sucre –, mais c'était beaucoup par rapport aux jours précédents. Son estomac avait réduit et il lui en fallait peu pour se sentir gonflée.

— Oh oui, c'était su-succulent !

Bègue souriait. Avoir le ventre plein le rendait moins timide et plus disposé à communiquer avec les autres. Comme son surnom le laissait à penser, il avait du mal à parler sans répéter certains morceaux de phrases. Ce handicap le gênait énormément, aussi gardait-il le silence le plus souvent possible. Il avait d'ailleurs compensé ce problème par une carrure de bagarreur invétéré, prêt à défendre n'importe lequel d'entre eux au moindre regard de travers. Bègue avait douze ans – mais dépassait d'une tête Morve, et encore plus Boiteux –, les cheveux ras et les joues rouges dès qu'il devait prendre la parole.

— On devrait s'trouver quelque chose de plus… à la surface, s'exprima Boiteux. Quelque chose qui soit pas si humide. Quelque chose de plus lumineux. Il fait froid ici.

— Le problème, c'est que les loyers sont beaucoup trop chers, contredit Moignon. Et il y a trop de peuple au-dessus. On serait tous entassés là-haut. Bien plus qu'ici. Franchement, quand l'été sera là, vous serez bien heureux de vous retrouver à l'ombre, au frais, plutôt que de cuire et de suer dans un de ces vieux immeubles délabrés.

— Donc, soit on pue en plein été parce qu'il fait chaud et qu'on transpire, soit on pue en plein hiver parce qu'il fait humide et que les murs sont moisis ? s'amusa Morve tout en reniflant.

— Au prochain chapardage, on d'vrait regarder si on peut pas trouver mieux qu'ici, proposa Allumette.

Lorsqu'ils débarrassaient la table, les orphelins s'échinaient à récupérer la moindre croûte de pain dans un bol. Quand ils en avaient amassé suffisamment, ils les échangeaient contre des restes de viande au vieux René, un charcutier du coin qui se servait des restes de pain, une fois rôtis, pour faire de la chapelure pour ses jambons. De même, le reste de café permettait d'en refaire du neuf en le mélangeant avec un peu de caramel, de la mélasse et du café frais.

Malgré les quelques tensions issues de l'entrevue avec Renard, tous avaient le sourire et se sentaient requinqués après une journée longue et riche en émotions. Ils avaient acheté à manger, fouillé les poubelles des immeubles sur le trajet du retour pour récupérer quelques restes et même réussi à « emprunter » des bougies à l'entrée de l'église Notre-Dame-des-Blancs-Manteaux afin de s'y retrouver dans l'obscurité de leur repaire ! Pour une fois, ils n'avaient pas été particulièrement dépensiers. Moignon avait été refroidi par la transaction. Il souhaitait rester prudent et garder un peu d'argent pour les jours à venir.

Boiteux, quant à lui, était épuisé. La course avec les policiers lui avait coupé les jambes. Il écoutait ses amis à quelques mètres de là, allongé sur le dos, reposant sur une vieille couverture miteuse, les bras tendus vers le plafond humide et sombre où se dissimulaient parfois des araignées dodues. Il observait la montre à gousset en rapprochant plus ou moins l'objet de ses yeux. Il alternait, fermant un œil pour ouvrir l'autre. À quelques mètres de là, assise sur le banc, Pleurs fixait le va-et-vient de la montre de Boiteux.

— C'est rigolo, nota-t-elle. Quand on ferme un œil, on voit l'objet à une place, et quand on fait l'inverse, qu'on change d'œil, l'objet a bougé de place.

— Je crois qu'on appelle ça la « perceptive », reprit Morve, qui en avait entendu parler, mais qui n'avait pas entièrement compris le concept.

Pleurs le regarda comme on regarde une personne marcher dans la rue, en le détaillant rapidement, mais sans y faire véritablement attention. Ce que disait le garçon lui passait loin au-dessus de la tête. Pendant ce temps, Bègue rangeait le sac de pommes de terre en hauteur pour ne pas qu'il soit pris d'assaut par les rats. Finalement, Morve se tourna vers Moignon. L'entrevue avec le revendeur leur restait en travers de la gorge.

— Il ne faut pas qu'on se laisse faire comme ça. La prochaine fois, il va juste nous donner une pièce pour tout ce qu'on aura ramené. Si ça continue, on ferait mieux de les revendre nous-mêmes.

— Tu sais que c'est trop risqué de faire ça, soupira le chef de bande. On est trop exposés. Ça prend trop de temps et on n'est pas armés pour se défendre si un adulte vient nous chiper ce qu'on tente de refourguer. Renard a clairement sous-évalué ce qu'on lui a vendu, c'est vrai. Je m'en doutais, mais pour l'instant, à moins de trouver un grossiste qui s'en moque de notre âge, c'est le seul qu'on puisse aller voir.

Morve resta silencieux. Il savait que Moignon avait raison. Pleurs regarda le plus grand et demanda avec des yeux larmoyants.

— Ça veut dire qu'on n'aura pas de chien ?

— Bientôt, répondit Moignon, pris au dépourvu.

— Oh oui !

La fillette exulta.

— Un chien. J'en voulais un !

Pleurs sautilla de joie et courut passer ses bras autour d'Allumette. Surprise, celle-ci lâcha l'écuelle qui leur servait à boire. L'objet se fracassa en touchant le sol.

— Oh ! J'suis… désolée, s'excusa Pleurs.

Allumette s'accroupit pour ramasser les morceaux.

— C'est pas grave.

Après avoir longuement observé le poinçon au dos de la montre à gousset, Boiteux était maintenant en train de jouer avec les aiguilles. Il remarqua un bouton au centre. Il appuya dessus et ressentit un bref picotement dans la main.

— Tu sais que c'est trop risqué de faire ça, soupira le chef de bande. On est trop exposés. Ça prend trop de temps et on n'est pas armés pour se défendre si un adulte vient nous chiper ce qu'on tente de refourguer. Renard a clairement sous-évalué ce qu'on lui a vendu, c'est vrai. Je m'en doutais, mais pour l'instant, à moins de trouver un grossiste qui accepte de passer sur notre âge, c'est le seul qu'on puisse aller voir.

Morve resta silencieux. Il savait que Moignon avait raison. Pleurs regarda le plus grand et demanda avec des yeux larmoyants.

— Ça veut dire qu'on n'aura pas de chien ?

— Bientôt, répondit Moignon, pris au dépourvu.

— Oh oui !

La fillette exulta.

— Un chien. J'en voulais un !

Pleurs sautilla de joie et courut passer ses bras autour d'Allumette. Surprise, celle-ci lâcha l'écuelle qui leur servait à boire. L'objet se fracassa en touchant le sol.

— Oh ! J'suis… désolé, s'excusa Pleurs.

Et alors qu'Allumette s'accroupissait pour ramasser les morceaux, Boiteux se releva d'un coup sec, comme au sortir d'un cauchemar effrayant.

— C'est pas grave, répéta-t-il sur un ton hystérique.

Il n'en croyait pas ses oreilles. Il était abasourdi. Quelque chose d'étrange venait de se produire. Sa main était encore tout engourdie.

Bègue le regarda et haussa les sourcils pour le questionner sur ce qu'il lui prenait.

— Qu'est-ce qui s'passe ? paniqua Boiteux.

Morve le dévisagea et répondit.

— C'est rien. C'est juste Allumette qui vient de faire tomber le bol de...

— Hey ! C'est bon. J'ai pas fait exprès, hein ! gronda la plus grande des deux.

— C'est moi. C'est d'ma faute, s'excusa Pleurs tout en faisant la moue.

— Non, non. J'parle pas de ça. J'parlais de... de...

Boiteux se sentit seul, perdu. Il ne savait pas quoi dire, comment continuer. Tous le dévisagèrent, ne saisissant pas ce qui lui arrivait. Le garçon cherchait à comprendre ce qu'il venait de vivre. Il ne savait pas par où commencer. C'était étrange, insensé, dingue. Il tenta de s'expliquer. Il gesticula, fit de grands gestes abscons, mais les paroles ne sortaient pas. Devant le ridicule de la situation, il s'arrêta et regarda ce qu'il tenait dans sa main. La montre à gousset. Celle de l'étrange personnage. Il hésita quelques secondes. Il ouvrit le clapet de la montre et joua avec les aiguilles, reculant la trotteuse d'à peine quelques minutes. Et il appuya.

Le picotement se fit de nouveau ressentir, mais son cœur s'emballa : ce qu'il venait d'appréhender se réalisait sous ses yeux. Ses amis se trouvaient à nouveau proches de la table. Allumette avait toujours le récipient – en un seul morceau – à la main, Pleurs était toujours assise sur le banc et Moignon parlait toujours à Morve.

— Tu sais que c'est trop risqué de faire ça, soupira le chef de bande. On est trop exposés. Ça prend trop de temps et on n'est pas armés pour se défendre si un adulte vient nous chiper ce qu'on tente de refourguer. Renard a clairement sous-évalué ce qu'on lui a vendu, c'est vrai. Je m'en doutais, mais pour l'instant, à moins de trouver un grossiste qui accepte de passer sur notre âge, c'est le seul qu'on puisse aller voir.

Boiteux était debout, immobile et souriant. Il fixa Morve en train de méditer l'argumentation de Moignon et avant que celui-ci n'ait pu répondre à Pleurs qui voulait savoir s'ils auraient un chien sous peu, le garçon le coupa en criant de joie :

— Bientôt !

Pleurs le dévisagea, Moignon s'étonna et la fillette se tourna vers l'adolescent à l'avant-bras manquant pour savoir de quoi il en retournait. Ce dernier se contenta de hocher la tête, affirmatif. La petite, aux anges, se leva, et avant qu'elle n'ait pu prendre Allumette dans ses bras, le garçon boitilla pour réceptionner l'écuelle qu'elle allait lâcher par mégarde. Il la rattrapa de justesse. La grande rouquine le fixa, stupéfaite.

— Je te l'avais dit que c'était le plus habile d'entre nous, commenta Morve.

Boiteux était tout sourire, triomphant. Il se tourna vers ses amis et brandit la montre.

— Les gars, j'crois que j'viens de trouver quelque chose. Quelque chose de vraiment, vraiment spécial.

9

L'ERREUR EST HUMAINE

Adam Milton marchait d'un pas soutenu jusqu'à la salle des opérations. Les talonnettes de ses chaussures résonnaient sur le revêtement de ferraille et les passerelles métalliques. Il pensait se retrouver seul pour rendre des comptes, mais quand il arriva, il vit que ses frères étaient déjà là. C'était un conseil auquel ils allaient assister, pour l'exemple. Il avait fauté et donc « il » voulait l'humilier devant les autres. Typique. Ils étaient disposés, alignés, de part et d'autre de l'allée centrale, attendant les ordres de leur supérieur. L'atmosphère était froide et électrique. Milton s'avança au plus près, le regard droit pour signifier qu'il estimait n'avoir rien à se reprocher. Il savait pertinemment qu'il se mentait.

— Supérieur, mes frères, je viens faire mon rapport, annonça-t-il.

— Mais fais donc, lui retourna la voix cassante dissimulée dans les ombres des tuyauteries.

— La mission que vous m'aviez confiée est achevée. Nous avons opéré tel que planifié et les tests se sont révélés concluants.

Il hésita à continuer, mais il savait qu'il était au courant. L'un de ses frères avait forcément transmis l'information.

— Toutefois… il s'avère que le prototype a été volé.

— Comment ? tonna la voix éraillée.

— Des enfants. Des électrons libres, statistiquement imprévisibles. Mais ne vous inquiétez pas. Ce contretemps ne remet aucunement en cause le bon fonctionnement de votre plan. Par chance, nous avions déjà eu le temps de copier…

— Par chance ? Par chance ! PAR CHANCE ! répéta-t-il, furieux. La chance est une donnée humaine, l'aumône des faibles et sans volonté. Nous n'avons que faire de la chance !

— Excusez-moi. Effectivement, il s'agit d'une terrible erreur.

Adam Milton ne bougeait plus, incertain du protocole à suivre en cas d'échec d'une simple routine. Il était perdu, bloqué par… la peur. La peur !

— Ah, une erreur ! Nous faisons des erreurs maintenant ? DOUZE, vous êtes définitivement trop humain, trop faillible. Il apparaît que notre parc ne peut plus compter sur vos ressources. Vous êtes obsolète, inutile et, surtout, d'aucune garantie. Les faits parlent d'eux-mêmes. C'est pourquoi nous mettons un terme à votre contrat et validons l'exécution immédiate de votre…

— Mais…

DOUZE avait tenté de contester. DOUZE n'était plus. Des tuyaux bouillants, gorgés de vapeur, couverts de condensation, avaient jailli du fond de la pièce sans qu'aucun ordre oral ne soit donné et avaient transpercé de part en part la créature. Celui qui n'était définitivement pas un Anglais nommé Adam Milton avait été déchiqueté, détruit et n'avait laissé qu'un amalgame de charpie organico-mécanique à l'endroit où il s'était tenu quelques secondes auparavant.

— Bien, la correction a été correctement appliquée.

La voix du supérieur s'était adoucie.

— DIX, SEPT et QUATRE, présentez-vous.

Trois créatures sortirent des rangs à la droite et à la gauche de l'allée et vinrent à sa rencontre. Elles présentaient des gabarits pour le moins variés et des profils particulièrement extrêmes.

— SEPT et QUATRE, je souhaite que vous retrouviez ces variables nommées « enfants » et que vous récupériez le prototype. Il ne doit pas tomber entre de mauvaises mains. En dernière extrémité, il devra être détruit. DIX, nous en avons fini avec le contremaître Grévoux. Renseignez-vous. Allez le voir, prétendez que DOUZE est grippé et que vous êtes son remplaçant. Faites-le parler pour savoir s'il s'est confié à un proche, puis détruisez les plans et corrigez-le.

10

SPÉCIALE COMMENT ?

Toute la bande avait le regard fixé sur Boiteux, attendant des explications.

— Cette montre. Celle que j'ai chipée à l'homme dans le fiacre. Cette montre, elle… elle permet d'remonter le temps !

Un silence interminable flotta dans l'air, et ce jusqu'à ce que l'un d'entre eux se risque à un :

— Quoi ?

L'incompréhension était partagée par tous – même par Boiteux d'une certaine manière.

— Elle permet quoi ? reprit Morve.

— RE-MON-TER LE TEMPS ! articula-t-il du mieux qu'il le put et le plus lentement du monde. Elle permet de remonter le temps, de revenir en arrière, de revivre un moment passé. Je sais pas comment vous le dire autrement. C'est… c'est… c'est inexplicable !

Il tenait délicatement la pièce d'horlogerie entre ses doigts, la brandissant toutefois pour que ses amis puissent la voir, l'admirer. Un si grand pouvoir contenu dans un si petit objet. Il craignait de l'abîmer et d'endommager son mécanisme – qu'il imaginait à coup sûr fragile. Moignon était dubitatif et Morve goguenard face à cette impossibilité absolue. Pleurs regardait la pièce d'horlogerie sans comprendre un strict mot de ce que le garçon avait raconté. Le concept était visiblement trop complexe pour son jeune âge.

Allumette et Bègue étaient un peu plus réceptifs, sans être entièrement convaincus par le délire de leur ami.

— Mais-mais…

— Je ne sais pas, Bègue ! lui répondit-il avant même que celui-ci ne finisse de formuler sa question.

Personne ne trouvait les mots. Boiteux surenchérit.

— On doit faire des tests. Il faut qu'on fasse des tests !

— Des tests ? Mais des tests de quoi ? s'amusa Morve tout en reniflant.

— Eh bien…

Boiteux ne répondit pas immédiatement à son comparse. Au lieu de ça, il tritura la montre.

— C'est fait ! reprit-il, enthousiaste, la chemise hérissée d'électricité statique.

— C'est fait ? Ça veut dire quoi « c'est fait » ? Qu'est-ce qui est fait ? s'inquiéta Moignon.

— Je viens de la tester. De la retester plus exactement. Et si j'avance les aiguilles…

Le garçon handicapé appuya sur le bouton central et retint son souffle, mais rien ne se produisit.

— Si tu avances les aiguilles ? reprit Morve.

— Il ne se passe rien, répondit-il, déçu.

— Ouais, bah moi, ton histoire, elle m'ennuie, souffla le chef de bande.

L'adolescent ne suivait plus les délires du garçon. Il se leva et finit de ranger les quelques restes du repas du soir. Boiteux ne se découragea pas et s'adressa à ses amis.

— Si je touche aux aiguilles, que je les recule légèrement et que j'appuie au centre, là, sur ce bouton, je remonte le temps. Que moi. J'viens d'le faire à l'instant et vous n'avez rien vu. Ça marche. Maintenant, faudrait qu'on teste à plusieurs, ensemble. J'sais pas trop comment on pourrait essayer. Je ne sais pas… Disons qu'Allumette m'donne la main et qu'on s'donne tous la main, on pourrait essayer de…

Boiteux vit dans le regard de ses amis qu'ils commençaient sérieusement à le prendre pour un fou. Il continua sans se laisser démonter par leurs mines peu inspirées.

— Allez !

Il s'avança vers l'adolescente, osa lui saisir la main et enjoignit chacun d'entre eux à faire de même. Moignon avait capitulé et était parti prendre l'air. Morve, peu enclin à s'impliquer, ne quitta pas la table, mais ne tendit pas la main pour autant. Dans un geste pour le faire participer malgré sa mauvaise tête, Bègue l'attrapa par l'épaule. Quand tous se furent touchés, Boiteux recula les aiguilles et actionna le bouton circulaire. Un semblant d'électricité lui remonta l'avant-bras et se répercuta dans chacun d'entre eux.

— Ouais, bah moi, ton histoire, elle m'ennuie, souffla le chef de bande.

L'adolescent ne suivait plus les délires du garçon. Il se leva et finit de ranger les quelques restes du repas du soir.

Tous le regardèrent faire, immobiles, paralysés par le sens de cette dernière phrase et de cette action. Tous, sauf Morve, perplexe quant à leurs sourires béats. Boiteux fixa ce dernier sans comprendre.

— Tu l'as vu toi aussi ? Tu as revécu le moment, non ?

Allumette et Bègue se dévisagèrent, surexcités par l'expérience qu'ils venaient de vivre.

— Qu'est-ce que tu racontes ? Je ne vois pas de quoi tu parles, maugréa Morve. Revécu quoi ? Je n'ai rien revécu. J'aurais dû peut-être ?

Le râleur quitta sa place. Il avait la fâcheuse impression qu'ils étaient tous en train de se moquer de lui. Il n'appréciait pas le moins du monde. Boiteux réfléchissait. Il cherchait à comprendre pourquoi ça n'avait pas fonctionné pour Morve et émit une hypothèse.

— Donc, si on se touche alors que l'un d'entre nous remonte le temps, on remonte tous le temps. Mais faut qu'on se touche la main, ou la peau, j'imagine. Pas les habits. C'est ce qui expliquerait que Morve n'ait pas remonté le temps avec nous. Bègue le touchait par l'épaule, alors que nous nous sommes tous donné la main. Je ne vois que ça qui expliquerait pourquoi il ne nous a pas suivis.

— C'est gé-génial, s'émerveilla le bagarreur de la bande.

— Oui ! confirma Boiteux, un grand sourire aux lèvres.

— Je ne comprends pas, continua Pleurs qui, décidément, ne devait pas avoir la même perception du temps que le reste des êtres humains.

— Comment c'est possible un truc pareil ? demanda Allumette. C'est presque... c'est inimaginable !

— Je sais pas du tout, mais j'vais l'savoir ! Et si y a bien quelqu'un qui pourrait nous expliquer ça, c'est l'inventeur de cette montre, le fameux Georges Hubris dont Renard nous a parlé. Qui vient avec moi voir quelle tête a sa boutique ?

— Maintenant ?

— Oui maintenant, pourquoi ?

— Boiteux, t'as vu l'heure qu'il est ? Il fait nuit noire depuis un p'tit moment. On verra ça demain. Et puis t'es sûr que c'est une bonne idée d'aller voir l'inventeur ? On risque de s'attirer des ennuis ou de rencontrer le propriétaire de la montre, c'est pas très... raisonnable.

Dans la bouche d'Allumette, le terme « raisonnable » sonnait faux. Et pourtant. Boiteux savait que son désir de s'entretenir avec le créateur de la pièce d'horlogerie était aussi peu raisonnable que ses propriétés. Mais il voulait savoir. Il voulait comprendre.

Les orphelins allèrent se coucher, laissant le garçon désemparé et frustré à l'idée d'attendre pour en apprendre davantage.

11

Les hommes en noir

TOC, TOC, TOC.

Le bruit résonnait contre la porte close de la boutique à une heure avancée de la nuit. Personne ne traînait dans la rue et les coups répétés avaient de quoi surprendre l'occupant des lieux. Enfin, une lumière à l'intérieur perça, d'abord faible, puis parfaitement visible. L'homme qui tenait le bougeoir était de grande taille et avait le visage fermé. Il avait été réveillé, ses traits étaient tirés et ses mouvements peu alertes. Il se frotta les yeux et dévisagea les deux personnes plantées devant la porte vitrée de son magasin. Et, toujours à moitié endormi, il retira les différents loquets et ouvrit.

— Qui êtes-vous et que me voulez-vous ? grommela-t-il.

— Vous vous demandez bien naturellement la raison de notre irruption à une heure si tardive, nota le premier.

— Ce qui est humainement compréhensible, renchérit le second.

— Nous souhaiterions nous entretenir avec vous. Si vous l'acceptiez, cela nous ferait le plus grand plaisir.

— Très brièvement, bien évidemment.

— Nous ne voudrions surtout pas abuser d'un sommeil régénérateur bien naturel.

Renard ne sut que dire. Les deux gentlemen faisaient les questions et les réponses, se renvoyant la balle à chaque nouvelle parole, ne lui laissant aucunement le temps pour répondre. Leurs manières étaient… déplacées. Précieuses, presque inconvenantes. Les deux hommes étaient tout ce qu'il y a de plus différent. L'un était grand comme un géant de cirque, fin comme un lampadaire, tandis que le second était petit comme un enfant, rond comme une barrique de vin. Le grand portait un monocle et le petit une moustache en forme de W.

L'air qui s'insinuait à l'intérieur du magasin fit frissonner le revendeur. Il les somma donc d'entrer, bougon d'avoir été sorti du lit en plein milieu de la nuit.

— Bon, qu'est-ce que je peux faire pour vous, messieurs ?

— C'est-à-dire que nous aurions besoin d'une information.

— D'un renseignement, reprit le second.

— Disons que ce renseignement concerne des enfants.

— Des garnements, plus exactement.

Le petit rond tenta de sourire en vain, esquissant un rictus dérangeant.

— Figurez-vous, mon cher ami, précisa le premier, qu'aujourd'hui des… garnements, donc, nous ont volés. Ils nous ont dérobé, comme qui dirait, un bien précieux.

Les voix des deux hommes étaient étranges, comme filtrées à travers une passoire, et se répondaient sans cesse, jouant un curieux ping-pong oral. Bien sûr, Renard n'était pas idiot et n'eut aucun mal à savoir de qui ces deux personnages pouvaient bien parler.

— Cet objet est dans notre famille depuis trèèèèèès longtemps, un cadeau de notre père, voyez-vous.

— Ah, vous êtes… frères ? questionna le revendeur.

— Absolument.

— Affirmatif.

— Il s'agit d'une montre. Une belle montre à gousset. Est-ce qu'un tel objet vous évoque quelque chose ?

— Je… je ne comprends pas. Pourquoi vous adressez-vous à moi ?

La pièce principale s'était rafraîchie, l'homme pouvait voir l'air s'enfuir de sa bouche à chaque expiration. Il voulait retourner dormir, mais se félicitait intérieurement de ne pas avoir accepté de prendre la montre.

— C'est-à-dire qu'il nous est apparu, après avoir posé quelques questions de-ci, de-là, que vous pourriez être un spécialiste, disons d'objets de… de contrebande, expliqua le grand au visage imperturbable.

— Ce que veut dire mon frère, c'est que si par le plus grand des hasards, il se trouvait qu'on vous ait remis par inadvertance ledit objet, nous vous serions très reconnaissants de nous en faire part. C'est un objet qui nous est vraiment très… sentimental.

— De plus, il va sans dire que toute information qui nous permettrait de le retrouver pourrait rapporter gros…

À cette dernière mention, le visage de Renard s'éclaircit quelque peu. Il était maintenant bel et bien réveillé. Il prit le temps de réfléchir et pesa le pour et le contre.

— Quand vous dites « rapporter gros », qu'est-ce que vous entendez par « gros » ?

12

Inventeur en tout

Boiteux n'avait presque pas dormi. Il était trop excité par la montre et n'avait pas arrêté de jouer avec. Toutefois, il était conscient qu'il ne s'agissait pas d'un simple jouet – ou alors beaucoup d'adultes auraient voulu s'en amuser pareillement. La montre brillait et son dos doré reflétait le sourire hypnotisé du garçon. L'objet allait lui permettre de devenir important pour le groupe. Il l'avait découvert, il voulait le maîtriser. C'est pourquoi, aux premiers rayons du soleil, il était parti seul en direction de la boutique de Georges Hubris, espérant en apprendre assez pour revenir victorieux de son périple solitaire. C'était son rite de passage. Une fois qu'il saurait tout des mystères de la montre, il pourrait regagner le repaire avec de quoi prouver sa valeur.

Boiteux s'était positionné à l'angle du cul-de-sac, à côté du passage Molière, observant de loin la devanture de la petite boutique, exactement là où Renard l'avait indiquée.

— Service de la Sûreté parisienne, retournez-vous, jeune homme !

Le garçon sursauta, surpris par la voix dans son dos. Il se retourna, le cerveau imbriquant à vitesse grand V les différentes pièces mécaniques du problème qui venait de surgir pour pouvoir le solutionner au plus vite, et… se retrouva face à une Allumette narquoise. Elle était entourée d'un Bègue mal réveillé et d'une Pleurs aux cheveux ébouriffés.

— Qu'est-ce qu'vous faites là ? s'étonna-t-il.

— J'me doutais bien qu'tu tiendrais pas en place. T'arrêtais pas de tourner dans les couvertures hier soir et de tripoter la montre.

Boiteux voyait ses rêves de reconnaissance solitaire s'envoler.

— Moignon ? Morve ?

— J'ai demandé à tout le monde. Moignon a rien voulu entendre. Il a dit que La Teigne devait nous rechercher et que c'était « complètement stupide ». Morve a grogné et est retourné sur sa paillasse pour continuer à dormir.

— Je vois.

— T'as pas peur qu'il prévienne la police, l'inventeur ?

— Franchement ? J'en doute. Une telle invention dont personne n'est au courant, c'est pas normal. Et je veux savoir…

Ils avancèrent tous les quatre près de la vitrine du marchand aux carreaux poussiéreux. Il fallait une bonne dose de persévérance pour y distinguer d'étranges outils et quelques pièces d'horlogerie et sculptures de bois par-delà la vitre crasseuse. Le ménage n'avait pas été fait ces derniers jours et la résistance de la poignée d'entrée confirma que la petite boutique était close. Quelque chose était écrit sur la porte vitrée mais ils ne parvinrent qu'à déchiffrer le mot « fermé ». Le nom du magasin avait été reproduit à plusieurs endroits et peint en grand sur l'auvent, mais la pluie et le temps l'avaient en partie effacé.

Le magasin était situé au rez-de-chaussée d'un petit immeuble. Toutefois, en pénétrant dans le cul-de-sac, ils découvrirent une porte donnant sur un couloir intérieur dans le bâtiment. Boiteux, motivé, entra dans le vestibule. Le sol était entretenu et propre. Au fond, un escalier montait vers une série d'appartements.

— La logique voudrait qu'il habite juste au-dessus de son magasin, chuchota le garçon.

Motivé par l'espoir que portait cette déduction, Boiteux grimpa les marches jusqu'à…

— Oh, mais qui voilà ? commenta une femme qui était apparue derrière eux.

C'était une petite dame âgée et voûtée, aux cheveux blancs ramenés en chignon, qui plissait des yeux pour les regarder. La concierge de l'immeuble avait entrouvert la porte de son logement de fonction.

Allumette s'avança vers elle, affichant un grand sourire, les mains derrière le dos.

— Bonjour, madame. On vient... voir grand-père, mentit-elle.

— Ah, votre grand-père... Monsieur Hubris ? Oh ! Je ne savais pas qu'il avait autant de petits-enfants. Mais il n'est pas là depuis plusieurs jours.

Pleurs, qui était tenue d'une main par Bègue, commença à suçoter son pouce et à jouer la comédie.

— Oh, papy, ça fait tellement longtemps qu'on l'a pas vu...

La vieille femme sourit en plissant des yeux pour mieux la distinguer. Elle s'exprimait lentement, visiblement malentendante, et était parcourue de spasmes musculaires.

— Mais où sont vos parents ?

— Ils arrivent. Ils discutent dehors.

— Ah... bon. C'est bien. Vous êtes de bons enfants. C'est bien.

Tout en parlant dans sa barbe, elle manœuvra pour faire demi-tour sur elle-même. La concierge n'était plus aussi alerte et mobile que dans sa prime jeunesse.

Pendant ce temps, Bègue et Pleurs avaient gravi les marches à pas de loup. Allumette les suivit en silence sans demander son reste auprès de la vieille femme.

— Dépêche-toi d'ouvrir la porte, sinon elle va rapidement comprendre qu'on lui ment ! chuchota-t-elle en direction de Boiteux.

Celui-ci fouillait dans ses poches à la recherche de son matériel de crochetage, et lorsqu'il le trouva, il se retourna vers ses amis, confiant. Le garçon fixa les outils et se souvint des circonstances particulières dans lesquelles il les avait obtenus.

La nuit était tombée depuis longtemps quand les enfants se déployèrent autour de la propriété. Moignon vérifia que les rues attenantes étaient telles que Renard les avait indiquées et, lorsque la reconnaissance du quartier fut confirmée, ils agirent comme convenu.

Le quartier de Saint-Thomas-d'Aquin était celui des bourgeois, des banquiers et des industriels. Le noble faubourg était l'un des plus huppés de la capitale et n'avait rien à voir avec celui dans lequel ils vivaient. Pourtant, il ne se situait qu'à quelques rues du pont sous lequel ils venaient d'élire résidence.

Afin de s'assurer une rentrée d'argent régulière et de quoi manger, les orphelins travaillaient de temps en temps pour Renard, détroussant ou cambriolant des personnes qu'il avait sélectionnées pour eux. L'homme passait commande, et selon leurs envies et leurs disponibilités, ils y répondaient ou non.

Cette fois-ci, la belle demeure était un hôtel particulier de trois étages donnant directement dans la rue. Le receleur avait indiqué que le riche homme d'affaires qui avait la possession des lieux, François de Lerbier, était un amateur d'art, dont la collection renfermait sans nul doute quelques œuvres d'intérêt. La bande de Moignon était donc en mission pour trouver lesdits objets. Lors du repérage, ils avaient noté la présence d'une petite lucarne ronde située en hauteur et donnant sur une ruelle peu fréquentée. Considérant ses dimensions limitées, elle n'était pas accessible pour un adulte. Par contre, des enfants avec la peau sur les os pouvaient y accéder, moyennant quelques contorsions et une bonne courte échelle. C'étaient donc Boiteux et Morve qui avaient été désignés pour s'y faufiler. Mise à part Pleurs, ils étaient les deux plus petits de la bande et ils se complétaient parfaitement. L'un était particulièrement habile, tandis que l'autre pouvait facilement distinguer les objets de valeur de ceux qui en étaient dénués. Bègue et Moignon étaient chargés de les aider à grimper et de pousser les deux apprentis cambrioleurs le plus haut possible, pendant que les filles guettaient de part et d'autre de la rue d'éventuels passants.

Les garçons se hissèrent du bout des bras et, sans grandes difficultés, parvinrent à pousser la vitre de la lucarne. L'intérieur était un boudoir tout en longueur. Deux gros fauteuils élégants se faisaient face dans cette petite pièce à la décoration légère. Un tableau d'une vue sur mer, deux vases et quelques livres anciens agrémentaient le salon.

Avançant sur la pointe des pieds, les deux garçons plaquèrent leurs oreilles contre la porte, à l'écoute d'éventuels bruits de passage. Personne. Vu l'heure tardive, ça n'avait rien d'étonnant, aussi sortirent-ils dans le couloir. Selon les informations données par le receleur, le bourgeois était allergique aux poils de chien et la pièce dédiée à l'exposition de la collection personnelle de de Lerbier se trouvait au centre de l'hôtel, dans un puits de lumière aménagé sous une verrière. Renard avait raison sur les deux points. Éviter de se retrouver face à un chien de garde était particulièrement agréable, plus encore pour Morve qui ne portait pas les canidés dans son cœur.

En toute discrétion, ils pénétrèrent dans la grande salle. De nombreux tableaux étaient accrochés aux murs, tandis que des objets avaient été disposés sous des cloches de verre et dans des vitrines. La lumière de la lune éclairait parfaitement les lieux à travers la verrière. Les deux garçons s'activèrent, sélectionnant une collection de pièces de monnaie exotiques et des bougeoirs dorés, tout en laissant derrière eux les objets trop lourds ou fragiles. À cette occasion, le tenancier de *Troc de Luxe* avait d'ailleurs consenti à fournir une besace à Morve pour faciliter le transport de leur butin.

Une série de petites sculptures de bois représentant des figures royales accrocha le regard de Boiteux. Alors qu'il les soupesait, estimant qu'elles pouvaient facilement être transportées, le garçon entendit du bruit en direction de l'entrée. Les jeunes voleurs avaient pris soin de refermer la porte derrière eux, mais quelqu'un était en train d'abaisser la poignée. Le sang du plus petit ne fit qu'un tour. Il glissa jusqu'à Morve en mettant un doigt devant sa bouche. Une silhouette filiforme se faufila dans la grande pièce lumineuse. Les garçons se cachèrent derrière une armoire et retinrent leur souffle.

Un millier de questions leur passa par la tête. Avaient-ils fait du bruit ? Avaient-ils laissé une preuve de leur forfait ? Si la personne n'allumait aucune bougie et qu'elle se déplaçait aussi silencieusement, se pouvait-il qu'elle soit un cambrioleur pareil à eux ? Cette dernière hypothèse fut confirmée quand l'intrus passa à leur hauteur pour se diriger vers le fond de la pièce, à quelques mètres de là. L'homme était fin, avait la peau pâle, un bouc parfaitement taillé, des joues creusées, portait des vêtements sombres ainsi qu'un sac sur le dos.

Le destin était joueur.

Boiteux jeta un coup d'œil dans l'entrebâillement – entre l'angle de l'armoire et une vitrine – et vit l'homme déplacer un cadre pour révéler un coffre-fort inséré dans une cache murale. Le garçon était fasciné par les gestes silencieux et précis du professionnel. Il l'aperçut poser un nécessaire de crochetage et quelques affaires sur la commode proche. Ceci fait, le voleur se mit à écouter les mécanismes internes au coffre, collant une oreille sur le meuble sécurisé.

Cherchant à s'éclipser discrètement, Morve veilla à ce que les objets contenus dans sa besace ne tintent pas au gré de ses mouvements, alors que Boiteux ne résista pas à chiper la pochette d'outils à sa portée. Ils reculèrent à pas de loup pendant que le mystérieux voleur semblait toujours à l'écoute de son environnement proche. C'est en voulant abaisser la poignée pour s'enfuir qu'ils provoquèrent un grincement assourdissant. Le bruit fut tel qu'il réveilla toute la maison.

En entrant, le cambrioleur avait inséré une fine tige métallique au niveau des gonds de la porte pour signaler toute entrée impromptue durant son casse et les orphelins avaient déclenché le signal en sortant. Ils n'eurent pas le temps de comprendre ce qui leur arrivait que déjà l'homme s'était retourné, bondissant dans leur direction.

Boiteux et Morve se hâtèrent. Ils dépassèrent la porte, la refermèrent sur leur passage et le garçon handicapé sortit les outils de crochetage tout juste volés pour forcer la fermeture de l'entrée. Morve était cambré sur la poignée, la poussant de toutes ses forces pour empêcher l'autre de la baisser. Le cambrioleur était là, le visage plaqué contre la glace, leur faisant face, vitupérant et rageur.

— Satanés gosses, qu'est-ce que vous faites ? Laissez-moi sortir !

L'adrénaline courait, folle, dans leurs corps, mais Boiteux ne trembla pas lorsqu'il loqueta la serrure. Morve tira la langue au tout nouveau prisonnier et tous deux cavalèrent, heureux du coup qu'ils venaient de jouer, ravis d'avoir un coupable tout trouvé pour le vol. Alors qu'ils se faufilaient dans le boudoir pour sortir à l'air libre, ils entendirent le propriétaire des lieux ordonner à son majordome d'appeler la police toutes affaires cessantes.

— Ça a été ? s'enquit Moignon lorsqu'il les rattrapa.

— Un jeu d'enfants, s'amusa Boiteux.

— Un jeu d'enfants, répéta-t-il en se relevant, victorieux.

Boiteux baissa la poignée et la porte s'ouvrit sans grincements. Il rangea les outils de crochetage dans leur petite pochette de cuir pendant que ses amis le rejoignaient sur le perron à l'étage. Et alors qu'Allumette, fermant la marche, poussait doucement la porte derrière elle, la concierge, qui n'était pas encore complètement de retour chez elle, conclut par un :

— Vous lui direz que j'ai fermé sa fenêtre et ses volets, il faisait un froid de canard ! Ah, et aussi qu'il a reçu un colis. Je l'ai fait déposer sur…

Les orphelins n'écoutaient plus. Ils étaient déjà chez Georges Hubris. Le vieux monsieur n'était donc pas rentré depuis plusieurs jours. Était-ce dû à son invention ? À l'homme qui avait la montre en sa possession ? Même si Boiteux était excité, son instinct lui disait de faire attention, qu'en cherchant ils pourraient tomber sur quelque chose de dangereux, de mauvais. Il en était conscient, mais la curiosité était trop grande et l'envie de savoir trop forte. Il possédait une montre dont il voulait comprendre l'usage.

Les volets avaient été tirés de sorte que l'habitation baignait dans la pénombre. Allumette craqua une brindille afin d'éclairer les lieux. Une lampe à pétrole cuivrée avait été posée sur une étagère. Elle la prit et commença à illuminer les différentes pièces. De nombreux dessins de volatiles et des schémas d'inventions ornaient les murs. Des feuilles et des notes étaient épinglées et entassées dans des boîtes entrouvertes. Ici, des maquettes d'oiseaux en bois pendaient du plafond ; là, les plans de construction d'un chemin de fer étaient agrafés sur une planche en ébène. Il y avait des livres, des objets mécaniques et des horloges partout. L'endroit sentait l'huile et le vieux papier.

Dans la chambre, près du lit, Bègue vit un portrait ovale, le daguerréotype d'un homme d'une cinquantaine d'années, les cheveux blancs hirsutes, avec des lunettes trop grandes pour lui. Il ressemblait à l'idée qu'on peut se faire d'un vieil inventeur, mais il ne pouvait être certain qu'il s'agisse de l'homme en question. Quelque chose était écrit à l'arrière, mais même en s'y mettant à trois (Pleurs ne savait pas lire du tout), ils ne parvinrent pas à déchiffrer l'écriture tremblante.

L'horloger semblait s'être volatilisé.

Pleurs n'était pas rassurée et serrait la main d'Allumette. Celle-ci aperçut un secrétaire et tenta d'ouvrir le meuble sans grande réussite. Il était verrouillé et à moins de…

— Boiteux !

Elle avait appelé celui d'entre eux le plus apte à résoudre le problème. Le garçon à la jambe plus courte que l'autre était ravi de pouvoir aider l'adolescente. Sans aucune difficulté, il crocheta la pièce de mobilier et le verrou sauta. Le meuble s'ouvrit et dévoila ce qui aurait pu s'apparenter à un bureau, s'il n'avait pas été autant recouvert de notes et de plans. Parmi le fatras de feuilles volantes, la rouquine remarqua un petit carnet de cuir noir entouré d'une lanière élastique. Elle consulta l'ouvrage. Il était recouvert de pattes de mouche quasi illisibles et d'illustrations d'oiseaux, d'objets et de… la montre. Elle montra le dessin à Boiteux qui lui arracha le livre des mains. Le garçon passa en revue chacune des précieuses pages, espérant trouver une information, mais il ne comprenait pas ce qui y était écrit. Les inscriptions semblaient former des listes d'objets et de noms. L'un d'entre eux était entouré, mais il peinait à le déchiffrer.

Après avoir fouillé l'appartement, Pleurs tira la manche d'Allumette. La fillette lui indiqua un objet qu'ils avaient contourné sans faire attention tout au long de leur investigation, objet qui avait été posé juste à côté de la porte d'entrée, contre le mur.

— Hey… C'est quoi cette caisse ?

13
Une entrée fracassante

Arrêtés au bord de la chaussée, ils fixaient le pont de la Tournelle et la Seine en contrebas. Les boutiques ouvraient leurs portes en faisant grincer leurs gonds. Les marchands sortaient leurs étalages et discutaient avec les passants matinaux. Paris était réveillé et les deux témoins étaient assommés par le bruit montant de la rue environnant.

Le plus grand des deux vérifia aux alentours que personne ne les espionnait. Avec sa taille imposante et sa silhouette fluette, il ne passait pas inaperçu. Ses bras paraissaient trop longs, ses mains trop larges. Son chapeau était trop petit et son costume trop étriqué. L'endroit correspondait à la description que Renard leur avait fournie, mais QUATRE ne voulait pas être pris au dépourvu, voir surgir une variable inattendue. Il jeta un coup d'œil circulaire et, devant l'absence de problème à l'horizon, descendit l'escalier qui menait à la berge pavée. Le plus petit lissa sa moustache dressée et le suivit à son tour.

Grand et sec comme il l'était, QUATRE ne donnait pas l'impression de bouger, tandis qu'avec son gabarit réduit, SEPT dandinait avec exagération. L'endroit était insalubre, un véritable dépotoir constitué d'un amoncellement de cartons et de cagettes de fruits inutilisés. Un repaire parfait pour des clochards, pensa SEPT, dégoûté par l'apparence crasseuse des lieux. Pas étonnant que personne ne les retrouvait. Qui se risquerait à mettre les pieds dans une telle fange et à salir des chaussures de qualité ?

Méthodiquement, ils observèrent les alentours, cherchant l'entrée du taudis. Après quelques minutes d'inspection, QUATRE remarqua une superposition de plaques de tôle ondulées négligemment posées contre le mur principal, sous le pont.

Ils s'approchèrent aussi silencieusement qu'ils le pouvaient, à l'affût du moindre son en provenance de l'intérieur. Quelques bruits de pas confirmèrent qu'ils ne s'étaient pas trompés. Ils les avaient trouvés. SEPT tenta de se frayer un chemin en douceur au travers de l'interstice formé par les tôles masquant l'entrée et l'ouverture dans le mur, en vain. Il était trop volumineux. Il recula, réfléchit un bref instant, ordonnant les différentes options qui s'offraient à lui. Puis il trancha et, d'un geste de la main, fit comprendre à son frère qu'il avait le champ libre pour passer en force et tout détruire.

Les plaques métalliques ployèrent une première fois avant de s'envoler sous l'impact des coups.

14
L'ÉTRANGE CAISSE EN BOIS

La caisse en bois était haute d'une trentaine de centimètres et large d'une cinquantaine. Une cagette renforcée sans aucun logo dessus. Ni provenance ni indications du contenu, simplement l'adresse de la boutique de monsieur Hubris. Rien qu'une grosse boîte en bois rangée à la va-vite sur le côté, à l'entrée – probablement le colis déposé par la concierge.

Face à l'objet, les quatre gamins des rues étaient indécis. Ils ne savaient pas comment procéder au mieux, mais Bègue avait sa petite idée. Il passa sa langue sur ses lèvres, attendant l'approbation de ses amis sur la marche à suivre. Après avoir demandé à Allumette ce qu'elle en pensait, Boiteux agita la tête de haut en bas en direction du garçon avec le secret espoir d'enfin trouver de quoi satisfaire sa curiosité.

Bègue se jeta sur la boîte et entreprit d'en arracher les lattes de bois une à une. Elles lui résistèrent un temps, mais arc-bouté dessus à s'en faire blanchir les phalanges et rougir le visage, elles cédèrent dans un craquement bruyant. Le garçon était bon à ça, et lorsque sa force était utile au groupe, il n'avait pas l'impression d'être le gros bêta de la bande. Il le savait, malgré son handicap oral, personne ne se moquait de lui dans ces moments-là. Son carnage dévoila un ensemble de brindilles et de paille. Et alors qu'il allait enfoncer son bras dans le rembourrage pour en divulguer le contenu, une chose s'en extirpa. Une tige. Une tige qui se mouvait. Une tige semblable à un os terminé par des piques. Bègue se figea et une seconde branche sortit, similaire à la précédente. Les orphelins reculèrent, inquiets, tandis que plusieurs autres tiges émergeaient.

Pleurs s'était réfugiée derrière sa grande sœur d'adoption et se cachait les yeux avec ses mains. Boiteux, Allumette et Bègue se concertèrent du regard, ne sachant pas comment endiguer cette invasion de tiges. Et la créature jaillit.

— C'est quoi ça ? hurla la fillette.

— Je… je n'sais pas, cria Boiteux.

— Ja-jamais vu ça !

— Reste près d'moi, Pleurs. Ne bouge pas.

Allumette lui mit une main supplémentaire devant les yeux.

La créature était un pantin désarticulé, autant araignée de ferraille que Pinocchio squelettique. Sa gueule grotesque ressemblait à un long piège à loups aux crocs triangulaires aiguisés. Elle paraissait avoir quelques difficultés à se mouvoir, hésitant à trouver ses appuis. Comme pour démentir cette dernière observation, l'étrange corps aplati se redressa. Ils n'eurent pas le temps de le détailler dans toute son horreur que le squelette arachnéen amalgamé de morceaux de métal bondit. Il atterrit sur l'une des étagères, mais ses grincements et sa façon agressive de se tortiller ne laissaient pas de doute sur ses intentions. Il leur voulait du mal.

Les orphelins se séparèrent, se déplaçant chacun à un endroit différent du salon. Boiteux se glissa vers l'entrée, Bègue recula vers la chambre et Allumette et Pleurs se collèrent à la fenêtre. C'est vers elles que la créature se tourna. Elle prit appui sur ses pattes-bras et sauta sur la plus grande des deux. Allumette, tirant Pleurs vers elle, esquiva le premier coup. Les piques terminant les membres de la créature – en fait des lames acérées – percèrent la surface du mur, démontrant par l'exemple tout leur tranchant. Pleurs ne pleurait plus, elle était terrorisée.

— Tiens, prends ça, saleté ! Et prends ça aussi, et puis ça !

Boiteux balançait des livres, des outils et tout ce qui lui passait sous la main pour détourner son attention. Dans la foulée, il lança une latte en bois à Bègue.

— À toi d'jouer !

— Guillotine !

Le bagarreur réceptionna l'arme de fortune et frappa la créature qui cavalait en direction de Boiteux. Celui-ci profita de l'acharnement de son ami pour la contourner et se mettre un peu plus en sécurité. Toutefois, malgré l'abnégation dont faisait preuve le bagarreur de la bande, l'araignée métallique se débattait, dardant de ses tiges coupantes l'air alentour. La planche de bois cassa et la monstruosité se remit quasi instantanément sur ses pattes, prête à bondir sur son agresseur et à le découper. Bègue recula et tâtonna avec l'espoir d'attraper un objet lui permettant de se défendre.

Ce qu'il trouva lui sauva la vie. C'était la lampe à pétrole qu'Allumette avait posée sur le secrétaire. Ni une ni deux, le garçon projeta l'engin sur l'horreur squelettique, qui valsa vers l'entrée de la pièce. Le monstre s'enflamma immédiatement, chancelant et grinçant de toutes ses articulations, sans toutefois capituler.

— Qu'est-ce qu'on fait ? hurla Allumette.

— On s'en va !

Le feu se propageait dans l'entrée, des feuilles volantes s'embrasaient.

Les orphelins ouvrirent les volets en grand. Bègue récupéra le carnet que Boiteux avait laissé choir dans la confusion, et tous s'entraidèrent pour sauter par la fenêtre du premier étage. Ils ne regardèrent pas derrière eux et s'enfuirent au plus vite.

Alors qu'ils couraient à perdre haleine pour se mettre en sûreté, les horribles cris mécaniques de la créature résonnaient encore dans leur tête.

15

Un renseignement qui valait de l'or

TOC, TOC, TOC.

C'était presque l'heure du déjeuner et son ventre le lui faisait savoir. Il avait faim et ne tarderait pas à aller manger. Il répéta sa série de coups. Pas de réponse. Il retapa à la porte vitrée, attentif aux bruits et à d'éventuels mouvements à l'intérieur de la boutique. Aucun son ne parvint jusqu'à lui.

L'homme mit ses mains en visière et se colla à la vitrine, traquant la possibilité d'une quelconque information. Rien non plus. C'était un magasin qui ne payait pas de mine et faisait office de bijouterie et de magasin d'antiquités. Cette boutique faisait partie de sa liste de lieux à visiter pour, possiblement, retrouver les enfants. Le propriétaire était connu du service de la Sûreté en tant qu'ancien receleur d'objets volés. Un candidat parfait pour la petite enquête personnelle qu'il menait.

Joseph Delencre n'était pas homme à se laisser marcher sur les pieds. Il était obstiné et avait un fort caractère. Et s'il y avait bien une chose qu'il n'aimait pas, c'était se retrouver dans une impasse et être humilié – oui, ça faisait deux choses, mais peu importe. L'homme comptait bien retrouver les enfants qu'il considérait comme son seul véritable échec en tant qu'intendant au sein du pensionnat Gombert. Ils lui avaient valu son licenciement et il ne comptait pas en rester là. Avec les enfants, mais aussi avec cette boutique. Il toqua une dernière fois à la porte de manière un peu plus insistante et, à sa grande surprise, celle-ci s'ouvrit. Étonné, il entra. Il appela à voix haute le propriétaire des lieux, demandant si quelqu'un était là, espérant secrètement le contraire.

Joseph fouilla la pièce principale, examinant les objets qui auraient pu lui rappeler ceux volés, en vain. Le receleur n'était pas là. Il continua son inspection des lieux et traversa l'arrière-boutique où se trouvait normalement ce qui n'avait pas encore été étiqueté.

S'il était venu en début d'après-midi, il aurait immédiatement rendu son repas.

Le cadavre du revendeur gisait sur le sol, figé dans une posture d'effroi. Les mains de Renard avaient été concassées, écrasées comme si elles avaient été prises dans un étau. Des rougeurs vraisemblablement dues à une pression trop fortement exercée étaient visibles un peu partout sur son corps. L'homme avait indubitablement souffert, son visage était tordu de douleur. Nauséeux mais intrigué, Joseph prit le temps d'examiner la scène et de noter chaque information observée.

Quand il sortit du magasin, il dut se rendre à l'évidence, il n'avait plus faim. Toute digestion dans les prochaines heures était fortement compromise.

16
À LA VIE, À LA MORT

— On-on fait quoi maintenant ? demanda Bègue, dont l'excitation mêlait la peur et la curiosité.

Allumette et Pleurs avaient été bien secouées et tous étaient encore très impressionnés par ce qu'il venait de se passer. Ils ne pouvaient s'empêcher de penser à la créature, aussi personne n'osa répondre au garçon. Ils ne savaient pas exactement ce qu'ils devaient ou allaient faire. Il n'y avait pas de protocole de bonne conduite comme à l'orphelinat, pas de marche à suivre quand on avait affronté une monstruosité qui n'était pas censée exister.

Ils déambulaient dans les rues de Paris, longeant le quai de l'Hôtel, marchant tout en réfléchissant sur le pont Louis-Philippe, traversant l'île Saint-Louis et la Seine en direction de leur quartier général. Oui, ils devaient établir un plan. Oui, ils devaient prendre le temps de poser les choses, de parler de ce qui venait de leur arriver. Mais non, ce n'était pas normal. Non, ce n'était pas même possible. Ce n'était définitivement… pas humain.

— Dès qu'on rentre, il faut qu'on décrypte ce qu'il y a écrit dans le carnet qu't'as pris, Bègue. C'est p't'être le seul moyen d'en apprendre davantage. On doit… J'veux, se reprit Boiteux, j'veux comprendre ce qui se passe, ce qu'est ce monstre, ce qu'est cette montre et qui est la personne à qui je l'ai volée, confia-t-il, tout en réajustant sa casquette.

— Cette… cette… créature. C'était… horrible.

Allumette était sonnée. Elle ne savait plus quoi penser. Ils avaient affronté quelque chose qui allait à l'encontre de tout ce qu'ils croyaient. Quelque chose qui ne devait pas exister. Ça faisait beaucoup à digérer.

— J'pense que la créature devait tuer l'inventeur, monsieur Hubris. Elle était là pour ça. Il serait rentré chez lui, aurait ouvert la caisse et se serait fait…

Boiteux ne continua pas. Tous avaient parfaitement compris où il voulait en venir. Le taux d'adrénaline de Bègue commençait à retomber. Lui-même était en train de réaliser à quoi il s'était frotté, à quelle dangerosité ils avaient eu affaire. Ce n'était pas rien. Ils auraient pu mourir.

Ils marchèrent en silence jusqu'à arriver au pont. Encore perdus dans leurs pensées, ils dévalèrent machinalement les marches décrépites de l'escalier les menant sur le bord de berge. Aussi ne remarquèrent-ils pas que les tôles masquant leur entrée avaient été replacées à la va-vite.

C'est Bègue qui rentra le premier, et presque instantanément son odorat l'informa que quelque chose clochait. L'odeur n'était pas celle des égouts qui régnait habituellement. Ils n'étaient pas encore tous à l'intérieur que ses yeux lui confirmèrent son mauvais pressentiment.

— Pleurs, reste dehors !

Il avait ordonné, sans bégayer, sur un ton que la fillette n'aurait pas osé contredire.

Allumette s'arrêta à l'entrée, se retournant et barrant le passage à la plus petite. L'adolescente avait déjà senti cette odeur en passant dans l'arrière-cour d'un boucher. Elle ne savait pas exactement ce qui se tramait, mais elle se doutait que quelque chose était arrivé. Quelque chose de vraiment mauvais. Elle se tourna et s'agenouilla, regardant Pleurs dans les yeux, tout en maintenant ses frêles épaules.

— Pourquoi tu trembles ? lui demanda-t-elle.

À l'intérieur, il n'y avait plus beaucoup de lumière. L'ouverture en hauteur avait été en partie obstruée par un gros bloc de pierre. La table avait été renversée, leurs paillasses saccagées, mais il faisait trop noir pour vraiment comprendre la situation. Bègue n'y voyait quasiment rien.

— Allumette, Allumette, j'ai besoin de tes…

Elle tendit le paquet à Boiteux sans se retourner ni même le regarder et sans qu'il ait à finir sa phrase. Le garçon les prit et repartit à l'intérieur. Il craqua la brindille et éclaira l'horreur. La petite flamme fit briller un corps. Morve se trouvait dans un coin, démantibulé, les os brisés, le regard vide comme une vulgaire poupée de chiffon. Du sang coulait de ses vêtements déchirés.

Bègue tremblait, incapable de contrôler ses jambes. Boiteux, livide, chercha Moignon. Il tentait de se concentrer et de faire abstraction de la vision qui s'était imprimée sur la rétine de ses yeux écarquillés. Il cherchait le chef de bande. Où était-il ? Il s'affola, s'énerva, commença à balancer tout ce qui lui passait sous la main, retournant le repaire dans son intégralité. En vain. Il n'était pas là. Il n'était pas…

Un bruit se fit entendre. À l'intérieur du repaire. Tout près d'eux. Les deux garçons se regardèrent. Le son provenait de sous leurs pieds, par-delà les plaques de fer qui dissimulaient les canalisations. En silence, doucement, ils en firent glisser plusieurs et soulevèrent celle sous laquelle ils avaient entendu du bruit. Il était là, roulé en boule, les yeux mouillés, le nez coulant. Moignon. Vivant.

— Qu'est-ce… Qu'est-ce qui s'est passé ? demanda Boiteux, en pleurs.

Moignon déglutit avec difficulté.

— J'ai-j'ai pas pu. J'ai-j'ai pas su quoi f-faire.

Il sanglotait, avalant ses larmes, le souffle coupé.

— Je-je me suis ca-caché. Ils-ils l'ont tué pendant que j'-j'étais…

— Qui ? Qui a fait ça ?

L'instant de silence durant lequel l'adolescent tenta de choisir ses mots sembla durer une éternité.

— Les-les monstres.

Dans le coin, face à eux, les fixant d'un regard voilé, se trouvait le cadavre recroquevillé de Morve, alors que le chef de la bande était perdu dans ses pensées.

— Vite ! Vite ! cria-t-il. Allez !

Moignon s'était collé dans le renfoncement d'une alcôve, attendant au bout du passage menant au marché d'Aligre. La rue était étroite et il avait légèrement déplacé la charrette de l'un des marchands proche pour agir. Ils s'étaient séparés en deux groupes. Allumette, Bègue et Boiteux se chargeaient des provisions, tandis que le binôme Morve-Pleurs était de corvée de fripes. De la nourriture pour remplir des estomacs qui grognaient un peu trop et quelques habits pour remédier à leurs guenilles froissées par le temps. Il se tenait prêt, n'attendant plus que le dernier – Boiteux – soit arrivé à sa hauteur pour pousser la charrette et couper la route aux poursuivants, maraîchers mécontents et bouchers vindicatifs.

— C'est bon, c'est bon, vas-y ! annonça, essoufflé, le garçon à la jambe raide.

Au signal, le plus grand d'entre eux prit appui sur sa main et son avant-bras et fit rouler la carriole. L'engin était lourd, mais l'urgence de la situation décuplait ses forces. S'il n'y arrivait pas, ils passeraient un très mauvais moment – un très mauvais moment qui risquait de s'éterniser. Il n'avait donc pas le choix. Il devait réussir. Dès qu'il se fut assuré du blocage du passage, Moignon courut à grandes foulées pour rejoindre le reste des voleurs qui avaient pris de l'avance.

Ils ne regardaient pas derrière eux. Ils slalomaient entre les étalages, se faufilant dans les ruelles les plus tortueuses et sordides, déviant de leur trajectoire à la moindre occasion pour ne pas faciliter l'éventuelle poursuite. Arrivés sur les quais de Seine, ils dépassèrent le pont avec l'idée de se perdre de l'autre côté de la rive, mais…

— Là ! Vite, suivez-moi, cria le chef de bande.

L'adolescent fermait la marche – la course plus exactement –, s'assurant que personne ne manquait à l'appel, qu'aucun d'entre eux ne s'était fait prendre ou se trouvait en difficulté. Il s'était arrêté, indiquant du bout du doigt un endroit qu'il avait remarqué en longeant la rive de l'autre côté.

Les six anciens échappés de l'orphelinat rasèrent le quai, descendirent quelques marches humides et se hâtèrent de se dissimuler sous le pont. Là, de la ferraille, des cagettes et des détritus masquaient mal une guérite de chantier abandonnée.

— C'est ici, annonça-t-il encore essoufflé.

— Comment ça « c'est ici » ? lança Morve qui tentait de reprendre son souffle malgré son nez encombré.

— Qu'on va s'installer.

— Quoi ? Là ?

Les bras pleins de victuailles et de vêtements, les cinq voleurs regardèrent autour d'eux, prenant conscience de l'existence du réduit.

— T'es sûr ? questionna Boiteux.

— Un peu d'imagination que diable ! Cet endroit est parfait !

— Pourquoi pas, admit Allumette.

— Vous allez voir… On va retaper les lieux et on va faire de ce coin miteux notre palace, s'enthousiasma le jeune homme à la main absente. On est cachés, invisibles aux yeux des passants, on a accès aux deux rives : ça peut faire un excellent quartier général.

— Ce sera notre repaire secret, s'amusa Pleurs.

— Oui, confirma-t-il. Pour notre future organisation.

— Organisation ?

— Une entreprise de troc, d'échange et de revente.

— Un véritable empire, se moqua Morve.

— Tu t'emballes un peu vite, fit remarquer Boiteux.

— Peut-être, mais ça fait plusieurs mois qu'on vit dans la rue et on n'va pas tenir indéfiniment de la sorte. Il nous faut un lieu à nous, un endroit où l'on pourrait vivre et dormir sans craindre le mauvais temps et les gêneurs.

— Tu as l'air bien sûr de toi, maugréa Morve.

— On a vécu ensemble. On s'est enfuis ensemble. On survit ensemble, répondit-il. Il est temps qu'on vive ensemble.

— À la vie, à la mort ? demanda Boiteux.

— Exactement. À la vie, à la mort, reprit-il. Eh oui, Morve, je suis sûr de moi. Avec un lieu comme ça, fini la vie au jour le jour, plus d'inquiétude pour savoir où dormir, plus de dilemme pour savoir quoi garder avec soi. On sera tranquilles. Moi, j'vous l'dis. C'est la belle vie qui commence !

— On pourrait l'emmener chez le docteur Hippolyte ? On pourrait… On pourrait… cria Allumette, en larmes, à court d'options.

Elle ne bougeait plus, tétanisée par la peur.

Moignon était sorti à l'extérieur en tremblant, mutique, et les garçons l'avaient suivi. Ils se trouvaient tous dehors et leur chef s'était assis au bord du quai sans rien dire. Ils délibéraient du sort réservé à leur compagnon. Personne ne voulait rester à l'intérieur de ce qui était devenu un tombeau. Il faisait si beau. Le contraste n'en était que plus déstabilisant.

— Il-il est mort.

Bègue tentait de raisonner l'adolescente. Pleurs les regardait s'agiter sans véritablement saisir ce qui était arrivé. Elle avait tout juste compris que Morve avait disparu et la puanteur qui s'échappait par-delà les plaques de zinc l'avait vaccinée de toute tentative pour rentrer à l'intérieur.

— Mais… mais… tu disais qu'un bon docteur pouvait tout réussir. Le docteur Hippolyte avait sauvé ton bras…

— C'est trop tard, Charlotte !

Moignon s'était levé, hurlant.

— Ils l'ont massacré, ils l'ont… et moi, j'ai…

Alors qu'il faisait les cent pas, les larmes lui remontaient aux yeux. Prenant une grande respiration, s'adressant à chacun d'entre eux, baissant le ton, il s'expliqua.

— Morve était encore à moitié endormi quand les plaques à l'entrée ont volé. Je lui ai gueulé de se réveiller, que les policiers étaient là, mais il n'a pas bougé suffisamment vite. J'ai… j'ai… j'ai soulevé la plaque derrière la table et je me suis glissé dessous du mieux que j'ai pu pour… pour m'cacher.

Moignon était sombre, regardait le sol.

— Je ne les ai pas vus. Je les ai juste entendus marcher. Et ça parlait, mais je n'ai pas compris… Le son était masqué par les plaques. Mais lui, je l'ai entendu. Je l'ai entendu… Je l'ai entendu.

Le disque était rayé, Moignon ne faisait que répéter les mêmes mots. Il avait le regard flou, dans le vague.

— Tu as eu peur, c'est normal, tenta de le consoler Allumette.

Elle s'approcha lentement avec des gestes mesurés pour le rassurer, mais l'adolescent était hystérique.

— Je l'ai entendu hurler ! Il hurlait ! Ça a duré tellement longtemps… C'était…

Les orphelins ne savaient pas quoi dire. Ils étaient désemparés. Ce n'était pas dans l'ordre naturel des choses que de devoir réconforter un chef, de devoir le rassurer. Ils ne savaient pas comment faire. Ils ne connaissaient pas les mots. Moignon marmonna.

— J'ai eu peur. J'ai été lâche. J'ai… j'ai… je suis un mauvais chef.

— Arrête ! lui intima la rouquine.

Les yeux de l'adolescente étaient rouges et ses traits crispés.

Ils restèrent debout, immobiles, dans le silence le plus long et le plus affreux qu'ils aient connu de toute leur brève existence. C'est Boiteux qui, d'une voix assurée, rompit cette langueur morbide.

— La montre.

— Quoi la montre ? le regarda Moignon qui n'y était pas du tout.

— Avec la montre, on…

— On peut le faire ! s'enflamma Allumette.

— Oui-oui-oui-oui. On-on peut ! s'enthousiasma Bègue qui comprenait où ils voulaient en venir.

Moignon resta interdit, ne réalisant pas ce qui se passait. Pleurs s'approcha de lui et le regarda droit dans les yeux.

— Avec la montre, on peut re-mon-ter le temps.

Moignon dévisagea chacun de ses amis, puis fixa Boiteux.

— On… on peut ?

— Oui. On peut, et on va.

Le garçon à casquette esquissa un sourire. Il serrait la grosse montre dans la paume de sa main tremblante.

— On va remonter le temps, et on va le ramener. Tu vas voir. On va tout effacer.

17

Un passé plein d'espoir

— Mais si je remonte le temps avec vous, comment ça va se passer ? J'étais avec Morve au moment où… Si j'étais avec lui, comment ça peut marcher ? Je vais me voir là-bas ? Je serai en double ?

— Sincèrement, Moignon, j'en sais rien, s'excusa Boiteux.

Le plus petit des garçons tenait l'objet précieux dans ses mains à la vue de son ami. Moignon n'osait pas s'avancer ni le toucher. La montre dorée recelait maintenant une aura sacrée. Elle avait le pouvoir de sauver leur ami. L'adolescent se sentait si lâche, si peureux. Il n'avait pas su protéger Morve. Méritait-il de la toucher ? Avec l'influence néfaste qu'il avait, il pouvait la casser rien qu'en la prenant dans ses mains. Il était mauvais. Il était maudit. Il en était persuadé.

— Je peux pas t'dire. J'vais pas t'raconter n'importe quoi. J'sais pas encore très bien comment elle fonctionne. Mais j'pense que la seule façon d'le savoir, c'est d'essayer. Et puis est-ce qu'on peut s'permettre d'attendre ? Tu veux sauver Morve, oui ou non ?

— Oui, évidemment !

Moignon le regarda. Il hésita durant quelques longues secondes, puis se rangea à l'avis de Boiteux. Non, effectivement, ils n'avaient pas le choix. Ils devaient absolument le faire. Il voulait effacer cet événement de la réalité et souhaitait le faire au plus vite, pour ne pas porter ce souvenir trop longtemps en lui. Il n'en supportait déjà plus le poids. Plus il attendait, plus il s'en souviendrait à jamais. Il fallait en faire une histoire ancienne le plus rapidement possible.

— Fai-faisons-le.

— Oui, se joignit Allumette. On l'doit.

Moignon esquissa un vague sourire à son tour.

— Tu as raison… Faisons-le.

— Bon. Tenez-vous tous la main. Pas les épaules ni les habits, mais une partie du corps. Les mains ou le visage si vous voulez, du moment que c'est de la peau. D'accord ? Me demandez pas pourquoi, c'est pas moi qui fais les règles !

Tous hochèrent la tête. Ils comprenaient. Ils ne pouvaient pas se permettre de se tromper. C'était trop grave. Boiteux bougea les fines aiguilles de la montre à gousset jusqu'à quelques minutes avant que le crime n'ait eu lieu, conformément aux indications données par Moignon. Ceci fait, le garçon tendit la main au chef qui fermait les yeux, s'attendant visiblement à ressentir une intense décharge. Et Boiteux appuya.

Les aiguilles jaunes se figèrent. Le soleil bougea rapidement dans le ciel pour redescendre un peu. Quelques ombres se déplacèrent autour d'eux, semblant rire de leur malheur. Un courant électrique parcourut les bras de chacun d'entre eux, en partant de la main tenant la montre jusqu'à celle de Pleurs qui fermait la ronde. Et les aiguilles reprirent alors le cours normal du temps.

Moignon ouvrit les yeux, ne sachant pas à quoi s'attendre. Il découvrit les bords de Seine, avec son dépotoir et ses tôles ondulées masquant leur repaire sous le pont. Ils avaient réussi et étaient de retour sur le quai bordant le fleuve.

— Attendez, attendez !

Moignon, suivi d'Allumette et de Bègue, courait, pressé d'aller à la rencontre de leur ami. Boiteux les arrêta.

— Faites attention. Il ne faut pas que Morve sache ce que l'on vient d'faire. Jamais. Au mieux… il ne comprendrait pas. Au pire… Je ne sais pas. Mais j'crois que ça ne serait pas bien.

— C'est vrai, continua Allumette. Ce serait trop… bizarre pour lui. Déjà qu'pour nous, c'est bizarre (elle n'avait que ce mot à l'esprit, la seule façon de qualifier les événements qu'ils étaient en train de vivre), alors je n'imagine même pas pour lui…

— On est d'accord ? demanda Boiteux.

Ils hochèrent la tête. Sauf Pleurs, qui n'avait toujours pas exactement compris où avait disparu Morve. Cette décision prise, ils entrèrent dans le repaire insalubre. Ils jouèrent de prudence, marchant lentement, faisant le moins de bruit possible, attentifs au moindre mouvement. Plus que le moisi, l'intérieur sentait encore l'odeur forte et douceâtre du sommeil. Chronologiquement, Boiteux, Allumette, Bègue et Pleurs étaient réveillés et partis depuis peu. Moignon était introuvable, confirmant ainsi l'hypothèse que le garçon soupçonnait : celui qui remontait le temps restait dans l'état et à la place où il se trouvait au moment d'utiliser la montre. Le chef de bande était sur les berges, entouré de ses amis, lorsqu'ils avaient actionné le mécanisme, il se situait donc exactement à la même place en retournant dans le passé. L'adolescent en pleurs, attendant caché sous les plaques métalliques de leur repaire, n'existait plus. Il était avec eux.

Et Morve était là aussi. Sur sa paillasse, dormant, complètement indifférent à leur présence et inconscient de sa prochaine fin. C'est Allumette qui le tira de son sommeil. Elle le réveilla en le saisissant dans ses bras. Le garçon sursauta, en proie à ses rêves.

— Q-q-q-q-quoi ?

— Rien, rien, rien. Je suis si contente de te voir.

— Je savais que tu étais secrètement amoureuse de moi.

— Ça-ça me fai-fait plaisir que tu sois là, continua Bègue.

— Eh bien, comme vous pouvez le voir, je dormais, pesta-t-il tout en chaussant ses lunettes. Où vouliez-vous que je sois, bon sang ?

Il s'était couché, vexé par l'expérience ratée avec la montre, et avait été tiré de son sommeil. Il était d'une humeur massacrante, pour ne pas changer.

Moignon ne disait rien. Il se tenait en retrait, se contentant de le fixer, aphone. Il tremblait légèrement et ses yeux mouillés laissaient entrevoir la tempête qui avait lieu dans son esprit torturé par les événements. Morve avait été tué, et il n'avait rien fait. Morve était vivant, et il ne savait pas quoi faire non plus.

Alors qu'ils célébraient le renifleur grognon, amassés autour de lui, sans que celui-ci ne comprenne d'où venait ce soudain regain d'affection, Moignon perçut quelque chose à l'extérieur. Un bruit qu'il avait déjà entendu une paire d'heures auparavant. Son sang ne fit qu'un tour.

— Vite ! Bègue, aide-moi !

Les orphelins se figèrent, ne comprenant pas le ton apeuré de leur chef. Boiteux regarda la montre et réalisa ce qui se passait. Le chef de bande déplaça de sa main valide l'une des plaques humides au sol. Bègue et Boiteux l'aidèrent à bouger les autres.

— Vite, vite ! Descendez dessous. Cachez-vous ! Vite !

— Allez, venez ! encouragea Boiteux.

— Je ne comprends pas, se risqua Morve.

— On a pas le temps, viens ! chuchota Moignon.

Face à l'ordre qui ne souffrait pas la contradiction, l'enfant glissa dans le trou, se plaquant contre une des canalisations souterraines. Lorsqu'ils furent tous descendus, Moignon replaça du mieux qu'il le put la tôle au-dessus de leurs têtes.

— Surtout, ne faites pas de bruit tant que je ne vous l'aurai pas dit.

À peine avait-il fini sa recommandation qu'ils entendirent un brouhaha. Les planches dissimulant l'entrée venaient de voler. Quelques secondes plus tard, des pas lourds résonnèrent. Les monstres avaient une démarche lente et saccadée. Ils cherchaient quelque chose et s'appliquaient à détruire le quartier général des orphelins. Ils jetèrent les deux bancs dans les angles de la pièce, balancèrent les couvertures puantes qui servaient de lit et saccagèrent consciencieusement l'ensemble de l'antre. Allumette avait mis sa main sur la bouche de Pleurs, de peur que celle-ci gémisse. Elle-même n'était pas rassurée. Elle n'aimait pas le noir, encore moins l'odeur des canalisations proches et les rats qui se faisaient entendre au loin, mais elle devait tenir bon. Morve ne comprenait rien de la situation. Il était paumé et se demandait même s'il n'était pas en train de rêver, de cauchemarder plus exactement. Il aurait préféré.

Finalement, après quelques minutes pendant lesquelles la tension fut à son comble, les pas se dirigèrent vers la sortie. Moignon voulait attendre quelques minutes supplémentaires, mais Boiteux ne l'entendait pas de cette oreille. Il s'accroupit et poussa la plaque au-dessus de sa tête, ne laissant dépasser que sa casquette.

— Qu'est-ce que tu fais ? lui demanda l'adolescent.

— J'sors. J'veux voir.

— Tu veux voir quoi ? s'énerva le chef.

Le garçon à casquette laissa filtrer de la lumière en surélevant la lourde plaque.

— Je veux les voir.

Moignon resta bouche bée. Boiteux sortit de leur cachette.

— J'veux les suivre. J'veux savoir où ils vont, qui ils sont. J'veux connaître ceux qui ont…

— Ce sont des hommes de La Teigne ? renifla Morve.

— Non… Je crois qu'ce sont des gros bras qui travaillent pour le bourgeois que j'ai dépouillé hier. Celui à qui j'ai volé la montre. J'pense qu'ils sont venus la reprendre.

— Ah… ta foutue montre, maugréa Morve qui se rappelait du ridicule des expérimentations de la soirée précédente.

— J'vais avec toi.

Le ton employé par Bègue était ferme et résolu, sans bégaiement.

— Moi aussi.

Allumette s'était levée et Pleurs la suivit.

— D'accord. Mais on doit s'dépêcher, sinon on va les perdre de vue.

Morve haussa les épaules. Il ne comprenait pas, mais il allait suivre le groupe afin d'être éclairé sur la situation – du moins l'espérait-il. Finalement, au fond de ce trou noir ne restait que Moignon, hésitant, fébrile. Boiteux lui tendit la main.

— Tu viens avec nous ou pas ?

18

L'USINE À CAUCHEMARS

Les monstres étaient deux. L'un était exagérément grand et fin, l'autre aussi petit que rond. Une véritable boule qui ne dépassait pas la taille de Boiteux. Les deux créatures marchaient en silence, talonnées par les orphelins. Moignon n'était pas emballé par l'idée, mais ne pouvait laisser les siens poursuivre les monstres sans rien faire. D'une manière ou d'une autre, il devait participer.

— Qu'est-ce qu'on fera une fois qu'on les aura suivis jusqu'au bout ?

— Je ne sais pas, répondit Boiteux.

— Tu ne sais pas ? Comment tu ne sais pas ? Et si…

— Je ne sais pas. Qu'est-ce que tu veux que j'te dise ? Mais si tu préfères, on peut attendre qu'ils reviennent nous rendre visite et saccagent encore une fois notre chez-nous, qu'ils nous blessent ou qu'ils fassent pire, si tu vois c'que j'veux dire…

Boiteux, par ces derniers mots, défiait sensiblement l'autorité de l'adolescent. Celui-ci voyait très bien ce qu'il voulait dire et où il voulait en venir. Le garçon remettait en cause son statut de chef.

— Il faut reconnaître qu'il a raison sur ce point, admit Morve.

Moignon ne pouvait désapprouver sans se mettre l'ensemble de ses amis à dos.

Durant le trajet, ils racontèrent une histoire à coucher dehors au garçon renifleur pour que celui-ci arrête de les harceler de questions.

En allant à la rencontre du créateur de la montre, ils avaient été poursuivis par les deux étranges personnages, et ce jusqu'au repaire. Les mystérieux dandys, avaient-ils annoncé, étaient des monstres doublés d'assassins. Ils étaient formels, même s'ils n'avaient vu personne se faire tuer par leurs soins. Morve avait un peu tiqué avec cette dernière information, mais pris dans l'adrénaline de la filature, il n'avait pas insisté.

Suivant toujours l'improbable duo à distance, les orphelins avançaient le long du quai de Grenelle, dans le 15e arrondissement. Grenelle n'était pas le quartier le plus glorieux de la capitale et était considéré comme une zone exclusivement réservée aux industriels et aux ouvriers. Les gamins des rues avançaient au milieu de maisons entassées les unes sur les autres. Les logements étaient clairement insuffisants et, voyant les taudis, la bande se mettait à apprécier leur vieux repaire puant sous le pont de la Tournelle. De nombreuses entreprises avaient fait faillite dans les environs ces dernières années : textile, ameublement, métallurgie, arts graphiques, beaucoup de domaines avaient été touchés. Ne restaient que les activités insalubres – production de gaz, raffinage de pétrole, chimie – et celles dédiées à la nouvelle industrie de l'automobile et de l'aéronautique.

Ils croisèrent des mines peu reluisantes, quelques figures patibulaires, des hommes au physique carré et au front large, ainsi que des ouvriers couverts d'huile et de suie – des visages énergiques barrés par d'épaisses moustaches, qui travaillaient dans les usines environnantes. Les deux personnages se dirigèrent sans hésitation vers une de ces fabriques sans nom. Lorsqu'ils frappèrent à la porte d'entrée pour qu'on vienne leur ouvrir, le ciel s'était déjà bien assombri.

Le sinistre bâtiment expulsait quelques fumées grisonnantes à travers ses longues cheminées. Pour autant, rien n'indiquait ce qui s'y fabriquait. Les orphelins s'étaient dissimulés derrière un amoncellement de briques pour ne pas rester face à l'entrée et se demandaient quoi faire de plus.

— On pourrait peut-être s'approcher en rasant le mur là-bas, se risqua Boiteux.

— C'est f-faisable, confirma Bègue.

L'un des murs du bâtiment pouvait être longé et permettait de se positionner à l'abri des regards à flanc d'usine. Ils se regardèrent et se décidèrent sans même discuter. C'était entendu. L'un après l'autre, en file indienne, menés par Boiteux, ils se collèrent au parapet à proximité. Ils le suivirent, accroupis, jusqu'à arriver au niveau du bâtiment qu'ils visaient. Des caisses avaient été entreposées sur le côté. Le parfait endroit pour se cacher, mais aussi pour grimper sur les cagettes de bois et jeter un coup d'œil par les grandes fenêtres situées en hauteur. Encore une fois, prenant les devants, le garçon boitillant se proposa. Ils attendraient en contrebas tandis qu'il irait voir de quoi il en retournait. Personne n'objecta. Le plus petit garçon de la bande prit position et frotta l'un des carreaux sales pour distinguer ce qui se tramait à l'intérieur.

L'usine était remplie de matériel, de ferraille, de machines-outils et de gros objets – principalement des coques de voiliers et des gouvernails, tout autant d'éléments de construction navale. Plusieurs chantiers semblaient en cours et des hommes en bleu de travail s'échinaient à polir, puis à assembler différentes pièces. Scrutant l'intérieur, Boiteux aperçut les deux étranges personnages. Ils s'entretenaient avec une personne habillée de la même manière qu'eux – c'est-à-dire en costume, grande gabardine noire, et chapeau haut de forme. Les trois personnages descendirent un escalier souterrain au fond de la pièce principale, ce qui empêcha le garçon d'en voir davantage.

Redescendu de son poste d'observation, il fit part de ses remarques à ses amis.

— Qu'est-ce qu'on fait ? demanda-t-il.

— Qu'est-ce que tu veux faire ? lui répondit Moignon, bougon.

— On peu-peut pas rentrer à l'intérieur ?

— Il y a des gens, Bègue. Des ouvriers. Je ne vois pas comment on pourrait entrer sans s'faire remarquer.

— Non mais vous êtes dingues, grogna Moignon. C'est du suicide, votre histoire. On va pas aller se faire frapper, ou pire, rien que pour savoir qui sont ces gens ! On va leur rendre la montre et puis…

— Peut-être qu'en grimpant le long de cette crevasse dans le mur et en montant sur le toit, on pourrait voir quelque chose, non ?

Allumette se sentait pousser des ailes.

— Je les ai vus se diriger vers le sous-sol, il faudrait sûrement qu'on…

BOUUUM !

Le sol trembla. Boiteux faillit tomber les fesses les premières tellement la secousse avait été puissante. C'était le bruit d'une explosion – d'une détonation tout du moins – sous leurs pieds, dans les sous-sols. Les orphelins se regardèrent, s'assurant qu'aucun d'entre eux n'avait été blessé par la violence du choc. Non, tout allait bien… jusqu'à ce que Pleurs indique du doigt un mouvement au sol, au loin.

Dans la ruelle tangente au bâtiment où ils avaient trouvé refuge, une plaque d'égout se soulevait difficilement, libérant des filets de vapeur pressurisée. Un bras humain en sortit, ensanglanté, s'agrippant violemment à l'asphalte.

19

Multiples explosions

Plus loin, une seconde plaque d'égout racla le sol. La première avait été poussée de tout son long et un bras blessé en était sorti. C'était Moignon, resté en retrait du tas de caisses, qui se trouvait ironiquement au plus près du trou dégorgeant une fumée chaude et humide.

Poussé par la curiosité des autres orphelins qui attendaient qu'il fasse le premier pas, il s'avança prudemment, collé au mur de briques du bâtiment, ne sachant pas à quoi il se confrontait. Un grondement mêlé de voix d'hommes résonna dans les sous-sols par-delà l'ouverture brumeuse. Il y eut des crissements et des hurlements et tous les orphelins s'approchèrent un peu plus. Rien ne dépassait de la seconde plaque d'égout. Quant à la première, elle avait…

— Aaaah !

La tête d'un homme blessé surgit. Plusieurs minces filets de sang dégoulinaient de sa bouche tuméfiée. Son visage portait des marques de griffes – d'anciennes cicatrices rosées. Malgré sa soixantaine d'années passées et son état de santé actuel, il était athlétique. Alors que le sol se remettait à trembler, l'homme au physique élancé reprit ses esprits et tendit un bras vers Moignon. Celui-ci hésita quelques instants avant d'aller à sa rencontre. Parallèlement, un autre blessé était en train de s'extirper de l'ouverture la plus éloignée. C'est à ce moment précis qu'une gigantesque explosion retentit à l'intérieur de l'usine, pulvérisant les vitres, projetant du verre, de la ferraille, ainsi que les enfants au sol. L'homme le plus éloigné glissa et fut aspiré par l'égout en étouffant un gargouillement. Celui qui était jusqu'alors à leur portée fut instantanément enseveli sous des gravats.

Quand l'adolescent se releva, l'usine brûlait. De la fumée sortait, sombre et tumultueuse, des fenêtres brisées. Observant le désastre, pétrifié par la violence de ce qui venait d'arriver, Moignon n'entendit pas immédiatement les gémissements de l'homme à ses pieds. Malgré les décombres le recouvrant, il n'était pas mort. L'adolescent recula machinalement, effrayé par la proximité du sang et des mutilations qu'il percevait. Le visage tordu sur le côté, la main tendue, le torse comprimé par des cailloux, les os cassés, l'homme agonisait, la mâchoire broyée par la douleur. Une longue traînée de sang se trouvait à l'endroit exact où le bras du blessé s'était posé quelques instants plus tôt. Ce membre déchiré lui rappelait celui qui avait été le sien, à la sortie du pensionnat Gombert.

L'odeur de brûlé commençait à se faire sentir, du métal, de l'huile, mais pas que. Choqués par le souffle de l'explosion, les orphelins s'étaient progressivement relevés. Le garçon à la jambe raide avait ensuite hâté ses pas en direction du mourant, dépassant Moignon qui le regardait fixement sans bouger. Boiteux s'accroupit près des gravats humides rougeoyants et parla doucement, distinctement.

— Ne vous inquiétez pas. Vous n'allez pas mourir. Nous allons vous ramener.

Ce faisant, il tira la montre à gousset hors de sa poche et s'apprêta à héler ses amis. À la vue de l'objet doré, les yeux de l'homme s'écarquillèrent et il chuchota péniblement.

— Non ! Non… N'utilisez pas le…

Il avait rendu son dernier souffle.

Les orphelins arrivèrent près de Boiteux, mais le garçon resta interdit durant quelques secondes, étant le seul à avoir entendu l'avertissement du mort, méditant sur ses derniers mots. Il réfléchit, tenta de déterminer ce que l'homme sous-entendait, les raisons qui justifiaient ses paroles. Peut-être connaissait-il les capacités de la montre et avait voulu l'avertir d'un quelconque danger? En l'absence de réponses évidentes, Boiteux se leva et s'adressa à ses amis.

— Qu'est-ce que vous en pensez? On peut le faire.

S'essuyant le nez, Morve le regarda, dubitatif.

— Assumant que les bêtises que tu m'as racontées hier soir se révèlent finalement exactes – ce que je ne crois pas –, franchement, est-ce qu'on a le droit de faire ça? Je veux dire, ce n'est pas naturel. On change les choses. D'après ce que vous m'avez expliqué, on supprime ce qui devait se passer. C'est pas très… normal, vous ne trouvez pas?

— Franchement, qu'est-ce que ça peut faire qu'on ait le droit ou non?

Boiteux le regarda sans parvenir à énoncer une repartie plus solide. Face au garçon à lunettes, il ne savait pas comment argumenter. C'était Morve, celui qui avait le plus bénéficié de la montre sans en avoir connaissance. C'est sûrement pourquoi Bègue rompit la discussion. Il prit la main de Boiteux, décidé. Pleurs s'approcha à son tour, suivi par une Allumette résolue. Moignon, fantomatique, accompagna le mouvement et Morve, se pliant à l'avis général, tendit l'avant-bras. Boiteux modifia la position des aiguilles, attrapa la main de son plus proche compagnon et vérifia d'un coup d'œil que tous se tenaient bien.

— OK. Allons les sauver.

Le garçon à casquette appuya ensuite sur le bouton central.

— Ouhhh. Dites donc, ça picote votre machin!

Morve sautillait, agitant l'avant-bras, cherchant à se débarrasser de la désagréable sensation électrique. Il était visiblement plus sensible que les autres à la décharge temporelle. Peut-être un signe de son passif avec la montre.

— Oh, fais pas ta chochotte! s'amusa Allumette.

Boiteux fit les comptes. Ils étaient tous là, tous parvenus à destination. Il était ravi. Ça marchait vraiment. La montre allait changer leurs vies, il en était maintenant certain. Ils se trouvaient de nouveau dans la ruelle longeant l'aile gauche de l'usine, non loin des caisses en bois. Morve le regarda. Il avait été surpris de l'efficacité du procédé, mais essaya de rester concentré.

— Tu l'as réglée combien de temps avant ?

— Euh… cinq minutes environ.

— C'est là. Et c'est là.

Pleurs indiquait du doigt les deux plaques d'égout par lesquelles les deux hommes avaient tenté de s'extraire.

Ils se dirigèrent rapidement vers elles. Bègue et Allumette, aidés par Moignon, soulevèrent la première plaque. Le plus musclé de la bande utilisa un des nombreux tuyaux qui se trouvaient attachés en paquet et entreposés près du mur pour faire contrepoids. Ce n'était pas une simple plaque de tôle à faire glisser cette fois-ci. Après avoir contemplé silencieusement le trou noir qu'ils avaient vu rempli d'un corps et de gravats, l'un après l'autre, ils descendirent. Pleurs fixa l'ouverture avec inquiétude, peu rassurée par ce qui les attendait en dessous.

— J'vais rester ici, annonça-t-elle de sa voix fluette.

— Tu peux descendre, je suis là, l'encouragea Allumette.

— Non. Non merci. J'vais rester là.

Boiteux s'avança dans l'obscurité des égouts malodorants. Le sol était couvert de gravats et des tuyauteries intriquées couraient le long de murs courbés. L'ensemble formait un long tunnel cylindrique. Le garçon plissa les yeux, mais ne pouvait pas voir très loin du fait du peu de lumière filtrant par l'ouverture de la plaque d'égout au-dessus de lui.

— Oh ! Ça pue !

— Pince ton nez, Allumette. Tu devrais rapidement t'habituer, c'est pas très différent de not' repaire, rigola-t-il.

Le garçon était étonnamment détendu, comme s'il se trouvait dans son élément, comme s'il avait attendu toute sa vie pareils événements fantastiques.

L'adolescente chercha dans sa poche de pantalon ses allumettes pour éclairer la scène pendant qu'il se moquait de sa soudaine préciosité, mais elle n'eut pas le temps d'en allumer une : l'un des murs explosa et toute la structure trembla. Un nuage de poussière se déplaça à travers la cavité, à la rencontre de Boiteux et de ceux qui le suivaient, et ce sans pour autant se dissiper.

— Qu'est-ce qui se passe là ?

Pleurs, la tête à la verticale du trou, cherchait à être rassurée.

— Rien de grave, ne t'inquiète pas, répondit sa grande sœur d'adoption avec une voix craintive.

En vérité, elle n'en savait rien et n'allait pas tarder à remonter à la surface à cause de l'affrontement auquel elle faisait désormais face. Des hommes habillés d'uniformes gris stricts, fermés par des boutons de métal doré, portant des bottes sombres et armés de longues lances, étaient en train de se battre. Contre quoi, elle n'arrivait pas encore à le voir. Les paramilitaires étaient au nombre de cinq et…

Son observation fut interrompue par l'apparition des ennemis. Elle comprit presque immédiatement la folie qui se jouait et se mit à remonter l'échelle sans demander son reste. Par-delà l'épaisse fumée, trois créatures avaient surgi. Il ne fallait pas se laisser tromper par les quelques lambeaux de matière plastifiée imitant sommairement la peau humaine qui pendaient de leur corps et de leur visage : ces monstres étaient uniquement composés de rouages sophistiqués et de fer puddlé. Des dizaines de pantins désarticulés – araignées humanoïdes semblables à celle qu'ils avaient pu rencontrer chez l'inventeur – avançaient dans leur sillage. Les créatures implacables tombèrent du plafond, grouillant et bondissant sur les infortunés soldats.

Les hommes les combattaient sans se laisser démonter, mais en reculant progressivement. Les automates hargneux émettaient des sons mécaniques effrayants qui vrillaient les oreilles des orphelins. Le plus grand et le plus filiforme arborait une gigantesque ampoule électrique à la place de la bouche. Quand il ouvrit sa mâchoire métallique béante, la lumière – mini-soleil iridescent – fut aveuglante. Son adversaire gêné – pourtant le plus habile des paramilitaires – se fit aussitôt découper en fines lamelles. Le plus petit et le plus gros des monstres ouvrit sa carcasse en deux, dévoilant une gueule gigantesque munie de crocs acérés semblables à des épées dentelées montées sur une scie circulaire. Déjà le bras d'un des guerriers se perdait dans la panse mécanisée. Les hommes combattaient avec la ferveur de condamnés. Le dernier des trois automates, de taille moyenne, dévoila de multiples lames dans ses avant-bras qui se rabattaient à la manière de crans d'arrêt – ce qui lui permettait de batailler contre plusieurs adversaires à la fois.

Boiteux était paralysé, incrédule devant la fureur de la scène qui se jouait. Derrière lui, Morve, Bègue et Moignon n'en menaient pas large. Ils devaient se rendre à l'évidence, ils ne pouvaient rien faire pour aider les malheureux ! Ils étaient impuissants.

— Par ici !

C'est Allumette qui cria. Peut-être pour ses amis, peut-être aussi en direction des derniers combattants, leur laissant une porte de sortie. Les sources de bruits étaient multiples – si puissantes et violentes qu'ils ne l'entendirent pas. Reprenant ses esprits, Morve éructa et modifia le ton de sa voix pour hurler comme un adulte.

— VENEZ !

L'attention d'un des soldats fut détournée. C'était l'homme d'un certain âge au visage marqué qu'ils avaient vu mourir à la surface, quelques minutes auparavant. Pendant ce temps, un des combattants fut projeté contre un mur, écrasé. La vapeur et la fumée commençaient également à saturer l'air environnant. L'automate aux avant-bras sertis de lames chuta, la rotule mécanique de sa jambe droite grippée par l'une des armes humaines. La créature tenta de se relever en répétant inlassablement la même série de mouvements sans pour autant y parvenir.

Alors que les derniers hommes se battaient comme des enragés, affrontant le plus grand et le plus gros, le monstre d'acier qui se traînait sans parvenir à se remettre debout se dirigea vers le combattant âgé, dont les orphelins avaient capté l'attention. Celui-ci se tourna vers eux et hurla :

— PARTEZ !

Moignon, qui n'était pas du genre à se faire redire deux fois les choses, grimpa avec difficulté – du fait de sa main manquante – les quelques barreaux de l'échelle crasseuse. Ceci fait, il passa son bras à travers l'ouverture pour aider ses amis.

— Vite, vite, remontez !

Bègue et Morve s'activèrent tandis que Boiteux ne bougeait pas. Il ne comprenait pas. Il était dépité. Les événements lui avaient échappé. Ils étaient descendus pour les aider, mais ça ne se passait pas du tout comme il l'avait imaginé.

— Mais... mais... nous sommes venus vous sauver ! se risqua-t-il.

Ses paroles étaient plates, sans conviction. L'automate aux avant-bras garnis de lames arrêta de ramper. Il pivota vers le plus petit des garçons et ouvrit le plastron qui lui tenait lieu de torse. Le voyant faire, l'homme balafré courut en direction de Boiteux. L'intérieur de la poitrine de la créature mécanique était affublé d'une clef à côté d'un symbole – un grand X gravé – que jamais l'orphelin stupéfait n'oublierait. Le monstre remonta de quelques crans le mécanisme qui composait sa machinerie alors que l'homme bondit vers le garçon. L'automate appuya sur la clef et la créature que Boiteux aurait juré voir sourire explosa, projetant des organes de ferraille, des gravats tranchants et bouillants dans une déflagration impressionnante. Dans une réaction en chaîne provoquée par l'intensité du souffle et la chaleur de l'explosion, les deux autres humanoïdes mécaniques éclatèrent à leur tour, à la manière d'une série de dominos incendiaires, déchiquetant, détruisant et tuant tout le monde sur le coup.

20
Parmi les décombres

— BOITEUX!

Allumette hurlait. Elle descendit avec précaution l'échelle poisseuse chauffée par les multiples explosions. Sous elle, ce n'était que gravats et pierres tombées en fragments du plafond – du sol en fin de compte – en partie éboulé. Il y avait quelques restes de ferraille au loin, mais rien ne bougeait. Ses poumons s'emplissaient d'une forte odeur de goudron saturée de particules métalliques. L'adolescente était à l'affût du moindre mouvement, du moindre signe de vie. Elle cherchait son ami. Les autres étaient restés à la surface. Tâtonnant, elle entreprit de déblayer ce qu'elle pouvait et, ce faisant, elle aperçut l'homme au visage buriné. Il était allongé sur le ventre, les habits déchirés et le dos brûlé couvert de débris coupants. Elle déplaça quelques pierres et le mort bougea. Elle sursauta.

— Je... je... suis... là.

La voix provenait de l'homme, mais ce n'était pas lui qui avait parlé. C'était le garçon qui se trouvait sous la dépouille du soldat. Boiteux bougeait difficilement. Le poids entravait ses gestes. Elle cria, appela à l'aide ses amis. Morve et Bègue descendirent. À trois, ils firent rouler le cadavre sur le côté et tirèrent Boiteux. Il était sonné et égratigné à plusieurs endroits, mais ses rares blessures tenaient lieu de véritable miracle. Le garçon était en bonne santé, compte tenu du choc physique qu'il avait dû subir. Après réflexion, non, ce n'était pas un miracle qui lui avait sauvé la vie, c'était l'homme qui l'avait protégé des explosions.

— Qu'est-ce qui s'est passé ?

Boiteux n'en était pas certain. Il avait été traîné par ses amis et assis sur un parterre de débris. Remettant en place sa casquette fripée, il regarda l'ampleur du désastre. Il y avait des traces de sang séché sur les murs, des morceaux de cuivre, d'acier et d'étain qui jonchaient le sol, de la ferraille qui brûlait. Il repensa à l'automate qui souriait. Le monstre s'était autodétruit pour ne pas laisser s'échapper l'homme et ses compagnons. Il les avait emmenés à la mort en se condamnant par la même occasion.

— J'sais pas trop. J'crois que la créature mécanique s'est... suicidée. Elle a touché quelque chose dans sa carcasse, a tiré une clef et a explosé en mille morceaux. Et les autres ont suivi. Ils... ils... sont tous morts.

— Pourquoi est-ce qu'ils ont fait ça ? lui demanda Allumette.

— J'en ai aucune idée.

Ses yeux fixaient le vague, au loin, là où avaient surgi les monstres infernaux. Il se releva avec difficulté et sortit la montre de sa poche. Il vérifia avec soulagement qu'elle n'était pas cassée et la montra aux autres.

— Peut-être qu'on pourrait...

— Non, on n'peut pas. On n'veut pas ! répondit Morve en haussant le ton. C'est arrivé une fois et on n'a rien pu faire. C'est arrivé une seconde fois et on n'a encore rien pu faire. Tu as vu ce qu'étaient ces créatures. Comment veux-tu qu'on fasse quelque chose contre ça ? On n'est pas équipé pour ça. On peut rien de plus. Et puis n'oublie pas que sans le gars, là, tu serais mort ! Alors peut-être que la seule chose qu'on parviendrait à faire en réessayant une nouvelle fois, ce serait simplement de tous se faire tuer !

Boiteux regardait la montre dorée. Ses mains tremblaient. Morve avait raison. Il réprima des larmes. Il était confus, en panne d'un plan B, d'une alternative de génie. Il ne savait plus quoi faire. Il rangea la montre et regarda l'homme à qui il avait essayé de sauver la vie et qui, en échange, avait sauvé la sienne.

— C'é-c'était qui ces-ces gens ?

— Ils étaient habillés un peu bizarrement, constata Morve.

— Et ces créatures ? demanda Allumette.

— Trois monstres, précisa-t-il, dont un petit gros et un grand maigre...

Le mort portait une chaîne autour du cou. Boiteux s'approcha. Le pendentif en métal ressemblait à une épaisse et longue larme polie garnie de trous. Boiteux détacha l'objet et le glissa sous ses vêtements. Il remarqua autre chose. De la ceinture de l'homme, cachée dans un repli de son uniforme gris déchiré, dépassait une liasse de feuilles cornée. Il l'attrapa et la déplia. C'était une longue bande cartonnée pliée en accordéon et percée de trous.

— Qu'est-ce que c'est qu'ça ? demanda l'adolescente.

— C'est du papier perforé servant pour les orgues de Barbarie, s'exclama Moignon.

Les enfants regardèrent le plus grand d'entre eux. Il était descendu, ne supportant plus d'attendre sans savoir ce qui se tramait en dessous.

— Ce sont des sortes de cartes qu'on place dans un appareil. Lorsqu'on tourne la manivelle, ça fait de la musique. Il y en a des fois dans les rues passantes. Vous en avez déjà vus, vous n'avez juste pas fait attention.

— Qu'est-ce qu'il faisait avec du papier d'orgue des barbares ? demanda Allumette, intriguée.

— De Barbarie. Pas des barbares, reprit Morve.

— J'en sais rien, réfléchit Boiteux. Mais si ça avait de l'importance pour eux, ça devrait en avoir pour nous.

21

PERSÉVÉRER EST DIABOLIQUE

— DOUZE n'est plus. DIX a activé son cœur de destruction et a entraîné la suppression de SEPT et QUATRE dans l'explosion concomitante. Ainsi, c'est quatre de nos frères qui ne sont plus. À cause de « simples variables ».

Leur supérieur furieux se garda bien de relever le fait qu'il avait été l'exécuteur de DOUZE, aussi continua-t-il.

— Si ces petits êtres sont des perturbateurs, le rapport fait état de présence d'hommes de la Garde. Vous savez ce que ça signifie ? Heureusement, dans sa grande expertise, DIX les a tous effacés. Mais les enfants… ils doivent être corrigés ! Cassés ! Exterminés ! Supprimés ! S'ils ne le sont pas, ils vont finir par affaiblir les ressources allouées à notre objectif, comprenez-vous ?

— Supérieur, nous allons les retrouver. Ils ne causeront plus aucun problème. Ce sont des grains de sablier dans votre mécanique, formula CINQ.

Il était sorti de sa rangée, celle bordant l'allée principale à la gauche de leur supérieur, et se tenait aussi droit que sa silhouette le lui permettait. Puis il s'avança vers le fond de la salle des opérations, près de la créature dissimulée par les nombreuses tuyauteries tentaculaires émergeant de la vapeur.

— Des grains de sablier, dites-vous ? J'aimerais connaître les analyses de DOUZE, DIX, SEPT et QUATRE !

Le supérieur s'énervait et sa voix stridente résonna.

— CINQ, ne présumez aucunement de leur schéma de pensée. Nos frères ont été détruits, car ils avaient catégorisé ces parasites comme des êtres sans ressources et de faible nuisance. Leurs observations étaient erronées. Rappelez-vous que DOUZE était le dernier des nôtres. C'est l'humain en lui qui l'a conduit à commettre des erreurs. C'est en cherchant à copier les manières de ces singes que nous nous perdons. Vous ne devez pas échouer. Vous n'avez pas été créés pour faillir. C'est pourquoi existe cette minuterie autour de votre noyau d'éther. Pour ne pas échouer. Souvenez-vous-en.

— Nous allons retrouver les enfants grâce au prototype. Nous l'avons déjà fait et nous continuerons de le faire. Ils l'ont utilisé plusieurs fois ces dernières heures et nous pouvons donc les suivre encore quelque temps avant que la rémanence ne s'estompe. De plus, DIX est tout de même parvenu à détruire l'usine. C'était un accident, mais le résultat est identique : il n'y a plus de traces de vos ordres, du contremaître Grévoux et de notre construction.

— Grévoux a été supprimé ?

— Avant les explosions. Il se trouvait dans les sous-sols de l'usine quand le cœur de destruction de DIX a été déclenché. Supprimé sans aucun doute possible. Il ne pourra plus se confier à son patron.

— Bien.

— Renard, le receleur, a lui aussi été réduit au silence. Aucune information ne pourra lui être soutirée.

— Très bien, CINQ. Très bien.

Le supérieur s'était calmé, satisfait. Les tuyaux bougeaient de manière plus modérée.

— NEUF, SIX et TROIS, vous serez aux ordres de CINQ durant cette opération. Vous agirez de concert pour mater… ces grains de sablier.

— ONZE, qu'en est-il de l'horloger ?

L'automate sortit de la rangée de droite et s'excusa, au garde-à-vous.

— Il est pour l'instant introuvable. Il n'est pas rentré chez lui depuis plusieurs jours et n'a pas été tué par le menticorps déposé par DOUZE.

— Décidément, votre frère ne nous manquera pas durant notre préparation. Comment justifiez-vous une telle absence de résultat ?

— Je ne la justifie pas. L'homme est un génie, un « cerveau » et il a des ressources influentes dans la haute bourgeoisie parisienne. Le nombre de ses contacts est important. Il pourrait potentiellement être n'importe où. Mais, statistiquement, il va finir par commettre une erreur. Après tout, il est humain. Et lorsqu'il commettra cette erreur, nous serons là.

— Très bien, j'apprécie ce mode de réflexion. HUIT et DEUX, vous allez suivre ONZE. Je veux que vous me retrouviez cet horloger et que vous le fassiez taire pour toujours. Il nous a été utile, mais est dorénavant nuisible à nos plans.

— Supérieur, pourrais-je vous demander pourquoi nous sommes obligés de porter cette… cette… peau de morose ? C'est humiliant.

— Ne comprenez-vous pas ? Vous devez vous y habituer, pour être à l'aise dans vos mouvements, pour être plus efficace le jour de notre grand plan.

Le supérieur réfléchit.

— CINQ…

— Oui, supérieur ?

— Attendez le dernier moment, le tout dernier saut d'aiguille, le dernier grain de sablier. Suivez les enfants autant que vous le pourrez. Qui sait jusqu'où ils vous mèneront ? Et lorsque le bon moment sera statistiquement arrivé, attaquez. Attaquez et massacrez. Je ne veux aucun survivant, ce manège n'a que trop duré. Je veux qu'ils soient cassés en mille morceaux, qu'ils cessent de fonctionner !

22
L'ORGUE DES BARBARES

— Et ça, c'est quoi ?

— Ça, c'est un soufflet. Là, à côté de la série de tuyaux, c'est une boîte à vent.

L'homme avait une cinquantaine d'années et arborait la stature fière et droite de l'honnête artisan. Il tournait la manivelle d'un appareil magnifiquement ouvragé, presque aussi grand que l'adolescente. La rouquine était habillée d'une salopette trop courte pour elle et d'une casquette déchirée retenant tant bien que mal ses longues mèches cuivrées qui masquaient habituellement une partie de son visage.

C'était la fin d'après-midi sur l'esplanade des Invalides et elle se trouvait parmi les multiples « villages » remplis d'indigènes des différentes colonies françaises défilant au bon plaisir de la bourgeoisie. Elle avait observé le musicien des rues durant de longues minutes et, impertinente, l'avait questionné sur chaque élément de son « orgue des barbares ». L'homme âgé avait beaucoup ri avec elle, mais aussi à ses dépens.

— Dites-moi, jeune fille, votre accoutrement est des plus singuliers. Que faites-vous seule, ici, habillée comme un garçon ? D'où venez-vous ? Où sont vos parents ? D'ailleurs, avez-vous même de quoi payer pour cette chanson ?

L'adolescente mit la main sur quelques papiers perforés et s'enfuit sans demander son reste. L'homme, pris au dépourvu, hésita durant un instant, puis laissa l'encombrant engin sur place, partant à la poursuite de la voleuse.

— Que diantre! s'écria-t-il avant de disparaître au coin de la rue.

Allumette modéra son allure pour que le musicien imagine pouvoir la rattraper rapidement, puis, le voyant gagner du terrain, elle accéléra.

Pendant ce temps, cinq gamins des rues s'affairaient à transporter l'orgue. L'objet était lourd, mais vu leur nombre, le déplacement se fit sans heurts. Ils optèrent pour la première ruelle à proximité – celle à l'opposé de la course-poursuite – et filèrent au plus vite. Dès que l'homme avait disparu de leur champ de vision, ils étaient sortis de leur cachette et avaient pris l'orgue sur leurs épaules. L'opération s'était déroulée en moins d'une minute.

— Trop facile! s'enjoua Pleurs.

Une petite réussite faisait toujours du bien au moral, surtout après les derniers événements.

— On fait quoi? questionna Morve. On le pose là, dans un coin, en pleine rue, et on écoute la chanson ou on se le trimballe jusqu'à la maison?

— On pou-pourrait ouvrir une pla-plaque d'égout et se cacher dedans avec? Ça irait vi-vite et je sais f-faire maintenant.

— Je ne sais pas Bègue. C'est que...

— Beuarg! Ça sent le caca, les égouts, grogna Pleurs. Y en a marre des égouts.

Bègue baissa les yeux, vexé qu'on se moque de son idée. Boiteux termina.

— Je pense qu'au point où on en est, on a tôt fait d'le ramener chez nous. Et puis ça nous fera d'la musique à écouter quand on en aura envie.

— Parfait pour dire aux voisins où l'on crèche, critiqua Moignon.

Ils se relayèrent pour porter l'objet volumineux jusqu'à leur repaire, en faisant attention par où ils passaient, sans croiser personne en chemin.

L'endroit n'avait pas changé d'un iota, identique à la dernière fois où ils l'avaient laissé : dans un bazar apocalyptique. Moignon eut un frisson en déplaçant les plaques de ferraille tordues qui masquaient l'entrée. Il ne se souvenait que trop bien des événements de la matinée et se sentait encore fautif. Le décès de Morve se rappela à sa mémoire dans un premier temps, puis la vision de l'homme blessé tendant sa main vers lui. Le souffle coupé, cherchant à reprendre sa respiration, il comprit combien il était bouleversé. Il avait fui par deux fois. Il avait eu peur. Sa lâcheté lui faisait honte.

La bande posa l'appareil par terre et Boiteux sortit la liasse perforée. Elle avait été salie et même un peu abîmée par endroits – brûlée par les explosions, tachée par le sang de l'homme qui avait sauvé le garçon. Ils firent plusieurs tentatives pour correctement placer l'accordéon en papier sans pour autant parvenir à leurs fins.

— Attendez, j'vais vous le faire.

Allumette était revenue. Elle reprenait sa respiration.

— C'est crevant d'courir lentement pour s'laisser suivre !

Elle s'approcha de l'instrument de musique, prit le papier perforé et l'enchâssa dans l'appareil du premier coup, comme s'il s'agissait d'une évidence.

— Il m'a bassiné pendant dix minutes sur l'fonctionnement de ce truc. C'était le minimum que j'sache l'faire marcher.

Elle actionna la manivelle au dos de l'instrument et le fin carton fut aspiré dans l'énorme ventre mécanique. Les orphelins reculèrent pour laisser l'adolescente opérer. Du son sortit des tuyaux, mais ce n'était pas une chanson, non. C'était une étrange voix métallique. Une voix froide et inhumaine qui résonnait profondément dans chacun de leurs os.

— L'HORRRRRLOGEEEER NE DOOIT PAAASS PAAARLER. TROUVEZZZZZ-LE. CASSSSSSEZ-LE.

LES GAAAAAARDES DE LLLLA SORCIIIÈRRRE NOUS RECHERRRRCHENT SAAAAANNNS DOUTTTE. ELLLLE ESSST PLUS FAIIIIIIBLE QUE JAAAAAMAIS. NE LLLLLEEEES LAISSSSEZZZZZ PAS VOUS EMPÊÊÊÊÊCHERR D'ACCOMMMPLIR L'OOOOPÉRATION.

Le message terminé, aucun d'entre eux n'osa prendre la parole. Ils étaient circonspects. Ils ne comprenaient plus rien. La rouquine regarda ses amis et posa la question que tous avaient en tête.

— On fait quoi maintenant ?

— Une sorcière ? On doit trouver une sorcière ? s'écria Pleurs, excitée par la perspective de rencontrer un personnage de conte de fées.

— Il faut surtout qu'on retrouve rapidement ce fieffé inventeur, annonça sèchement Morve après avoir reniflé.

— Je crois qu'effectivement ça s'impose, s'assombrit Boiteux.

23

Sur leur piste

— Vous êtes bien sûr de vous ? demanda-t-il, sceptique.

— Oui, oui, je vous l'assure, monsieur. Ils étaient six. Le plus petit des garçons portait une casquette, un autre portait une paire de lunettes et une besace et il y avait aussi un grand avec un crochet à une main. Impossible de le louper celui-là !

Joseph remercia l'ouvrier et prit un peu de distance. Il regarda aux alentours, cherchant un indice, revenant sans cesse devant ce bâtiment éventré en proie aux flammes. Une forte odeur de brûlé empestait les environs. Il ne comprenait pas. Que venaient faire les gamins dans cette histoire ? C'étaient des fugueurs, des voleurs, des vauriens, soit. Mais sûrement pas des anarchistes, des saboteurs ou des tueurs. Plusieurs malheureux étaient morts aujourd'hui. Les orphelins n'avaient pas encore l'âge pour ce type de crimes. Restait l'hypothèse d'une coïncidence. Ils avaient été là au mauvais endroit, au mauvais moment. La Teigne qu'il était n'aimait pas les coïncidences. Dans son petit monde parfaitement strict et organisé, il n'y avait pas de place pour le hasard. Il y avait des succès et il y avait des erreurs, mais sûrement pas une quelconque irruption du destin.

Les enfants avaient utilisé son désintérêt croissant pour l'intendance de l'orphelinat pour tromper sa vigilance et manigancer leur fuite. De la même manière, c'est son désir de faire la différence, son abnégation dans le travail, son intransigeance envers le moindre larcin et son désir d'œuvrer pour le bien commun qui lui avaient fait accepter la proposition de son grand-oncle, monsieur Goron, alors à la tête du service de la Sûreté parisienne. Sûrement pas la perte de sa fonction ni un passe-droit parental comme certains gradés jaloux le laissaient sous-entendre dans les couloirs de la police. Depuis quelques mois, Joseph avait fait taire les quolibets en réalisant quelques arrestations spectaculaires, et l'agent de la Sûreté comptait bien continuer les actions d'éclat et attraper les malfaiteurs responsables de la destruction de cette usine, d'autant plus s'il s'agissait des orphelins. Quelle douce revanche ce serait! Pour autant, il n'était pas aveugle, encore moins dupe : quelque chose clochait ici, quelque chose de bien plus grand qu'un simple groupe d'enfants fugueurs.

Il scruta les flammes que les sapeurs-pompiers semblaient incapables de tarir, hypnotisé par les particules lumineuses s'envolant dans le ciel assombri par la fumée toxique. Il sentait le même feu dans ses tripes, son ventre chaud et son sang bouillonnant. Il avait le sentiment que cet incendie, cette affaire, serait son trophée. Celui qui allait prouver sa valeur à ses pairs, asseoir son autorité, gagner définitivement le respect de tous.

Renfrogné, il avança en direction des agents de police qui ceinturaient la structure fumante. Un jeune officier était chargé de veiller à ce qu'aucun badaud n'approche. L'inspecteur se dirigea vers lui pour poser quelques questions.

— A-t-on une idée précise de ce qui s'est passé ici ?

— Non, monsieur, pas exactement. Il semblerait que les explosions soient dues à une fuite de gaz, mais rien ne permet encore de l'assurer. Les collègues travaillent toujours à déblayer l'usine et il nous faudra bien la journée entière pour ce faire.

— Bien. Est-ce que vous avez le nom du propriétaire ? Il devrait être informé.

— Oui, monsieur, absolument. Nous allons faire le nécessaire.

La Teigne s'agenouilla et passa son gant sur la surface d'un objet tordu et couvert de suie, tentant de définir à quoi il avait affaire.

C'était une hélice aux pales cabossées qui s'était encastrée entre les pavés, projetée par les explosions. Tournant la tête vers l'officier, il suréleva un sourcil.

— Qu'est-ce qu'on fabriquait ici ?

24
Tout vient à temps

— Mais y a une sorcière ! On doit trouver une sorcière ! gémit Pleurs.

— Ça n'existe pas les sorcières ! affirma Moignon.

— Tu m'avais dit que les monstres n'existaient pas ! Tu m'avais dit que la feuille de papier était une chanson !

Que pouvait-il répondre face à une rhétorique si implacable ? Qu'elle avait sûrement raison. Après tout, les montres qui font voyager dans le temps et les automates tueurs n'existaient pas non plus… Alors, pourquoi pas une sorcière ?

C'était leur premier moment de calme depuis que tout avait commencé, depuis que Boiteux avait volé la pièce d'horlogerie. Les événements n'avaient été qu'une succession de fuites en avant, de courses contre la mort… et le temps. Ils soufflaient et mangeaient de bon cœur, entourés de bougies chaleureuses. Ils avaient besoin de reprendre des forces. Hier au soir, ils avaient dévoré leur repas. Maintenant, ils mangeaient plus lentement, savourant le goût de chaque aliment, chaque moment, réfléchissant silencieusement à ce qui était arrivé, aux dernières vingt-quatre heures. Morve remonta ses lunettes.

— Bon. Qu'est-ce qu'on sait à propos de l'inventeur ? Qu'est-ce qu'on a ?

— On sait qu'il a créé la montre, fanfaronna Pleurs.

— On sait qu'il n'est pas revenu chez lui depuis plusieurs jours, ajouta Allumette.

— Et on sait qu'les automates ont laissé une caisse contenant une créature mécanique chargée d'le tuer chez lui, commenta Boiteux.

— Ah bon, s'étonna Morve. On sait ça ?

Le garçon à la casquette chercha ses mots, réfléchissant à un mensonge qui tienne la route. Bègue coupa la réflexion de son ami.

— On-on sait qu'il invente plein de trucs di-différents.

— Des horloges.

— Des sculptures.

— Il y avait des plans de bateaux.

— De chemins de fer aussi.

— Dis donc… Ça a l'air d'être un véritable tout-en-un, ce mystérieux créateur.

— Et on-on a le carnet aussi, rappela Bègue.

Boiteux réalisa. Bien sûr, le carnet ! Il l'avait oublié. Il alla chercher le petit livre de cuir que le bagarreur de la bande avait récupéré et qu'il avait gardé sur lui lorsqu'il avait « voyagé dans le temps », puis rangé dans la besace de Morve en rentrant. Il le posa au centre de la table pour que chacun puisse le regarder. L'intérieur était parcouru de nombreux dessins et schémas. Les différentes pages arboraient des illustrations abstraites qui ne devaient signifier quelque chose qu'à son auteur, mais aussi des natures mortes et de très beaux croquis d'oiseaux.

— Et ça dit quoi d'intéressant ? s'étonna Moignon.

— Je… je ne sais pas. J'arrive pas à comprendre, dit Boiteux.

Bien que ce ne soit pas une confession et qu'il n'était pas le seul dans ce cas, il était gêné par son handicap de lecture. Et alors que Morve allait prendre le livre des mains pour le feuilleter, Moignon le coupa.

— Moi. Moi, je sais lire.

Le chef de bande, dans un désir de retrouver son autorité et de l'imposer de nouveau au plus petit des garçons, avait avoué. Il était plus grand, et lui savait. Boiteux avait été mouché et Morve, surpris par cette soudaine révélation, lui tendit l'objet en silence.

— Mais je croyais que tu ne savais pas. Tu disais que…

— Je ne voulais pas être interrogé par monsieur Reauvillier et j'avais pas envie de lire à l'orphelinat.

L'adolescent prit le carnet et le consulta. Il était rempli d'inscriptions plus ou moins faciles à déchiffrer. Une liste d'achats de matériaux et beaucoup de notes incompréhensibles – vraisemblablement scientifiques. La dernière page écrite était occupée par une série de rendez-vous. Il y avait plusieurs noms et adresses. L'un d'entre eux avait été entouré avec ardeur. Le rendez-vous datait de la semaine précédente et disait : « De Roc Lartigue, 14, rue de Bourgogne, 7e. »

25
De Roc Lartigue

— C'est vachement grand ! T'es sûr qu'c'est ici ? lui demanda Allumette.

Moignon recula, vérifia la plaque en fer placardée en hauteur au coin de la rue.

— 14, rue de Bourgogne, dans le 7e arrondissement. Oui, c'est bien là.

Ils avaient passé une nuit agitée – Moignon, culpabilisant, n'avait pas trouvé le sommeil ; Boiteux, excité, n'avait pas arrêté de se poser mille et une questions –, si bien qu'au petit matin, ils s'étaient tous rendus à l'adresse notée dans le carnet de Georges Hubris avec l'espoir de comprendre un peu mieux les derniers événements dont ils avaient été victimes et témoins.

Les orphelins connaissaient bien le quartier. C'est ici que, quelques mois plus tôt, ils avaient cambriolé une propriété voisine pour le compte de Renard. Derrière le mur de briques et le portail en fer forgé noir se trouvait une petite cour harmonieusement décorée de grandes plantes et d'un chemin de galets. Par-delà, une belle demeure avec une façade en pierre de taille s'élevait sur deux étages. Une dépendance paraissait avoir été créée plus récemment, servie par un petit escalier de service, vraisemblablement destinée aux domestiques. L'écriteau de l'entrée indiquait : « Maison De Roc Lartigue ».

Boiteux, impatient, entra dans la cour, suivi de ses amis. Il alla se poster devant la porte et frappa l'impressionnant heurtoir en forme d'ancre stylisée. Un bref instant plus tard, un clapet s'ouvrit. Une partie du visage d'un homme d'âge avancé apparut. Il les détailla autant qu'il le put, avec dédain.

— Nous voudrions parler avec m'sieur de Roc Lartigue, s'il vous plaît.

— Nous ne donnons pas aux mendiants, petits crasseux !

Sur cette repartie cinglante, le clapet se referma aussi sec. Les gamins des rues se regardèrent, dépités. C'était tout ? Qu'allaient-ils faire ? Au moment où certains d'entre eux commençaient à rebrousser chemin, l'esprit de Morve s'illumina.

— Hey, j'ai une idée !

Il cracha dans sa main, la passa dans les cheveux de Moignon pour rabattre ses mèches rebelles d'un côté et attacha tous les boutons de sa chemise – jusqu'au col ! – pour lui donner meilleure allure et faire bonne impression. Conformément au plan improvisé, tous, à l'exception de ces deux-là, partirent se cacher.

Le chef de bande se tenait légèrement en retrait du clapet pour pouvoir être vu dans sa globalité, mains dans le dos, sourire crispé. Morve, quant à lui, se colla contre la porte, accroupi sous l'ouverture. Après avoir laissé quelques minutes s'écouler et répété leur discours, il frappa à nouveau le heurtoir. Le clapet s'ouvrit peu de temps après. Morve prit sa voix d'adulte et Moignon articula silencieusement les mots prononcés par son ami au timbre grave.

— Bien le bonjour, mon bon monsieur ! Je vous dérange en cette belle matinée, car je m'en viens de la part de monsieur Georges Hubris. Je suis porteur de faits d'une extrême importance. Si je souhaite vivement m'entretenir avec vous, c'est que, voyez-vous, la vie d'un homme en dépend.

Morve, inspiré, s'était lancé dans un discours théâtral qui fut rapidement interrompu à son grand dam par ce qui se révéla être le majordome.

— Monsieur de Roc Lartigue est absent, mais, ne bougez pas, j'en informe madame.

Quelques minutes plus tard, la porte s'ouvrit en grand et le majordome fut d'autant plus surpris de voir six enfants crapoteux, de toute taille et de tout sexe. Moignon lui fit un grand sourire hypocrite et alla même jusqu'à tendre sa main absente pour serrer la sienne et le mettre mal à l'aise.

L'intérieur était richement meublé, haut de plafond et élégamment lambrissé. Les murs étaient recouverts de tableaux de paysages naturels et de portraits familiaux aux cadres ouvragés ; les meubles, de bibelots et de vases aux motifs raffinés ; le sol, de superposition d'épais tapis aux fibres délicatement colorées. Il y avait profusion de décorations, d'objets, de rideaux, de tentures et de peintures. Des serviteurs s'activaient dans les tréfonds de la propriété. Tout ici était hors de prix, gracieux et décoré. Les enfants levèrent la tête pour admirer les lustres en cristal de Bohême et les vitrines abritant mille objets de collection. Le majordome les conduisit jusqu'à un charmant salon où une belle dame était assise dans un fauteuil Louis XV. Quand ils s'approchèrent, elle les dévisagea autant qu'ils la dévisagèrent.

Elle était rousse, les cheveux longs bouclés parcourus de rubans dorés, habillée d'une magnifique robe à crinoline olive. Elle s'amusa de les voir rester debout, ne sachant pas comment se comporter.

— Mais asseyez-vous donc, les enfants.

Leurs fripes étaient sales et leurs manières honteuses dans un tel décor de porcelaine. Debout, à l'entrée de la pièce, le majordome étouffa un juron. Voyant ses palpitations, la belle dame le congédia.

— Auguste, ne vous inquiétez pas, ils ne vont pas me sauter à la gorge.

Revenant vers les orphelins, elle demanda confirmation.

— Vous n'allez pas me sauter à la gorge ?

Les enfants nièrent.

— Vous voyez ? sourit-elle.

Une fois seuls, elle se présenta.

— Je suis Alice. L'épouse de monsieur de Roc Lartigue. À qui ai-je l'honneur ?

— Moi, c'est Pleurs, répondit une Pleurs enjouée par le décorum féerique des lieux. Et lui, c'est Bègue. Là, c'est Morve. Elle, c'est Allumette. Ça, c'est Boiteux, et tout au bout, c'est Moignon.

— Ce sont des noms bien singuliers que vous portez là !

La femme rit, tout en mettant la main devant sa bouche, définitivement amusée par cette compagnie inhabituelle. Passé ce bref moment de trivialité, elle reprit la parole en s'adressant au plus grand.

— Vous disiez être envoyés par monsieur Hubris ?

— Eh bien… c'est-à-dire… qu'on aurait, comme qui dirait, un peu menti. En fait, pour tout vous avouer, nous recherchons monsieur Hubris. Il a disparu il y a quelques jours.

Le visage de la femme s'était durci. Elle réprimait visiblement son inquiétude.

— Je ne savais pas… Le fait est que mon mari a disparu lui aussi, depuis quelques jours. Je suis sans nouvelles et je pensais que vous en auriez eu…

— Peut-être qu'ils sont ensemble ! s'exclama Pleurs qui voulait participer à la conversation.

— Je ne sais pas. Je crains le pire. Nous sommes en pleine Exposition et les différents industriels de la place se battent pour se faire un nom. J'ai peur que mon mari n'ait été enlevé par un concurrent amer. Une de ses usines a d'ailleurs été victime d'un sabotage hier dans l'après-midi. La police a dit qu'il s'agissait d'un accident, mais je n'en crois pas un mot.

— Une usine, vous dites ?

— Oui. Une fabrique de construction navale située quai de Grenelle. Complètement détruite par une série d'explosions.

Les orphelins déglutirent avec difficulté. Ils savaient de quoi il en retournait. Petit à petit, les événements commençaient à se relier sans pour autant qu'ils en comprennent encore tout le sens. La seule chose dont ils étaient maintenant convaincus, c'était que cette histoire sentait mauvais. Mauvais comme les égouts.

— Comment monsieur Hubris et monsieur de Roc Lartigue se sont-ils connus ? demanda poliment Morve qui essayait de se retenir de renifler.

Alice ne répondit pas immédiatement. Elle était visiblement embêtée et réfléchissait à ce qu'elle allait leur dévoiler.

— J'ai eu un problème l'année dernière et monsieur Hubris m'a secourue.

Madame de Roc Lartigue souleva le bas de sa robe. Toute la partie inférieure à son genou gauche était un assemblage complexe de tiges, de métaux et de rouages.

— L'accident de cheval dont j'ai été victime m'aurait laissée paralysée et handicapée s'il n'avait pas été là. Jacques, mon mari, avait entendu parler des compétences exceptionnelles de monsieur Hubris pour tout ce qui concernait les inventions. Et c'est la vérité : Georges n'a pas son pareil pour construire et transformer tout ce qui lui traverse l'esprit. Mon mari lui a donc passé commande et cette prothèse est sûrement l'un des meilleurs exemples de son génie.

— Oh ! Ça doit coûter cher, commenta Pleurs.

— Oh oui, sourit Alice. Jacques a ensuite fait appel à lui régulièrement pour ses chantiers et ses travaux de construction. Il lui demandait son avis dès qu'il avait un projet. Jacques est très passionné en affaires et il a toujours besoin d'un esprit posé et réfléchi pour modérer aussi bien ses peurs que ses ardeurs.

Boiteux était intrigué. Les pièces du puzzle commençaient à s'imbriquer dans sa tête. Il retira sa casquette pour prendre la parole, se peignant rapidement les cheveux d'un revers de la main.

— Pourtant, le professeur ne semblait pas rouler sur l'or. Nous avons vu son logement et sa boutique dans le quartier de l'Horloge.

D'après c'que vous nous dites, il aurait pu se payer une grande maison sans difficulté dans les environs. Qu'est-ce qu'il a fait d'tout son argent ?

Madame de Roc Lartigue était surprise par l'astucieuse déduction de l'apprenti détective.

— Mon mari est un industriel, un notable, un marchand. Il possède entre autres de nombreuses péniches qu'il utilise pour acheminer de la marchandise, du blé essentiellement. Il s'avère qu'avec l'argent en sa possession, Georges a fait l'acquisition de l'une d'entre elles.

— Vous savez laquelle ?

— C'est-à-dire que… mon mari en possède plus d'une et je ne saurais vous affirmer laquelle il lui a revendue. Je sais que dans son bureau, à l'étage, se trouvent des rapports d'achat et de vente listant toutes celles qu'il a pu posséder et faire construire, mais non, je ne saurais vous donner un nom précis, j'en ai bien peur.

— Excusez-moi d'abuser encore une fois, mais pourrions-nous consulter ces fameuses listes ? demanda Boiteux, tout excité, qui voyait enfin une vraie piste se dessiner.

26
À QUI SAIT ATTENDRE

— Tu crois que ça pourrait être notre mère ? demanda Pleurs.

— On n'a pas de mère, répondit sèchement Allumette.

— Peut-être qu'c'est elle justement.

L'adolescente avait vu d'un mauvais œil l'irruption d'une sympathique femme d'âge mûr dans leur petit groupe. Avec sa beauté et ses connaissances, elle menaçait son « rôle » au sein de la bande. Elle était la confidente, la grande sœur. Heureusement, c'en était fini.

— Elle est be-belle ! s'exclama Bègue.

— Pas tant que ça, minimisa l'adolescente.

— Elle est riche. Nous sommes pauvres. Elle pourrait nous aider, commenta Morve, sarcastique.

— On n'est pas pauvres. On n'a pas d'argent, c'est pas pareil !

— Là, c'est celle-ci ! indiqua Boiteux d'un mouvement de tête.

Ils marchaient tous les six sur les bords de Seine, longeant les berges en quête de la péniche que le garçon avait repérée. *L'Hirondelle* – c'était son nom – se trouvait à quai quand il l'aperçut. Le bateau était à l'arrêt, en partie dissimulé sous le pont Neuf.

Les gamins se dirigèrent vers l'embarcation, non sans que Bègue ait attrapé une canne cassée à son extrémité, qui avait été jetée sur le bas-côté. Le garçon serra l'objet contre lui, prêt à en découdre si les événements l'exigeaient. Pendue au bras d'Allumette, Pleurs sautillait, excitée.

La péniche n'était pas reliée à la terre ferme. Rien ne permettait d'accéder à l'embarcation – pas de petit pont de bois étroit et branlant –, à moins de sauter les deux mètres qui les séparaient. Allumette bondit de l'autre côté sans difficulté et, aidée par Moignon, entreprit de faire passer un à un le reste des orphelins. Boiteux était gêné, il ne voulait pas être réceptionné par l'adolescente, encore moins être porté par le chef de bande. Il se sentait diminué, comme si, d'un coup, tous deux étaient devenus beaucoup plus âgés que lui et qu'il était leur enfant. Mais le garçon n'était pas pour autant rassuré et il dut les laisser faire. Pleurs se fit porter. Morve fut réceptionné par Allumette et Bègue prit son élan pour atterrir bruyamment de l'autre côté. Finalement, ils y étaient parvenus sans encombre. Alors que Boiteux s'empressait de réinstaller la passerelle qui se trouvait sur la péniche pour pouvoir repartir sans avoir à sauter ou être humilié, la porte de la cale s'ouvrit avec fracas. Le bruit qu'ils avaient provoqué avait attiré l'attention.

Une créature de ferraille émergea, le torse garni de plaques de fonte, avec une tête semblable à un casque aux grands yeux métalliques exorbités ; un monstre ayant pour excroissance un grand crache-feu menaçant et dont les articulations grinçantes lui conféraient une démarche effrayante et saccadée. Ne lui laissant pas le temps de les attaquer, n'écoutant que son courage, Bègue fonça sur l'humanoïde de métal.

— Guillotine !

Reproduisant ce qu'il avait déjà vu fonctionner, il enfonça la canne dans l'interstice du genou métallique de la créature, qui cria tout en tombant de tout son long.

— OH, GRAND DIEU ! Ouille ! Ouille ! Ouille !

Le monstre se tordit de douleur, hurlant à la lune, maudissant son articulation meurtrie. Tout compte fait et maintenant qu'il y regardait de plus près, sous l'armure de métal transparaissait une sorte de… tunique. Un bleu de travail.

— Parbleu, vous n'y avez pas été de main morte !

Encore plus qu'à l'accoutumée, Bègue était bouche bée. L'homme souleva la visière de son casque de fonderie et dévoila le visage que les orphelins avaient découvert en portrait chez l'inventeur.

— G-Georges ? se risqua-t-il.

— Oui, c'est bien moi, jeune rustre.

— Oh !

Le vieux monsieur était recroquevillé au sol, grimaçant et se frottant la jambe à l'endroit blessé.

L'intérieur de la péniche était une caverne d'Ali Baba. L'endroit semblait étiré, peu large mais très allongé, et étonnamment spacieux – bien plus que ne pouvait le laisser supposer l'extérieur. Les murs ressemblaient au logement qu'ils avaient visité, recouverts de dessins et de schémas. Ceux-ci étaient toutefois moins variés. Tous faisaient référence à une pièce d'horlogerie qui leur était familière. Il y avait aussi quelques esquisses qui traînaient, des croquis que Boiteux reconnut comme étant des portraits de l'étrange personnage qu'il avait volé.

Les orphelins s'étaient assis en tailleur sur le sol mouvant et le vieux monsieur les rejoignit. Il avait retiré son lourd accoutrement et paraissait du même coup plus petit et plus chétif. Suite au coup que lui avait porté Bègue, il boitait. Le garçon, confus, jouait avec la pointe de son pied, n'osant pas le regarder.

— MIDI ! MIDI ! MIDI ! clama une voix aiguë dans leurs dos.

Ils sursautèrent, surpris par l'alarme tonitruante. En se retournant, ils découvrirent la source du tintamarre : un petit oiseau au ventre rond constitué de pièces mécaniques. La créature au plumage d'étain et au poitrail de bronze portait une horloge autour du cou et une manivelle sur le côté.

— Oh, désolé, je ne voulais pas vous effrayer, s'excusa le vieux monsieur. C'est Rouge-Gorge, ma pendule à coucou ambulante.

Il tourna la tête vers Bègue et continua, souriant.

— Considérons-nous comme quittes.

— Votre pendule à coucou ambulante ? reprit Morve, étonné.

— Vous savez, les seules visites que je reçois sont celles qui me valent d'être frappé au sol… Alors, Rouge-Gorge me tient compagnie. Il me donne l'heure et se balade dans la péniche, du moment que je n'oublie pas de le remonter avec la clef située sur son flanc – ce qui m'arrive malheureusement un peu trop souvent.

Ils restèrent sans voix face aux dires de l'inventeur et aux déambulations de l'oiseau mécanique. Lorsque leurs regards revinrent vers l'homme, Boiteux sortit la montre de sa poche. Sans grande présentation ni explication, il la posa sur la petite table basse devant les yeux écarquillés du vieux monsieur.

— Oh, grand Dieu ! Vous l'avez ! Mais… comment ?

— Volée. À un homme étrange. Il y a quelques jours. Nous voudrions savoir… ce qu'est cet objet.

Georges fronça les sourcils et s'assombrit à l'évocation de ses souvenirs.

27

L'ÉTHER EST PAVÉ DE BONNES INTENTIONS

GLINNNG !

La clochette de la porte du magasin avait tinté. Un moment plus tard, l'inventeur sortit de son établi et alla à la rencontre de son client. C'était la fin d'après-midi d'un mois de mars plutôt frais. L'homme, de bonne stature, portait une paire de lunettes de soleil, une longue gabardine noire, de belles chaussures de ville et un chapeau haut de forme qu'il n'avait pas daigné retirer en entrant. Souriant pour mettre à l'aise le visiteur, l'inventeur lui tendit la main. D'abord réticent, le client la lui serra. Sa poigne était dure et froide.

— Le bonjour, monsieur. Que puis-je pour vous ?

L'homme indiqua la chemise cartonnée qu'il transportait. Georges lui fit de la place sur une desserte pour qu'il puisse étaler ses documents. Tout en dévoilant le contenu de la pochette, l'étrange personnage prit la parole.

— Le bonjour. Monsieur, je vous propose de mettre à profit votre expertise afin de me fabriquer un objet qui n'existe encore que via des plans. Il s'agit d'un présent que mes frères et moi-même souhaiterions offrir à notre père pour… son anniversaire. La plupart de ces notes sont effacées ou illisibles, aussi nous pensons que seule une personne de votre extrême compétence serait en mesure d'établir des théories et des hypothèses justes pour pallier ces manques et le réaliser. Pour être honnêtes, nous estimons que vous êtes statistiquement le seul être vivant capable de le concevoir.

— Oh ! Ne dites pas ça. Je suis persuadé que plusieurs confrères pourraient se débrouiller… Ceci dit, il est vrai qu'au premier coup d'œil, la majorité des notes sont inutilisables en tant que telles pour fabriquer ce… curieux objet.

Georges parcourait les différents plans jaunis par le temps, passant en revue les annotations et se demandant comment pouvait fonctionner une telle montre dépourvue de pile – du moins à première vue. Il fit défiler les feuilles parcheminées de plus en plus rapidement, comprenant qu'il n'avait pas affaire à une mécanique ordinaire. Sa curiosité se mêlait d'excitation envers l'objet singulier. L'homme tenta de le rassurer d'une étrange façon.

— La seule chose dont je peux vous garantir l'exactitude, c'est que ce prototype est réalisable.

— Ah ? Eh bien, si vous le dites, soit. La tâche a l'air ardue, mais j'aime relever des défis !

— À combien de temps estimez-vous l'entreprise ?

— Hum. Ce n'est pas évident. Disons… Laissez-moi un bon mois.

— Bien. Convenons donc que fin avril, je repasserai chercher l'objet.

— Exactement. Faisons comme ça. Je m'en vais le noter dans mon agenda… Vous êtes ?

— Monsieur Milton.

Durant les semaines qui suivirent, Georges s'attela à la conception de l'étrange montre. Les notes étaient parcellaires et certains renvois aboutissaient à des pages manquantes. De toute évidence, les indications n'avaient pas été consignées pour être relues par une tierce personne. Elles étaient à l'unique attention de ses créateurs. Au pluriel. Car l'ensemble avait été écrit à deux mains, deux écritures très différentes. L'une était rare et élégante, tandis que la seconde, celle qui noircissait la plupart des pages, consistait en de véritables pattes de mouche, bien plus coriaces à déchiffrer et parfois sujettes à interprétation. Par contre, rapidement, l'inventeur s'aperçut que l'objet ne pouvait pas fonctionner par lui-même, comme les notes le présentaient. Le mécanisme nécessitait un combustible, de quoi alimenter la montre.

Avec les maigres informations en sa possession – informations exclusivement issues des papiers de son client –, Georges se rendit à la bibliothèque de son ami Balthazar. Il parcourut de nombreux ouvrages, désespéré plusieurs fois devant l'illogisme des plans présentés, et, après plusieurs jours de recherche, découvrit ce qu'il cherchait. Quelques rares livres mentionnaient la nature d'un combustible dont il n'avait jamais entendu parler jusqu'alors : l'éther. Le processus de création de ce carburant était peu clair. Du peu qu'il comprenait, il s'agissait d'une matérialisation physique de « la magie » qui pouvait être cristallisée sous forme de minéraux. Les ouvrages ne décrivaient pas pour autant la manière de les produire. Pour un homme de science de sa trempe, les renseignements qu'il recueillait lui paraissaient au mieux le fait d'illuminés, au pire dangereusement stupides. Toutefois, les informations récoltées concordaient étrangement avec les quelques notes en sa possession. N'abandonnant aucunement sa rigueur scientifique, il se décida à approfondir ses connaissances concernant l'éther et à poursuivre avant tout la conception de l'objet.

GLI…

Un bruit étouffé réveilla l'inventeur. Il n'était pas sûr de lui – peut-être que ses dernières lectures lui étaient montées à la tête et lui faisaient croire aux monstres des contes qu'il lisait étant petit –, mais il avait été indubitablement tiré de son sommeil. La nuit était tombée depuis longtemps. L'inventeur avait terminé la conception de la montre à gousset dans la soirée, à défaut d'être parvenu à se procurer de l'éther. Il doutait d'ailleurs qu'un tel minéral existe autre part que dans les quelques livres farfelus qu'il avait découverts. L'homme avait donc veillé et s'était mis au lit bien tard. Il avait encore l'esprit embrumé par la finalisation de l'intrigante horlogerie.

Il entendit une marche de l'escalier menant jusqu'à son logement craquer. D'un bond, il se leva de son lit. Le vieil original en était maintenant persuadé, le bruit qui l'avait réveillé était celui de la clochette de sa boutique : on venait de forcer la porte de son magasin et quelqu'un montait chez lui !

À cette heure, il ne pouvait s'agir d'une simple réclamation. Ne voulant pas risquer la confrontation, l'homme ouvrit doucement les volets de la fenêtre de sa chambre et, encore agile pour son âge, sauta du premier étage. Se collant au mur de son immeuble, la curiosité le poussa à jeter un coup d'œil au coin de la ruelle, en direction de la vitrine de son magasin. Deux hommes attendaient en silence dans le noir. L'un était grand et fin, l'autre petit et gros. Tous deux étaient habillés à la manière de l'étrange monsieur Milton. Réalisant ce qui était en train de se passer, Georges s'enfuit sans demander son reste. Il était persuadé que durant tout ce temps, durant toute la conception de la montre, il avait été observé.

Ils attendaient qu'il finisse l'objet pour faire taire ses doutes et ses questions… définitivement.

28

Une longue-vue d'ensemble

— Et vous dites qu'une créature avait été envoyée pour me tuer ?

Georges venait de faire chauffer des boissons chaudes et se grattait la tête en essayant de remettre toutes les informations en sa possession dans le bon ordre.

— Tenez, goûtez-moi ça.

— Qu'est-ce que c'est ? demanda Morve.

— Du thé. Vous n'en avez jamais bu ? Attention, c'est chaud.

Il déposa les tasses bouillantes sur la petite table à destination de chacun d'entre eux.

— C'était un mélange entre une araignée et un humain. Ses pattes étaient formées d'os et de lames, décrit Allumette.

— C'était horrible ! soupira Pleurs, qui se brûla les doigts en essayant de prendre la tasse dans ses mains.

— Nous avons récupéré ça chez vous, annonça Boiteux, tendant le carnet de cuir.

— Oh ! Formidable ! Mes notes. Mes contacts. Merci infiniment ! D'ailleurs, comment m'avez-vous retrouvé ? J'avais fait en sorte de ne pas pouvoir être repéré.

— Dans votre carnet, il y avait l'adresse entourée de m'sieur de Roc Lartigue. Nous nous y sommes rendus et on nous a dit qu'vous lui aviez acheté une péniche. *L'Hirondelle*, conclut Boiteux. Vous êtes un amoureux des oiseaux comme nous l'avons remarqué chez vous.

C'était un peu au hasard, mais parmi les autres noms, celui de cette péniche m'a laissé penser qu'il pouvait s'agir du bon bateau.

— Bien vu monsieur l'inspecteur ! Et comment va Jacques ?

— C'est-à-dire que…

Moignon prit la parole pour la première fois depuis qu'il était arrivé.

— Nous avons parlé à sa femme. Elle nous a expliqué qu'il n'était pas revenu chez lui depuis plusieurs jours. Elle le pense disparu.

— Disparu ? Disparu ! Grand Dieu.

— Il y a autre chose, continua Morve. Hier, nous avons suivi les hommes en noir que vous nous avez décrits jusqu'à une usine, quai de Grenelle. Visiblement, elle appartenait à monsieur de Roc Lartigue.

— Oui, oui, effectivement, je la connais. J'y suis déjà allé par le passé.

— Elle a été détruite et les… mystérieuses personnes avec. Je ne sais pas ce qu'elles y faisaient, mais elles se sont confrontées à des hommes qui étaient habillés d'uniformes militaires. Ils semblaient savoir ce qu'étaient ces monstres, mais, même avec la montre, nous n'avons pas pu les sauver.

— La montre, vous dites ? Mais alors, ça veut dire qu'elle fonctionne véritablement ? Je… je peux regarder ?

Georges redécouvrait l'objet. Il l'ouvrit, les yeux pétillants. Elle avait été éraflée, frottée et abîmée, mais c'était bien sa création. Il chaussa des lunettes munies de plusieurs verres optiques faisant office de loupes et déballa un trousseau de petits outils, de pinces et de tournevis. Sans en demander l'autorisation, sous l'œil vigilant et inquiet de Boiteux, il entreprit de l'ouvrir pour découvrir son contenant.

— Et donc elle permettrait de jouer avec le temps ? Quelle découverte magnifique ! C'est inestimable. Vous l'avez utilisée… et il ne vous est rien arrivé de fâcheux ?

Tous restèrent alors silencieux. Tous, à l'exception de Morve, cynique et inconscient d'une certaine réalité le concernant.

— Oh ! Tout au plus quelques morts, commenta-t-il ironiquement.

— Oui, nous l'avons utilisée. Elle permet de revenir quelques heures auparavant. Douze, a priori, précisa Boiteux.

— Fabuleux !

L'inventeur avait délicatement ouvert l'objet entouré de l'aura du sacré. L'intérieur complexe et travaillé était maintenant visible aux yeux de tous. Les multiples mécanismes, les innombrables rouages, mais aussi la fine pierre qui servait de source d'énergie. Il délogea le minéral et le regarda à travers la lumière d'un des hublots crasseux de *L'Hirondelle*. La cristallisation de l'éther émettait une luminescence bleutée. Une fois observé, il le replaça dans son écrin et referma l'objet avec précaution.

— La pierre correspond aux descriptions que j'ai pu lire. Si vous m'en laissez l'occasion, j'aimerais l'étudier en détail pour comprendre ses propriétés. D'ailleurs, d'après ce que vous venez de me raconter, il s'agit du même type de combustible permettant aux créatures dont vous m'avez parlé de s'animer.

— Et la sorcière alors ? demanda innocemment Pleurs.

— Comment ?

— C'est-à-dire que… on doit trouver une sorcière. Visiblement, elle est l'ennemie des automates et elle devrait pouvoir nous aider à nous en débarrasser. Ils sont aussi après nous maintenant, expliqua Allumette.

L'inventeur resta circonspect devant l'étrange question de la fillette et l'explication de la plus grande. Puis son œil s'écarquilla alors qu'il se souvenait d'un détail.

— Oh, mais attendez ! Une sorcière, vous dites ? Où ai-je foutu ces bouquins de malheur ?

Il parlait dans sa barbe, cherchant quelque chose dans son amoncellement de livres et de notes. Après quelques minutes de grommellement à sa seule destination, il en sortit souriant et victorieux avec un épais grimoire à la main.

— Voilà ce dont je vous ai parlé. Bon, c'en est un parmi d'autres. J'ai pu emprunter celui-ci, car Balthazar est une vieille connaissance. Ces livres n'ont pas vraiment de nom. Tout juste peut-on lire sur la page de garde : *Chroniques de l'éther*. C'est dans cette série d'ouvrages que j'ai trouvé mention du mineral comme « source de vie et expression physique de la magie », voyez. Et justement, ça traite de créatures mythologiques, de mages décadents, de rituels incompréhensibles blasphématoires, mais aussi des sorcières d'Hécate, une sororité de femmes sachant manipuler l'éther pour en faire ce qu'elles désirent.

Georges tourna rapidement une foule de pages cornées, revint plusieurs fois sur certaines, avant de s'arrêter et de pointer un paragraphe.

— Là. C'est là. C'est ça. Cette partie est une sorte de mode d'emploi, ce sont des indications destinées aux membres de la Garde – c'est le nom qu'ils se donnent dans l'ouvrage – et aux sorcières pour se retrouver sans éveiller les soupçons. De qui, de quoi, je n'en sais rien. De leurs ennemis a priori. Par exemple, dans ce livre-ci, il est indiqué que pour rencontrer la sorcière Sibylline, il faut trouver le pont qui mène jusqu'à elle. Il est précisément écrit « qu'elle surveille la capitale, mais que le chemin est caché aux yeux des moroses ». Les moroses, ce sont les humains, précisa-t-il. Plus exactement, ceux ne connaissant rien aux arts magiques et n'ayant pas conscience de l'existence du paranaturel.

— C'est-c'est tout ? Qu-qu'est-ce que ça veut dire ? questionna Bègue.

— Quelque part dans Paris, il y a un pont invisible qui mène à une sorcière, reformula Pleurs.

— Caché aux yeux des moroses… Ça veut dire caché aux yeux de ceux qui ne savent pas utiliser l'éther, qui ne savent pas le voir ? déduisit Morve tout en questionnant l'assemblée.

— Il faut utiliser l'éther ? continua Allumette.

— Dans ce que j'ai pu lire, reprit Georges, il y a consensus sur le fait qu'il y a de l'éther partout, en tout être vivant, mais en infime quantité. Seules les sorcières d'Hécate connaîtraient naturellement les techniques pour le canaliser et l'utiliser. Il y a des méthodes expliquant comment sentir l'éther, comment le discerner, comment en générer, mais, croyez-moi pour avoir étudié ces ouvrages, c'est incompréhensible et ça demande plusieurs années d'apprentissage !

Les orphelins étaient passés de l'enthousiasme à la déception. Plusieurs années, vraiment ?

— On ne va pas s'amuser à apprendre à voir l'éther, alors que si ça se trouve, demain matin, les automates nous auront retrouvés et tués, siffla Morve. Rappelez-vous que même si on en a vu plusieurs exploser, on ne sait pas combien ils sont ni où est celui qui se fait appeler Milton et que Georges et Boiteux ont rencontré.

— Alors, comment fait-on si on n'a pas d'éther sous la main ?

Avant même que l'inventeur ne la formule à haute voix, le garçon à la jambe raide trouva la réponse.

— La montre, annonça l'inventeur. Je pense qu'en utilisant la pierre qui la fait fonctionner et en la taillant légèrement, je pourrais en faire un prisme à monter sur une longue-vue. En regardant à travers elle, on devrait pouvoir distinguer ce qui est anormalement composé d'éther.

— Comme un pont invisible par exemple, comprit Allumette.

Boiteux n'était pas très enclin à voir la montre perdre toute capacité magique. Il voulait la préserver pour pouvoir l'utiliser en cas de problème. Sans oser se l'avouer, il avait fait de la pièce d'horlogerie sa possession, son objet de pouvoir, et voir quelqu'un d'autre se l'approprier et l'ausculter le dérangeait. Il chercha à argumenter, à trouver de quoi freiner l'ardeur de ses amis à mutiler l'objet.

— Oui, mais vous avez dit qu'la sorcière surveillait la capitale... Même avec une longue-vue d'éther, ça va nous prendre un temps fou d'inspecter chaque endroit de Paris !

Georges sourit. Il avait déjà réponse à la question du jeune garçon.

— Pas forcément, si on connaît un lieu permettant d'observer la capitale dans son ensemble. Et ça tombe bien, je connais précisément cet endroit.

29

La plus haute tour du monde

— Oui, parfaitement. Ce sont mes petits-enfants. Oui, nombreux. Oui, même lui. Combien vous dites que ça va me coûter cette histoire ?

Georges était en train de mentir. Après avoir payé les tickets pour accéder à l'Exposition, puis de quoi accéder aux étages, il appela les enfants. Chapeau melon sur la tête, il souriait, visiblement ravi de jouer au grand-père pour la première fois de sa vie. Ils étaient au pied de l'immense tour de monsieur Eiffel et les orphelins, têtes levées, étaient émerveillés par la gigantesque structure de métal.

— Allons-y. Bon, je me dois de vous prévenir. Il y a des ascenseurs pour monter, mais la queue n'en finit pas, j'ai donc opté pour la montée par l'escalier du pilier ouest. Ça va prendre un peu plus du temps, mais au moins nous n'attendrons pas les bras croisés. Attendre n'est pas mon occupation préférée.

— Combien de marches ? s'interrogea Morve, flemmard.

— Oh… J'ai cru lire 1 710… ou 1 665. Je ne sais plus. Mais il est possible qu'il y en ait moins.

Les orphelins le regardèrent sans piper mot, abasourdis. L'inventeur ne se départit pas de sa bonne humeur et avança sans même les attendre.

— Bon, il faudrait que nous nous mettions en route pour notre ascension si vous ne voulez pas qu'il fasse nuit lorsqu'on redescendra.

La gigantesque construction de métal faisait trois cents mètres de haut, avait une robe naviguant entre le brun et le rouge, dans des tons chauds et dorés, et sa particularité était – entre autres – d'avoir été construite spécialement pour l'Exposition. C'était une tour de fer, mais surtout la plus haute tour du monde. Certains la surnommaient « tour de Babel » ou encore la « cheminée noire d'usine », d'autres voyaient en elle « le symbole de la foi dans le progrès scientifique et technique », mais, adorateurs comme détracteurs, tous étaient fascinés par sa folle architecture.

— Rappelez-vous, on ne vole pas ici ! On ne peut risquer les ennuis pour si peu, alors que nous avons tant à faire.

Georges faisait montre d'un ton paternaliste qui n'était pas du goût de Moignon, mais le vieux monsieur avait encore trop à leur apprendre pour qu'il se fâche maintenant et décide de faire bande à part. Il prit donc sur lui et visita l'endroit à son rythme.

— Il ne faut pas qu'on se fasse trop remarquer. Milton et La Teigne pourraient tout à fait se trouver dans les environs, rajouta l'adolescent à l'attention de ses amis. Nous devons faire attention, être attentifs.

Pleurs était stupéfaite de l'immensité du lieu. Les trois étages de la tour offraient de nombreuses boutiques et restaurants. Le second proposait un formidable point d'observation via les différents appareils d'optique mis à disposition. Venant pour la première fois, la bande détaillait autant les personnes que les lieux. Bègue et Allumette décomptaient pendant que Georges leur faisait la visite : un bureau télégraphique, le siège d'un quotidien avec une salle de rédaction et une imprimerie, un appartement privé décoré façon suite présidentielle, plusieurs bars et restaurants – un russe, un autre français type cabaret du temps de Louis XVI, un bar anglo-saxon pour manger rapidement, une boulangerie viennoise avec des pâtisseries ainsi qu'une brasserie alsacienne. Il y avait même un petit canon qui à six heures du soir sonna « l'heure de la Tour ».

Boiteux et Morve couraient partout. Il fallait freiner leurs ardeurs.

Ils voulaient tout regarder, tout détailler, tout comprendre. Ils dévisageaient chaque passant. La structure était dure et froide comme du métal, mais l'ensemble bénéficiait d'une aura… magique.

Finalement, ils parvinrent au plus haut de la tour, au troisième étage. Ils se trouvaient alors à deux cent soixante-treize mètres d'altitude selon le guide qu'avait « récupéré » Boiteux sur un comptoir et Paris s'offrait à eux. Le temps s'était un peu gâté au-dessus de leurs têtes, mais ni les nuages ni aucun immeuble ne pouvaient gâcher la vue. Des parcs et des jardins entouraient l'impressionnante attraction. Face à eux, par-delà le Champ-de-Mars, s'étendaient le dôme central ainsi qu'un bâtiment tout en longueur abritant bon nombre de palais. Les températures étaient plus fraîches à cette hauteur et Pleurs, la moins chaudement habillée, frissonnait. Allumette s'interposa entre la petite et le vent, et tous, collés contre le balcon panoramique, admirèrent la capitale.

— Regarde là-bas, c'est le Trocadéro.

— On voit pas not' chez-nous, non ?

— Non, mais on voit les fontaines lumineuses tout en bas dans les jardins.

— C'est la plus belle chose qu'j'aie jamais vue ! s'exclama Pleurs. C'est magique !

Les garçons n'étaient pas en reste, la bouche grande ouverte pour certains, le sourire aux lèvres pour d'autres. L'expérience était enivrante. Après quelques longues – mais si courtes – minutes d'observation, Georges tira de sa poche sa longue-vue télescopique. Il la déplia, fit la mise au point en fixant le sol, puis la redressa à l'horizontale, jusqu'à l'aligner à hauteur de son regard. Il scruta des constructions au loin et tourna sur la plate-forme du dernier étage, détaillant la Ville Lumière de ses fondations à la crête de ses bâtiments. Il s'appesantit plusieurs fois sur des immeubles sans intérêt pour finir par s'immobiliser.

— C'est là.

Il tendit l'objet à Boiteux qui voulait regarder. Celui-ci pointa la longue-vue dans la direction donnée par Georges et désigna un édifice précis. Il retira son œil de l'objectif pour regarder dans la même direction sans l'objet, puis le réutilisa. Effectivement, ils avaient trouvé. Là-bas, au loin, au niveau de ce qui était visiblement la cathédrale de Notre-Dame de Paris, il y avait plusieurs filets brillants s'élevant dans le ciel. De très fins filaments bleutés qui se reflétaient dans le prisme d'éther et qui semblaient restreints à ce lieu. Après une rapide vérification, il s'agissait du seul endroit de Paris qui brillait aussi nettement.

30

Le pont invisible

Ils avaient tous dormi sur *L'Hirondelle* et leurs articulations étaient ankylosées par la dureté du sol. Ils avaient pris l'habitude de dormir sur des couvertures amassées au fil des mois et leur petit confort leur avait manqué dans la péniche. Finalement, sous un temps peu chaud mais magnifiquement ensoleillé, ils s'étaient retrouvés au petit matin face à la plus célèbre des cathédrales parisiennes.

— J'ai chaud, se plaignit Pleurs. Pourquoi est-ce qu'on est habillés aussi chaudement ?

— Tu te souviens que tu avais froid hier après-midi ? lui répondit Georges. D'après ce que j'ai vu dans cette longue-vue, il y a quelque chose dans le ciel environnant. S'il s'avère qu'on doit se rendre dans les hauteurs de Paris comme je le pressens, tu vas avoir très froid.

— Mais…

— Plus on grimpe, plus il fait froid. C'est comme en montagne. C'est scientifique !

C'est ainsi que Pleurs, qui avait été la moins habillée du groupe, s'était retrouvée avec une écharpe autour du cou, un épais manteau et de grosses chaussures en plein mois de mai. Les autres n'étaient pas en reste, car tous – mis à part la fillette – avaient suivi les recommandations de l'inventeur. Boiteux s'était emmitouflé dans un amoncellement de linges, tout en enfonçant encore plus sa casquette sur sa tête. Leurs dégaines n'étaient pas des plus banales, et quand ils arrivèrent sur le parvis du bâtiment religieux, on ne manqua pas de les dévisager.

— J'espère que vous avez raison, sinon on passe pour de sacrés bouffons, grogna Morve.

— C'est dans les environs, je crois.

Georges ressortit sa longue-vue et observa la cathédrale sous ce nouveau jour. Là-haut, sur la toiture, se trouvaient les prémisses d'un petit pont éthéré qui s'estompait dans les rayons du soleil.

— Là-haut, vous dites ?

— Oui. Il faudrait monter par l'intérieur et ressortir sur le toit. J'ai déjà étudié les plans de cet édifice et je vois à peu près comment procéder.

— À peu près ?

— Mes souvenirs sont un peu anciens.

— Mais qu'est-ce que vous n'avez pas déjà étudié ? répondit Moignon, cinglant.

— Je ne sais pas. Ce pont invisible justement !

L'inventeur était amusé. C'était l'aventure et l'inconnu qui s'offraient à lui. Une originalité bienvenue et surtout la promesse de découvertes à venir !

Ils entrèrent dans la cathédrale.

Notre-Dame était l'une des plus anciennes cathédrales gothiques d'Europe et marcher en son sein était indubitablement impressionnant. Tout y était travaillé, gigantesque et disproportionné.

— Ce doit être par là-bas. Doucement, les enfants. Ça résonne. N'attirons par l'attention. Ne nous faisons pas remarquer.

L'homme se dirigea vers une petite porte de bois qui débouchait sur un étroit escalier en colimaçon. Prudemment, ils gravirent les marches polies par l'usage et le temps. L'endroit était exigu, bas de plafond et peu large – un cauchemar pour claustrophobe. Après quelques hésitations sur la direction à prendre aux paliers supérieurs, Georges ouvrit la lourde trappe qui menait au toit. Le vent vif et glacial s'engouffra par l'ouverture.

Parce qu'elle tombait presque en ruines, Notre-Dame avait été restaurée par Eugène Viollet-le-Duc une quarantaine d'années plus tôt. En plus de réhabiliter certaines parties disparues, l'architecte avait fait élever une flèche bien plus haute que la précédente et disposer de saisissantes sculptures de gargouilles et autres chimères, rendant d'autant plus marquante la visite des toits du bâtiment.

Les orphelins sortirent un par un, s'aidant mutuellement. L'inventeur avait déjà déplié la longue-vue et cherchait sur le rebord de la structure où débutait le pont invisible. Ceci fait, il s'avança. Ce n'était finalement qu'à quelques mètres plus loin de l'endroit où ils se tenaient. Détail notable et challenge supplémentaire : il fallait sauter dans le vide pour atterrir de l'autre côté, sur la structure éthérique invisible à l'œil nu. Il se retourna et, s'adressant aux orphelins, leur expliqua ce qu'il venait de remarquer.

— Vous êtes sûr ? s'inquiéta Boiteux, qui n'était déjà pas rassuré à cette hauteur. Je peux voir ?

— Tenez, mon jeune ami.

— C'est que… j'ai besoin de situer où atterrir, se justifia-t-il devant le reste de la bande.

— Il y a quand même de la marge pour sauter, comme vous pouvez le voir. Le pont est suffisamment large.

— Suffisamment, vous dites ? se renfrogna le garçon. C'est-à-dire que l'échec équivaut à une mort certaine. Je préférerais donc que le « suffisamment » soit du genre beaucoup trop, comme dans « le pont est suffisamment beaucoup trop large », si vous voyez ce que j'veux dire.

Boiteux ne voulait pas rendre la longue-vue. Morve lui donna une petite tape dans le dos en le dépassant.

— Fais pas ton pétochard. On a quand même survécu à un combat contre des pantins mécaniques assassins.

— Mais… mais…

Visiblement, Boiteux était le seul d'entre eux à ne pas être convaincu. Il… il… avait peur. Ce que Georges leur demandait, c'était de suivre les directives données par une phrase pas très claire dans un vieux bouquin sentant le renfermé. Actuellement, cela signifiait sauter dans le vide du toit de Notre-Dame de Paris pour probablement atterrir sur un pont magique menant à on ne sait qui, on ne sait où. Cela faisait beaucoup d'incertitudes. Il se demandait même s'il n'était pas le seul sain d'esprit du groupe, le seul à avoir encore les pieds vissés sur terre. Du moins… pour encore quelques mètres. Pendant qu'il faisait tout pour retarder son tour, Georges avait sauté dans le prolongement du toit comme entraperçu à travers la longue-vue. Et… il était debout. Debout dans le vide. C'était complètement dingue. Enthousiastes, Morve et Bègue l'imitèrent, bientôt suivis d'Allumette et de Pleurs, et finalement par Moignon. Même ce dernier y était allé. Il ne restait que lui.

Boiteux prit alors son élan, courut et, fermant les yeux, sauta du haut du toit de la cathédrale vers… le vide. Il retomba sur ses pieds, sur de l'air solide, sur le pont d'éther. Un pont qui d'ailleurs, maintenant qu'il était dessus, lui paraissait bien moins invisible. Des filins bleutés commençaient à apparaître dans son champ de vision, dessinant les contours de l'architecture surnaturelle. Le garçon se releva, fier de lui, puis manqua de glisser sous le sol branlant.

— La vache ! Vous ne m'aviez pas dit qu'c'était un pont de bois suspendu maintenu par des cordes magiques pourries !

Georges, qui s'était déjà avancé sur la construction branlante, se retourna en sa direction, toujours souriant, émerveillé par la récente découverte.

— Je n'en savais rien. C'est un pont invisible. Je ne pensais pas que le fait qu'il soit constitué de marches invisibles ou de bois et de cordes invisibles change énormément la donne.

— Les cordes bougent, les marches non !

— Vous m'en voyez désolé.

L'homme continua son chemin vers leur destination inconnue, suivi par le reste des orphelins.

— C'est votre maison là-dedans ? s'enquit Pleurs.

Elle faisait allusion au sac que l'inventeur portait sur son dos, sac qu'il avait pris en partant de la péniche au petit matin.

— Non. Je ne suis pas une tortue, sourit-il. Dedans, il y a une gourde d'eau, quelques provisions et de quoi nous défendre… si jamais la sorcière n'était pas particulièrement encline à nous aider.

31
La plus haute tour du monde

— Je crois qu'j'ai le vertige, annonça Boiteux en tremblant.

— Pét-pét-pétochard ! Si-si tu vomis, quelqu'un recevra ta ga-galette sur la tête ! se moqua Bègue, trop content de lui.

— Ah, c'est malin ! vociféra le garçon, les sourcils froncés comme jamais.

La traversée du pont lui paraissait interminable et cette impression n'était visiblement partagée par personne d'autre. Pleurs rigolait, tout en jouant à l'équilibriste, un pied devant l'autre sur la structure suspendue et mouvante. Les lattes de bois se déchaussaient derrière le garçon. Du moins, c'est ainsi qu'il se les imaginait. Il en était persuadé : il y avait du jeu, des clous mal enchâssés, des cordes mal tendues, tout bougeait dans tous les sens et n'attendait qu'un mauvais pas, un pas de trop, au mauvais endroit, au mauvais moment, pour se faire la malle, pour se défaire du reste et l'entraîner en contrebas, sur le toit d'un bâtiment parisien. Devant, Morve et Georges se promenaient tranquillement, discutant tout en s'émerveillant de l'existence de la structure magique.

— Il semblerait que depuis que nous sommes sur ce pont, plus personne sur la terre ferme ne puisse nous voir. Comme si nous étions dissimulés par l'éther masquant cette construction.

— Vous avez remarqué que le pont n'apparaît que progressivement ? On n'en perçoit pas la fin, et ce même si la longue-vue nous donne un bon aperçu par la présence de ces contours bleutés qui filtrent vers le ciel au loin.

— Oh ! On commence à plus distinguer le sol, observa Allumette.

C'était vrai, ils arrivaient au niveau de nuages opaques et la température s'était mise à baisser de quelques degrés. Georges se retourna en direction de la blondinette de la bande.

— Fait-il toujours si chaud, jeune fille ?

Bègue aperçut au loin des nuages gris amoncelés au-dessus de la tour Eiffel, signe d'un orage à venir. Moignon, quant à lui, avançait silencieusement. Il voyait devant lui l'inventeur et Morve discuter et il repensait à ce dernier, comment lui s'était réfugié dans les sous-sols de leur repaire plutôt que de prendre quelques secondes pour le réveiller et venir le cacher avec lui. Il se remémora aussi la main de cet homme agonisant duquel il s'était éloigné pour ne pas être « contaminé », contaminé par… par sa mort. C'était donc ça, il avait peur de mourir. Pourquoi pensait-il à ça maintenant ? Il ne le savait pas. Peut-être parce que cette marche forcée sur ce pont magique était si longue qu'elle lui laissait trop de temps pour réfléchir. Mais cette ombre qui enserrait son cœur et cette boule au fond de son ventre qui rendait son souffle plus court le gênaient. Il ne parvenait pas à s'en défaire. Il devait montrer l'exemple et pourtant il avait la tenace impression qu'il n'y arriverait plus jamais. Au train où allaient les choses, ils ne respecteraient plus ses ordres, son autorité, son rôle de chef. Il perdait lui-même confiance en ses capacités.

De son côté, Boiteux fermait les yeux et serrait les dents, crispant la mâchoire à s'en faire mal. Dans une tentative d'ignorer ce qui se trouvait en dessous du pont – c'est-à-dire rien –, il avança à l'aveugle en s'assurant que chacun de ses pieds reposait bien sur du solide – aussi solide que possible –, une main après l'autre, un pas après l'autre, l'esprit focalisé sur la broche en forme d'étoile filante au chaud dans sa poche. Chassant les images de vide sous ses pieds, il réfléchit à la meilleure façon d'aborder Allumette, une manière de procéder qui ne le rendrait pas totalement ridicule, une technique d'approche infaillible afin de la charmer. Il avait besoin de préparer au maximum l'événement pour ne pas être pris au dépourvu le moment venu, mais il enrageait. Il avait beau retourner le problème dans tous les sens, dans toutes les versions qu'il avait fantasmées, il devait se retrouver seul avec Allumette – condition impérative pour que tout se passe comme prévu. Or, la rouquine était perpétuellement entourée et il n'arriverait à rien tant que ce serait le cas. Autant dire qu'accablé par les frustrations combinées de la broche et du vide, il était bon dernier dans la longue cordée qui avançait sur la plate-forme suspendue.

— Mais Pleurs, je ne comprends pas bien, s'interrogea le vieux monsieur. Tu devrais avoir peur de rencontrer une « sorcière ». Les sorcières sont des méchantes dans les contes, non ?

— Non, coupa Allumette. Pas les sorcières blanches. Elles, ce sont des sortes de fées.

La fillette rit.

— Les fées sont pas des gentilles. En fait *(elle regarda sa grande sœur et l'inventeur et, chuchotant, leur expliqua la réalité qui était la sienne)*, les contes sont des mensonges ! Ce sont les fées qui les ont écrits et elles y disent c'qu'elles veulent : qu'les sorcières sont moches et méchantes et qu'les fées sont jolies et gentilles, alors qu'en fait, la vérité, c'est qu'c'est pas vrai ! Les sorcières blanches ont été inventées par les fées après, parce que des gens avaient compris que les sorcières n'étaient pas plus méchantes que les fées.

Georges ne sut quoi répondre à une telle logique. Décidément, la jeune fille avait un univers bien à elle, avec des règles propres. Il n'allait pas risquer de la vexer pour si peu. Il sourit donc à son attention.

Ils marchèrent longuement et finalement, alors qu'ils se trouvaient bien au-dessus des premiers nuages, ils aperçurent, en hauteur, ce qui semblait être une tour. Une fine tige de pierre dont la base se perdait dans les cumulonimbus et dont la cime n'était pas plus discernable. Elle était encore loin et paraissait infinie, mais cet objectif visible les ragaillardit.

— Qu'est-ce que c'est ça, là-haut ? demanda Moignon.

Il avait mis sa main valide en visière pour protéger son regard des aveuglants rayons de soleil et pointait une masse dans le ciel qui semblait bouger et provenir des hauteurs de la tour.

— On dirait des…

— Oiseaux.

Morve n'avait pas eu le temps de finir sa phrase, coupé par Georges qui ajouta :

— Mais… ce ne sont pas des oiseaux normaux !

La plus proche des créatures piqua vers eux. Sa vitesse la rendait difficile à observer. Plus elle se rapprochait, plus son envergure était impressionnante. Il s'agissait d'un rapace à tête d'aigle pourvu d'oreilles félines, ayant le gabarit et les quatre pattes d'un lion ailé terminé par une courte queue semblable à celle d'un chameau. Cet ensemble de détails éveilla la crainte des orphelins qui surent, instinctivement, qu'ils ne devaient pas s'appesantir sur sa description : le reste de la nuée de volatiles était en approche.

— COUREZ ! s'écria Georges.

La bande ne se le fit pas redire. Ils cavalèrent en direction de la tour qui se rapprochait à vue d'œil. L'éclaireur ailé n'allait pas tarder à repasser, dardant de son énorme bec les imprudents. Du fait de la course à laquelle les enfants se livraient, le pont tremblait encore plus qu'à l'accoutumée. Boiteux, qui avait par ailleurs des difficultés à se mouvoir rapidement, n'en était que plus pénalisé et voyait la distance le séparant de ses amis s'agrandir à chaque expiration. Il cavalait autant qu'il le pouvait, du mieux qu'il le pouvait, mais ce n'était pas suffisant.

L'étrange rapace repassa, ouvrant grand sa gueule démesurée vers le garçon. Ce dernier eut juste le temps d'admirer l'appendice pointu comme un V qui lui servait de langue avant de se jeter à plat ventre. L'orphelin était face au vide, face aux interstices du pont branlant et avait toutes les peines du monde à se relever. Il ne pouvait plus compter sur ses amis qui étaient déjà trop éloignés pour revenir vers lui. Respirant un bon coup, fermant les yeux, il se remit debout et avança en boitillant. Il essaya de se couper du monde, de s'enfermer dans une bulle mentale, de ne pas regarder en bas et de ne pas écouter les bruits autour de lui afin de progresser au mieux, et ce jusqu'à ce que les cris d'encouragement des autres lui parviennent.

Ils étaient là-bas, au bout, sur un ponton, s'égosillant pour l'encourager à ne pas ralentir sa foulée malaisée… À moins que ce ne fût pour le prévenir du danger qui le guettait. Car les oiseaux étaient là et, dans moins d'un battement d'ailes, ils seraient sur lui et ne manqueraient pas de le faire chuter par-dessus le pont. Il était perdu, c'en était fini. Jamais il n'arriverait de l'autre côté. Il ferma les yeux, retint sa respiration et – éclair de clairvoyance – se souvint. Il mit la main sous ses vêtements, en sortit l'objet qui servait de collier à l'homme qui lui avait sauvé la vie et le porta à sa bouche. Il souffla aussi fort qu'il le put.

Les rapaces faisaient du surplace dans les airs. Ils avaient arrêté leur piqué au moment où Boiteux avait soufflé dans l'objet qui révéla des sonorités musicales. L'instrument imitait le souffle du vent et avait, visiblement, la faculté de contrôler ces créatures volantes. Bien que rassuré par l'arrêt des attaques, le garçon avança avec précaution, les jambes tremblantes, jusqu'à la fin du pont. Son cœur battait à toute allure. En s'approchant, il discerna mieux la structure qui se trouvait être une tour de pierre dont la circonférence était plus réduite qu'il ne l'avait estimée de loin. Un escalier en colimaçon courait le long de l'élévation jusqu'à une destination perdue dans les nuages.

— Je vais bien si ça peut vous rassurer, bougonna celui qui avait manqué de s'uriner dessus.

Une fois remis de leurs émotions et après avoir bu de l'eau de la gourde de l'inventeur, ils entreprirent l'escalade du bâtiment. Un bas-relief ouvragé suivait la montée des marches. La frise sculptée, en partie érodée, représentait une succession de personnes – des femmes uniquement – qui, symbolisées par des idoles stylisées, se tenaient les unes à côté des autres, accompagnant l'ascension.

L'escalade parut interminable – et pas seulement à Boiteux cette fois-ci. L'effort était épuisant. À mesure qu'ils prenaient de la hauteur, et comme l'avait expliqué Georges, le froid se faisait de plus en plus ressentir. L'inquiétude avait grandi au fur et à mesure que la fatigue s'installait. Les étranges rapaces, créatures mythologiques et immenses, volaient aux alentours de la tour, décrivant des boucles dans le ciel, autour d'eux. Même Pleurs n'était plus certaine de sa classification. Finalement, les contes avaient peut-être raison.

Après avoir traversé plusieurs strates de nuages, il devint impossible de discerner le moindre élément de la capitale. A contrario, c'est l'immensité infinie d'un ciel bleu et lumineux qui s'offrait à leurs yeux. Acharné et volontaire, Bègue ouvrait la marche, sans mollir un instant. Pleurs donnait la main à Allumette, qui l'aidait quand elle était trop essoufflée. De nouveau pris de vertige, sans aucune rambarde du côté du vide, Boiteux longeait l'intérieur de l'escalier, le dos collé contre la pierre centrale. Moignon avançait à son rythme, silencieux. Fermant la marche de peu, Morve et Georges débattaient, passionnés.

— Voyez, mon jeune ami, ce n'est pas la technologie qui est mauvaise en soi, non. La technologie n'est que ce que l'on veut bien en faire.

— Je comprends, mais les automates, par exemple, ils…

— Justement, ces créatures, parlons-en. Elles ont forcément été créées par quelqu'un. Elles ne se sont pas conçues elles-mêmes. C'est comme tout, il faut faire attention. La technologie, comme toute conception élaborée, doit être domestiquée. Elle doit être expérimentée et utilisée à bon escient. Elle doit être pensée et contrôlée.

Au bout de deux heures, sans information quant à la distance qu'il leur restait à parcourir, ils décidèrent de faire une halte supplémentaire. Georges posa son sac sur une marche et fit passer la gourde d'eau et les quelques gâteaux secs qu'il avait en provisions pour que chacun reprenne des forces. Effrayé par le vide tout proche, Boiteux ne voulait pas s'arrêter et continua, lentement, l'ascension jusqu'à dépasser Bègue. Celui-ci, ayant un peu trop bu, désira se soulager. En absence de commodités dans les parages, il se mit à faire ses besoins dans les nuages, au bord de l'escalier, dans le ciel nuageux.

— Allez, les gars, on-on y va ! Qui m'accompagne ? rigola-t-il.

Morve déboutonna son pantalon et rejoignit son ami. Moignon, qui se retenait, se dérida et y alla lui aussi de bon cœur, joignant le geste à la parole.

— Pensez à tous ces snobinards autour de la cathédrale qui nous ont regardés tout à l'heure comme si nous étions les derniers des gueux !

— Que les automates prennent garde : ce soir, il pleut de la rouille ! s'amusa Morve qui respirait beaucoup mieux en haute altitude.

Ils n'en pouvaient plus. Ils évacuaient le stress et furent pris d'un fou rire.

— J'aimerais bien pouvoir faire pareil, bouda Pleurs.

— Je t'rassure, tu loupes pas grand-chose, consola une Allumette gentiment consternée par le spectacle.

Ce sont les cris de joie de Boiteux qui leur firent remballer leurs outils. Il se trouvait quelques mètres au-dessus d'eux et levait la tête vers les hauteurs.

— Ça y est ! On y est ! Le haut de la tour est juste là, on est à la fin de l'escalier ! On y est, on y est ! On va enfin la rencontrer !

32
Ce n'est plus notre temps

Le ciel était ensoleillé lorsque les orphelins arrivèrent au bout de l'escalier. Moignon fermait la marche. Il jeta un coup d'œil derrière lui, observant les rapaces reprendre leur vol dans le lointain. Plusieurs centaines de mètres en contrebas, un parterre de nuages blancs s'étendait à l'infini. La vision de ce paysage immaculé avait quelque chose d'apaisant.

Deux entrées garnies de gargouilles et de représentations de créatures mythologiques – grandes alcôves ouvragées dépourvues de portes – transperçaient de part en part la tour grise. Étrangement, il ne faisait pas particulièrement froid ici et l'air était agréable à respirer. À l'intérieur, sur un promontoire sculpté, un groupe d'hommes était assis autour d'une longue table de bois noir. De toutes statures et corpulences, cette demi-douzaine de gardes était habillée du même uniforme que ceux qui avaient été tués dans le sous-sol de l'usine en combattant le trio d'automates. L'un d'entre eux, un homme d'une trentaine d'années, aux yeux verts perçants et aux courts cheveux bruns, fronça les sourcils en les voyant. Il se leva prestement, mit la main sur la garde de son épée et s'adressa à eux, agressif.

— Qui êtes-vous ? Que faites-vous là ?

Les orphelins ne savaient pas par où commencer, aussi c'est Georges qui prit la parole.

— Nous sommes venus demander de l'aide. Il semblerait que la sorcière Sibylline vive ici. Nous souhaiterions nous entretenir avec elle.

L'homme amusé ne se relâcha pas pour autant.

— Très bien, vous venez de répondre à la seconde question. Je reformule donc la première… Qui êtes-vous ?

Boiteux, un peu excédé par les manières hautaines de leur interlocuteur, sortit la montre de sa poche.

— Les possesseurs d'un objet pas comme les autres, très cher monsieur.

À sa vue, les membres de la Garde se levèrent et s'approchèrent du garçon. Ils n'avaient d'yeux que pour la mécanique. L'homme à qui ils s'étaient adressés, passé l'instant de stupéfaction, considéra alors le plus petit d'entre eux.

— Je reviens. Je vais voir ce qu'il est possible de faire.

Il gravit quelques marches, frappa à la porte principale, entra et la referma en douceur.

— J'imaginais ça plus grand, s'étonna l'un des soldats, fixant l'objet doré.

Morve réajusta ses lunettes et détailla les lieux. Plusieurs petites fenêtres en hauteur, essentiellement des meurtrières, permettaient de diffuser la lumière rayonnante du soleil. Deux escaliers en colimaçon à la largeur réduite et à la pierre usée descendaient à l'intérieur de la structure et de solides portes en bois fermaient le passage vers les pièces internes. Des statues de créatures difformes semblables aux gargouilles de Notre-Dame, mais aussi à des lézards ailés, faisaient face aux différentes ouvertures. Des étoffes de toutes formes et de toutes épaisseurs avaient été tendues et pliées de manière à cloisonner certaines parties de la grande pièce et à offrir une relative tranquillité à ceux qui souhaitaient s'isoler. Les symboles du soleil et de la lune, entourés de signes ésotériques, se faisaient face, gravés dans les murs. En relevant la tête, le garçon s'aperçut que le plafond était, lui aussi, décoré d'une peinture écaillée d'un lion, d'un chien et d'un cheval. Une phrase latine soulignait l'illustration, mais l'inscription était en si mauvais état que Morve ne réussit pas à la lire. Les racines tordues et séchées d'un arbre mort depuis longtemps avaient perforé une série de dalles morcelées. De nombreuses lampes aux abat-jour sombres et aux photophores colorés parsemaient les lieux. Dans un coin – l'endroit faisait visiblement office de salle commune et de pièce à vivre –, des montagnes de livres étaient posées au sol et disposées de sorte qu'elles pouvaient servir de marches pour atteindre le dessus de l'armoire proche où nombre d'objets encombrants avaient été entassés. La tour était remplie de curiosités de toute époque, sauvegarde officieuse des temps passés.

Au centre du campanile, Georges et ses jeunes amis faisaient face aux gardes toujours postés en surplomb par rapport à eux, sur le promontoire, attendant leur chef. Les orphelins restèrent silencieux, tout comme les protecteurs de la sorcière. Aucun d'entre eux n'osait prononcer le moindre mot. Dans son champ de vision, à la gauche des hommes, Bègue remarqua qu'un drap bougeait. Le tissu roulé en boule avait été posé sur une desserte et un petit animal jouait dans le drapé.

La porte s'ouvrit. Une femme, si vieille que son âge était impossible à déterminer, passa le palier. Elle avait de longs cheveux sombres et bouclés parcourus de mèches grises et blanches. Elle s'aidait d'une canne pour marcher et l'homme avec qui ils s'étaient entretenus se trouvait à ses côtés. Le visage de la vénérable dame était impassible, indéchiffrable. Un tic-tac incessant résonnait dans son sillage sans qu'ils parviennent à déterminer où était dissimulée la pièce d'horlogerie qui aurait pu en être la cause. Elle alla s'asseoir dans un grand fauteuil en bout de table, puis, se raclant la gorge, s'adressa aux enfants d'une voix profonde et mesurée.

— J'espère que nos oiseaux ne vous auront pas causé trop de soucis.

Boiteux se sentait visé par la question, lui qui avait failli y laisser sa peau. Il se devait de répondre, mais il ne savait pas comment s'y prendre. Une sorcière venait de lui parler. Une légende de conte de fées.

— C'est-à-dire que… euh… non. Mais… ces créatures sont…

— Des opinicus.

— Ça ressemble beaucoup à des griffons, se risqua Pleurs.

— Ah ? Parce que tu as déjà vu des griffons ?

— Euh… ben, pas vraiment, mais j'ai lu des histoires.

Pleurs était un peu penaude. La sorcière sourit.

— Il est vrai qu'on peut les confondre avec des griffons. De loin. De près, on peut remarquer qu'ils ont des griffes et des pattes de lion ainsi que des oreilles triangulaires à la manière des lynx.

Tous se tournaient vers l'extérieur et voyaient les rapaces voler dans le ciel. Celui qui avait foncé sur Boiteux était là, menant le groupe d'animaux ailés dans les airs. Le garçon le reconnaissait à ses trois bandes de poils noirs sur le museau.

— C'est Roi Xephon, indiqua la vieille femme. Ceux qui le suivent, ce sont ses petits. Roi Xephon veille à la protection de ses enfants et attaque tout intrus susceptible de les menacer. Ce sont des créatures sauvages qui ont été dressées et domptées et qui sont devenues, avec le temps, les gardiennes de la tour.

Le plus petit des garçons réajusta sa casquette et sortit l'instrument de sous la couverture qui lui servait de poncho de fortune.

La sorcière s'arrêta net en voyant Boiteux mettre l'objet en évidence.

— Comment avez-vous obtenu cet ocarina ?

Morve remarqua que tous les gardes portaient une chaînette identique autour de leur cou. Il ne pouvait les voir dans leur entièreté, mais se doutait maintenant que chacun d'entre eux devait posséder le même instrument.

— Il appartenait à un homme… Nous l'avons trouvé… sur son corps. Je pense que c'était l'un des vôtres. Ils étaient plusieurs. Cinq ou six, je crois. Ils sont tous décédés. Désolé de vous l'apprendre de cette manière.

Silence de mort. Les gardes réalisaient que leurs compagnons – la moitié de leur groupe – venaient de périr. Ils avaient vécu si longtemps ensemble. Ils ne les reverraient plus jamais. Pas dans cette vie du moins.

— Morts, dites-vous ? demanda le chef.

— Oui, c'est-à-dire que… ils combattaient des automates. Trois. Et il y a eu des explosions. Ils sont tous morts. Les vôtres et les créatures. Ils m'ont sauvé la vie. L'homme s'est interposé pour ne pas que je sois blessé par l'explosion de l'automate. Il avait une soixantaine d'années et avait des cicatrices en forme de griffures sur le visage. Il avait cet objet autour du cou…

— Mon fidèle Hector, le chef de la Garde, mon plus ancien bras droit, commenta la sorcière, attristée.

Elle resta silencieuse durant quelques longues minutes, digérant les nouvelles informations, réfléchissant à leurs implications. Georges se risqua à troubler le recueillement de la vieille femme pour satisfaire sa curiosité.

— Qui sont-elles ces créatures, ces automates ?

— Ce sont les worclocks. Des soldats de fer, des monstres sans âme. Ils émettent parfois de la vapeur, aussi la meilleure des cachettes pour ces horreurs se trouve être les lieux enfumés et pollués. Il y a quelques semaines, j'ai envoyé des membres de la Garde à la recherche d'usines dans la région dans le but de découvrir ce qui se tramait, pour quelle raison les worclocks étaient revenus.

Tout en continuant à parler, elle se leva difficilement et attrapa le morceau d'étoffe mouvant dans lequel était perdu l'animal joueur. Elle le déballa au regard des orphelins pour dévoiler un gantelet de fer… ou plutôt un avant-bras d'automate ! La main bougeait toute seule, fouillant les airs en vain.

— Ils étaient visiblement liés à une usine. Celle que les automates, les worclocks comme vous dites, ont fait exploser avec eux. Je crois pas qu'ils y vivaient, mais peut-être après tout. Mais ce n'est pas tout… L'homme, votre bras droit, il portait ça sur lui.

À ces mots, Morve sortit de sa besace le papier perforé récupéré dans les restes de l'uniforme d'Hector. La sorcière contracta l'un de ses yeux, surprise par la vision de cet objet. Elle semblait le reconnaître.

— L'avez-vous écouté ?

— Oui.

— Némo, s'il vous plaît.

La vieille femme s'adressait à l'homme devenu, de facto, chef de la Garde suite à l'annonce du décès d'Hector. Plusieurs des gardes s'activèrent pour atteindre l'un des appareils rangés sur la grande armoire. La sorcière tendit un doigt vers Boiteux.

— Puis-je la voir ?

Le garçon ne comprit pas immédiatement, puis l'évidence lui sauta aux yeux. La montre, bien sûr.

— Elle ne fonctionne pas par contre.

— Je sais… Autrement, j'aurais senti l'absorption d'éther.

— C'est-à-dire ?

— Cette montre fonctionne grâce à de l'éther, et pour celui qui sait l'utiliser et qui cherche expressément à le faire, il est possible d'en sentir l'afflux.

Il s'excusa, frotta le couvercle contre son écharpe, histoire d'ôter toute éventuelle trace de doigts, et tendit l'objet sacré à la vieille femme. Celle-ci la détailla, admirant ses motifs, craignant ses capacités. Elle ouvrit la pièce d'horlogerie et se perdit dans ses pensées. Au bout d'un long moment, elle releva la tête et s'adressa à l'inventeur.

— C'est votre travail ?

— Oui, c'est exact. Je l'ai réalisée d'après des plans qui m'avaient été fournis par… les automates. Les worclocks, se reprit-il.

Après quelques minutes, les gardes déposèrent un orgue de Barbarie près de la sorcière. L'objet était couvert de poussière, mais semblait neuf. Némo mit en place l'appareil musical et tourna la manivelle. Les paroles se firent entendre avec autant de force et de noirceur que la première fois que les orphelins les avaient écoutées.

— L'HORRRRRLOGEEEER NE DOOIT PAAASS PAAARLER. TROUVEZZZZZ-LE. CASSSSSSEZ-LE. LES GAAAAAARDES DE LLLLA SORCIIIÈRRRE NOUS RECHERRRRCHENT SAAAAANNNS DOUTTTE. ELLLLE ESSST PLUS FAIIIIIIBLE QUE JAAAAAMAIS. NE LLLLLEEEES LAISSSSEZZZZZ PAS VOUS EMPÊÊÊÊÊCHERR D'ACCOMMMPLIR L'OOOOPÉRATION.

Après que la voix métallique eut fini de prononcer ces mots glacés, personne n'osa reprendre la parole. C'est Allumette, curieuse, qui à son tour ne put résister à questionner l'assemblée.

— Qu'est-ce que c'est ?

— Ce sont les paroles de la Machine.

— La Machine ?

— La plus horrible des créations, la génitrice inhumaine des worclocks.

33

La mécanique des fous

Plusieurs fois, Sibylline avait entendu Azeriah se quereller avec Mère. La sorcière aux longs cheveux auburn en était parfaitement consciente et ne l'avait jamais nié, elle était ambitieuse et trouvait insupportable de ne pas être reconnue à sa juste valeur. Elle s'estimait supérieure aux êtres humains et entendait bien le faire savoir. Elle ne voulait plus vivre en recluse, loin de la civilisation, comme les traditions séculaires de la sorcellerie l'avaient défini. Et alors qu'elles soupaient, dégustant une viande de sirène – censée prolonger l'espérance de vie – accompagnée de délicieux fruits interdits du jardin des Digues, la conversation s'envenima.

— Ces règles sont absurdes, vociféra-t-elle un soir, tard, alors que Sibylline cherchait le sommeil.

— Ces règles ont des raisons d'exister, tu le sais, Azeriah. Elles servent à nous protéger !

— À nous protéger ? Mais ce sont eux, les moroses, qui devraient se protéger et nous craindre !

— Tu sais très bien ce qu'il adviendra si l'on suit ton raisonnement. Les moroses ont peur de l'inconnu, c'est d'ailleurs pour ça qu'on les nomme ainsi : ils combattent ce qu'ils ne connaissent pas. Devant la menace, ils s'uniront et nous feront la guerre.

— Et alors ? Qu'ils nous fassent la guerre ! Nous sommes infiniment plus puissantes qu'eux. Si nous faisons de même et que nous

nous unissons à notre tour, nous les réduirons à l'état de cafards en une nuit ! Sommes-nous réellement les filles d'Hécate ?

— Mais tu ne comprends pas… Aucune de nous ne veut d'une telle guerre, nous sommes pour l'entente…

— L'entente ? Hypocrisie ! Laisse-moi rire ! Une soumission à des lois ineptes nous enjoignant à nous dissimuler, à garder nos secrets cachés. La vérité est que vous avez eu peur et que vous avez toujours peur. Vous craignez les chasses, les inquisitions et leurs religions.

Les flammes des bougies dansaient, instables, au gré des paroles échangées dans la chaumière, arbitres de la joute verbale entre les deux femmes.

— Une sorcière face à une communauté d'êtres effrayés n'est rien, tu le sais très bien…

— C'est pourquoi je souhaite que nous nous regroupions et que nous partions conquérir notre monde. Ces forêts, ces terres, ces montagnes, ces eaux. Ce sont les nôtres, pas celles de ces êtres inférieurs ! Ce monde est à nous !

— Mais nous sommes nées femmes ! C'est la connaissance, l'apprentissage et la pratique qui nous ont permis d'apprivoiser les arts éthérés. Nous ne sommes finalement pas si…

— NE CONTINUE PAS ! Ne nous compare jamais à ces parasites ! JAMAIS ! C'est notre sang qui fait de nous des descendantes d'Hécate, pas un vulgaire diplôme de sorcellerie ou l'accès à un de ces clubs de magie ésotériques qui pullulent dans les villes.

La conversation était animée dans la maisonnée dans laquelle Sibylline et Mère vivaient. C'était le premier souvenir dont la jeune fille se souvenait – elle se le rappelait encore plus d'un siècle après. Elle n'avait jamais connu son géniteur, un chasseur d'un village voisin que sa mère avait séduit quelques années plus tôt. La femme était l'une des sorcières d'Hécate les plus influentes de son temps, mais elle avait toujours choisi de vivre à l'écart des autres, parmi les animaux, dans la nature. Elles habitaient toutes deux avec un homme de la Garde, de Millet, que Sibylline avait appris à considérer comme un père. Rares étaient les membres de cet ordre protecteur créé par les sorcières pour les protéger des menaces et des moroses.

— Durant plusieurs mois, nous n'entendîmes plus parler d'Azeriah. Et ce jusqu'à ce que le cauchemar prenne vie en pleine Révolution française. Il vint d'abord sous forme de rumeurs et de nouvelles. On racontait que la sorcière avait rompu le serment du silence et s'était vantée de ses capacités. Pire, elle en aurait fait la démonstration au vu et au su de tout le monde. De plus, il se disait qu'elle faisait équipe avec un dandy anglais portant haut-de-forme, queue-de-pie et canne de marche qu'elle avait fait enrôler, selon la rumeur, en tant que garde pour servir ses propres intérêts.

— Adam Milton ? questionna Georges, interloqué.

— C'était son nom, effectivement.

— C'était le nom de l'automate que j'ai rencontré, informa l'inventeur.

— C'est le nom qu'ils utilisent tous lorsqu'ils doivent décliner une fausse identité.

Si Adam Milton était, officiellement, le protecteur d'Azeriah et, officieusement, son amant, les événements n'allaient pas tarder à démontrer qu'il était également un homme de science particulièrement doué.

Le garde s'intéressait à toutes les sciences et, contrairement à ses pairs scientifiques, même à celles qu'on désignait comme occultes. Car l'homme était obsédé par le temps et son contrôle. Aidé et soutenu par la magie de la sorcière d'Hécate renégate, le couple conçut la Machine, gigantesque invention mécanique dont l'apparence singeait un cerveau humain constitué de tuyauteries hydrauliques et dont l'improbable fonction première était de prédire l'avenir en se basant sur des probabilités et des statistiques.

Après avoir été gavée de listes d'informations, de bulletins météorologiques, de comptes-rendus quotidiens de faits divers, d'encyclopédies dans autant de langues que les moroses en parlaient, la Machine était capable d'établir un plan d'action, une marche à suivre, des événements à provoquer pour parvenir à l'objectif désiré. Ces directives – autant des rapports que des ordres – crachées par une bouche construite à partir d'un orgue de barbarie étaient transmises par le biais de cartes perforées.

C'est ainsi qu'un matin, suite à des directives, Azeriah entra en guerre ouverte contre son ancienne sororité. La Machine préconisait la mort des sorcières d'Hécate pour s'assurer du contrôle unilatéral des moroses et proposait une série de plans permettant la conception de douze assassins de métal, les worclocks. Douze chefs de guerre numérotés et suffisants pour asseoir leur domination, douze bras armés construits dans le seul et unique but de tuer et de dominer le genre humain. Parallèlement, les menticorps, araignées squelettiques, furent créés pour servir de soldats dans leur garde mécanique. La force armée malfaisante faisait passer de vie à trépas les sorcières ainsi que leurs protecteurs, incapables de les défendre contre d'aussi puissants ennemis.

Sibylline, Mère et toutes les sorcières durent se regrouper afin d'empêcher l'avancée du couple dément.

— Faisons fi des querelles d'hier, mes sœurs. Nous devons nous unir pour la contrer !

Les worclocks étaient puissants, mais les efforts combinés de centaines de sorcières permettaient de les repousser. Les rares pertes étaient des ensorceleuses solitaires et éloignées de la communauté. Durant un temps, un relatif statu quo s'installa… qui n'arrêta pas pour autant Azeriah, Milton et la Machine.

En secret, l'ennemi conçut une pièce d'horlogerie, véritable prouesse technologique motorisée par l'énergie puisée dans les corps des sorcières tuées par les automates, l'éther. Le Cadran – car tel était son nom – était gigantesque et ses propriétés l'étaient davantage encore. À chaque fois qu'ils s'embourbaient dans un affrontement, que la Machine établissait que la finalité de la confrontation devenait trop incertaine ou qu'ils perdaient l'un de leurs puissants worclocks, le couple utilisait le Cadran et remontait le temps jusqu'à une semaine auparavant pour prendre leurs adversaires totalement au dépourvu et les balayer sans qu'elles comprennent la situation.

Fort de leurs connaissances, l'ennemi tirait parti de leurs erreurs. C'est ainsi que, progressivement, ils gagnèrent du terrain et assirent leur domination sur les sorcières d'Hécate.

— C'est ici, murmura Julianna.

Le bras droit de Mère parlait à voix basse malgré la densité de leur assemblée. Au fil des années, la sororité avait pris de l'ampleur jusqu'à toutes les allier face à un objectif commun : leur survie. Les sorcières s'étaient toutes retrouvées et rassemblées parce que trop faibles séparées, en vue d'agir, pour définitivement en finir avec Azeriah, Milton et ses sbires.

En ce jour du 14 juillet 1789, alors qu'à la surface se jouait la prise de la Bastille, elles avaient finalement découvert le quartier général de leur Némésis et une brèche pour s'y infiltrer.

Sibylline avait eu sept ans quelques jours auparavant et suivait sa mère au cœur de l'antre ennemi. Elle était la plus jeune des sorcières et n'était alors pas plus grande que Pleurs aujourd'hui.

— Avancez en silence, chuchota Mère.

Chacune à leur tour, elles se faufilèrent dans le repaire souterrain, discrètement, à pas feutrés. Le revêtement au sol était étonnant, métallique, et parcouru d'étranges circonvolutions argentées, mais les sorcières étaient plus attentives aux sons des worclocks en train d'œuvrer non loin qu'aux spécificités de l'endroit où elles avaient posé les pieds.

La fillette fermait la marche, et lorsqu'elle pénétra dans le périmètre maudit, un mécanisme se déclencha dans son dos : l'ouverture par laquelle elles venaient d'entrer se verrouilla. La découverte des lieux avait été prévue par la Machine et le couple y avait vu une occasion pour piéger les sorcières et en terminer avec elles. Conduit par le biais des circuits gravés au sol, un courant électrique éthéré se répandit dans le corps de chacune des femmes présentes, blessant bon nombre d'entre elles sur le coup et marquant leurs cœurs à tout jamais. Le rire d'Azeriah ainsi que d'effrayants tic-tac issus des poitrines des sorcières résonnèrent dans toute l'infrastructure. C'est alors que leurs ennemis se dévoilèrent au complet, l'imposant appareil à prévisions situé en hauteur, accolé à la grande horloge aux extraordinaires propriétés.

Sibylline était dissimulée dans les pans de sa mère, ne passant la tête qu'au niveau de ses cuisses pour voir le visage de la sorcière renégate responsable de cette mascarade. Celle-ci, triomphante, ne résista pas à commenter son piège.

— Vous, vous toutes qui avez pactisé avec l'ennemi. Vous qui êtes faibles, trop peureuses pour vous élever face aux insectes que sont les moroses, vous qui reniez Hécate, vous avez été électrocutées par le courant magique circulant au sol et vous êtes condamnées !

À peine avait-elle eu le temps de claironner sa victoire que certaines tombaient déjà. Leurs corps, en proie à des convulsions, laissaient s'échapper un tic-tac meurtrier en rendant leur dernier souffle. L'éther qui les composait était absorbé par la Machine qui devenait plus puissante et plus compétente à chaque décès. Face à cette terrible condamnation et refusant d'attendre leur fin sans vendre chèrement leur peau, les sorcières valides décidèrent de tenter le tout pour le tout.

— Mes sœurs, joignez-vous à moi. Nous ne pouvons la laisser en finir ainsi avec nous. Nous ne pouvons la laisser faire. Si nous sommes effectivement condamnées, nous ne devons pas mourir en baissant les bras, rappelez-vous les enseignements de Fédora la Grande et nos vœux secrets, fédéra Mère.

Menées par la plus puissante d'entre elles, les filles d'Hécate décidèrent de tout brûler, d'enflammer leur éther, d'embraser les lieux pour stopper la folie d'Azeriah et d'Adam Milton. Si elles devaient mourir, ce ne serait pas pour rien. Elles emmèneraient dans la mort la Machine, le Cadran et ces maudits automates. L'affrontement tourna au carnage. Dispersées à travers les dédales du repaire labyrinthique, certaines sorcières mouraient victimes de la crise cardiaque électrique, tandis que d'autres s'enflammaient, détruisant des menticorps, anéantissant tout système mécanisé, affaiblissant les worclocks.

Mère combattit UN – le premier automate créé, une créature sans pitié et sanguinaire.

— Julianna, prends soin de ma fille !

— Ne vous inquiétez pas, je le ferai, dussé-je en perdre la vie !

Mère et UN s'entre-déchiraient. La force brute des poings de l'automate meurtrissait les chairs de la sorcière, mais les puissants sortilèges de celle-ci ralentissaient ses mouvements et tordaient certaines parties de son corps de ferraille. Les deux adversaires bougeaient rapidement, sans égard pour leur entourage, avançant et reculant au gré de leur affrontement, fracassant les meubles, impactant les murs, projetant des étincelles et des éclairs. C'est ce moment que choisit le cœur de Mère pour faire entendre son tic-tac de malheur. Sentant ses dernières forces et son éther l'abandonner, elle bondit sur la carcasse de UN, déverrouilla la clef menant à son mécanisme et activa la minuterie de l'automate. Avec la sorcière juchée sur son dos, l'assassin de métal ne parvenait pas à l'attraper et gesticulait en tous sens.

Alors que le scientifique ivre de pouvoir donnait des ordres à la Machine pour qu'elle professe des directives permettant d'écraser les sorcières, l'invention entra en conflit avec son géniteur. La diseuse de probabilités refusa de livrer ses secrets, estimant qu'elle devait avant tout se préserver au détriment du couple, périssable au regard des dernières statistiques calculées. Ainsi, quand la sonnerie du cœur d'éther de UN retentit, Mère sauta à terre, poussa violemment le worclock contre le Cadran et Adam Milton à proximité. L'automate explosa en une gerbe de feu, détruisant la pièce d'horlogerie et faisant disparaître l'inventeur. Mère tomba au sol, sans vie.

Sibylline distingua l'explosion au loin. La jeune fille avait été emmenée par Julianna vers l'ouverture verrouillée et celle-ci tentait, en compagnie de quelques-unes des leurs, de mettre à profit ses sortilèges pour rouvrir la porte de sortie. Dans la fureur des combats que se livraient sorcières d'Hécate, worclocks et menticorps, Azeriah sinuait, ôtant la vie à chaque sœur qu'elle croisait. Alors que l'acharnement de Julianna et du petit groupe de femmes sur la brèche commençait à porter ses fruits, CINQ s'interposa.

— Attention, cria l'ancien bras droit de Mère.

Sibylline fut brusquement poussée sur le côté par Julianna. Celle-ci combattit le worclock déchaîné pendant que le groupe de magiciennes épuisées tentait d'agrandir la faille.

— Si tu as la moindre occasion de t'enfuir, saisis-la ! hurla la sorcière combattant CINQ.

Certaines d'entre elles avaient réussi à s'introduire dans l'ouverture, mais lorsque Sibylline s'y engouffra à son tour, son bras fut attrapé par un ONZE prêt à en découdre avec elle. Voyant ses derniers instants défiler, la fillette ferma les yeux, tira de toutes ses forces et… le gant de ferraille la suivit. Julianna avait tranché net l'articulation de la créature mécanique. Elles n'eurent toutefois pas le temps d'échanger plus que quelques mots. Azeriah était là.

— Fuyez ! Cachez-vous ! Clôturez l'ouverture et nous nous ferons toutes brûler !

— NOOON ! hurla la sœur renégate.

Les quelques sorcières échappées se pressèrent de refermer immédiatement le passage derrière la fillette, et une seconde plus tard, le sol trembla. Les secousses durèrent un long moment. Et le gant qui enserrait encore le bras de Sibylline s'arrêta de bouger, finalement dépourvu de vie.

34

La dernière des sorcières

— Ça, c'est un morceau de ONZE ? demanda Morve en pointant du doigt le gant qui gigotait.

— Oui, une partie de son avant-bras. Il était resté agrippé à moi, et une fois retiré, je ne me suis jamais résolue à le détruire. Je l'ai gardé sans trop savoir pourquoi. Pour ne pas oublier, je crois. Le fait est qu'il s'est remis à bouger il y a quelques semaines…

— Donc, ils sont revenus à la vie ?

— Il faut le croire.

— Et la sorcière Azeriah et Adam Milton aussi ? demanda Pleurs, captivée.

— Je ne pense pas. Je ne crois pas. Ils étaient faits de chair et de sang. Le cœur de destruction de UN a été enclenché et je l'ai vu devenir un amas de pièces détachées. Milton n'a pas pu y échapper. Et même si elle était une sorcière, Azeriah n'aurait pu survivre aux multiples explosions des sœurs qui l'entouraient. Par contre, ce papier cartonné que vous avez ramené signifie que la Machine est de nouveau en état de donner des directives…

— Mais si leurs créateurs sont morts, que veulent les worclocks ?

Sibylline ne répondit pas immédiatement. Au lieu de ça, elle observa ses hommes et les nouveaux venus. Elle tentait de comprendre, cherchait à analyser la situation pour définir le meilleur plan d'action.

— J'imagine qu'ils sont maintenant livrés à eux-mêmes et agissent donc comme s'ils étaient toujours en guerre contre notre ordre de sorcières et selon les directives données par la Machine à l'époque. Ils avaient été programmés pour tuer toutes les filles d'Hécate et dominer les moroses. Seuls, ils font sûrement de même.

Le garçon à lunettes se gratta la tête, s'ébouriffant les cheveux par là même.

— Il y a quelque chose que je ne comprends pas, s'interrogea Morve. Comment les sorcières ont-elles découvert le repaire des worclocks et de leurs maîtres ? Ça pourrait nous aider à deviner où ils se cachent à l'heure actuelle.

— Il faut savoir que les manipulateurs d'éther expérimentés, qu'ils en soient profondément composés ou qu'ils en soient utilisateurs, sentent la magie lorsqu'ils se trouvent proches d'une source remarquable et que celle-ci est utilisée. Le Cadran nécessitait une immense quantité pour fonctionner et était en grande partie composé de l'éther de sorcières décédées – des sœurs ou des amies pour la plupart. Ainsi, les Filles d'Hécate parvinrent à ressentir son utilisation répétée et donc à découvrir leur repaire. Pour autant, la traque de l'éther du Cadran a pris beaucoup de temps.

— J'avais raison, nota Pleurs en regardant Georges. Elles sont gentilles.

— Mais pourquoi vous ne réunissez pas toutes les sorcières pour contrer les worclocks comme à l'époque et mettre fin à tout ça ? s'enquit Allumette.

Sibylline sourit d'un sourire triste, tandis que les gardes arboraient une mine sombre. Après un court moment de silence, elle toussa pour s'éclaircir la voix.

— Parce que toutes les sorcières sont réunies ici même. Je suis la dernière.

Les gamins des rues restèrent cois. Les soldats regardaient la pointe de leurs bottes.

— Après l'affrontement final dans l'antre de la Machine, nous nous sommes dispersées et, fidèles à nos traditions, nous nous sommes cachées et avons vécu recluses. Je crois que nous avions toutes peur, peur de tout. Nous craignions les moroses et les automates autant que la soudaine traîtrise de l'une d'entre nous. Nous avons vécu dans la crainte de l'autre et nous nous sommes mis la corde au cou en refusant d'apprendre les arts éthérés à celles et à ceux qui le demandaient. Nous avons péché par trop de précautions.

Elle regarda au loin, ses yeux fixaient un souvenir flou et vague.

— Je n'ai pas eu de descendance... Je ne me souviens même pas de la dernière fois où j'ai mis le pied sur le sol terrestre ! s'énerva-t-elle, fâchée contre elle-même. Nous avons si bien réussi à nous cacher que les gens ne croient plus en la magie. Notre lignée s'est éteinte, l'éther disparaît peu à peu et notre savoir s'est perdu. Je ne sais rien en comparaison de mes arrière-grands-mères. Notre ère touche à sa fin. Nous nous sommes coupées de tout ce qui aurait pu nous permettre de perdurer.

— Et ce décompte mécanique dont vous parliez, vous...

Une fois commencée, Boiteux ne sut pas comment terminer sa phrase.

— Oui. Moi aussi, j'ai été touchée, comme toutes les autres. Moi, la dernière. Ce tic-tac que vous entendez. Il était beaucoup plus rapide il y a quelques semaines, quand il est apparu. Il aurait dû agir directement, mais... je ne sais pas, peut-être est-il grippé après toutes ces années. Peut-être parce que je suis la dernière, il fonctionne différemment. Il prend un malin plaisir à faire s'éterniser mon existence, à faire durer ce petit jeu.

— Peut-être qu'ça veut dire qu'il fonctionnera pas ! s'essaya Pleurs.

La sorcière lui rendit un sourire tendre mais résigné.

— Peut-être...

Mais elle reprit rapidement de l'assurance.

— Toujours est-il que si je venais à disparaître, l'éther qui m'anime et que j'ai emmagasiné depuis des années irait à la Machine qui parvient, je ne sais comment, à canaliser notre flux magique, développant progressivement son indépendance et ses capacités. Je n'ai aucune idée de ce dont elle est capable aujourd'hui, aussi le temps n'est plus aux bavardages. Il faut agir, et vite.

Avide d'informations, la tête pleine de questions, Boiteux la coupa un peu brusquement.

— Mais alors, le Cadran, ce n'est donc pas ça ?

— Non, cette montre est visiblement une réplique à l'identique, à petite échelle. Avec, j'imagine, des capacités moindres, du fait de la taille réduite qu'a son cœur d'éther.

Le garçon était déçu, il pensait avoir un objet d'exception et elle venait de lui apprendre que le même modèle existait en bien plus grand et en bien plus puissant. La relique perdait de son importance.

— Tout à l'heure, vous avez dit que le Cadran pouvait remonter le temps jusqu'à une semaine en amont ? continua-t-il.

— Oui, exactement.

— Ça concorde avec vos dires, la montre ne permet que de revenir quelques heures dans le passé.

La sorcière ouvrit grand les yeux, catastrophée.

— Mais… qu'est-ce que vous dites ? Vous l'avez utilisée ? s'affola-t-elle tout en se reculant soudainement.

— Euh… ben oui. Pourquoi ?

— Vous m'avez dit qu'elle ne fonctionnait pas !

— C'est-à-dire que nous avons dû nous servir du cœur d'éther afin de trouver notre chemin grâce à une longue-vue que Georges a confectionnée. Mais avant, oui, elle fonctionnait…

Boiteux était inquiet et gêné. Il n'aimait pas se faire réprimander. Morve cherchait à comprendre.

— Vous pensez que… comme le Cadran dont vous parliez, elle attire…

— Combien ? Comment bien de fois l'avez-vous utilisée ?

— Je n'sais pas trop… Plusieurs fois.

Alors que le garçon à casquette, affolé par l'énumération mentale, commençait tout juste à comprendre ce que venait de sous-entendre son ami et les reproches de la sorcière, l'un des gardes fut transpercé par ce qui ressemblait à un javelot, mais qui était en vérité une très longue lance métallique en forme de croc effilé.

35
Face à l'impossible

Les cinq autres hommes armés restèrent figés.

— Que…

— Là-haut ! hurla le chef de la Garde.

Il pointait du doigt, à travers la succession d'alcôves de la pièce principale, plusieurs monstrueuses parodies d'opinicus. Les créatures volantes étaient différentes de celles qu'avaient rencontrées les orphelins quelques heures plus tôt. Elles étaient plus massives, plus mécaniques aussi. Leurs gueules grandes ouvertes au faciès reptilien dévoilaient de longues dents acérées comme des lances et leurs pattes se terminaient par des griffes semblables à des couteaux effilés. Le protecteur tué sur le coup avait fini par glisser, empalé le long de la pique ensanglantée, et pliait maintenant les jambes, le regard figé dans la surprise de cette mort soudaine.

— À couvert ! hurlèrent les soldats de la sorcière dans un déluge de confusion.

BAOOUM !

Une série de worclocks – ONZE, NEUF, HUIT et SIX – sauta des oiseaux de proie pour atterrir face à l'une des deux entrées de la grande salle, enfonçant les dalles en cercles d'impact où ils avaient chuté. Les horribles automates étaient nombreux et d'autres – CINQ et TROIS – se trouvaient encore dans les airs, gardant la sortie à l'opposé. Les orphelins déboussolés étaient gagnés par la panique.

Les gardes sortirent leurs lances et leurs épées. Ils s'apprêtaient non pas à se battre, mais à tenir le plus de temps possible pour permettre à Sibylline d'être évacuée.

— Il faut s'enfuir et descendre les marches ! s'époumona Boiteux.

Comme pour répondre à l'ordre du garçon, le sol trembla plusieurs fois sous leurs pieds. Allumette courut jusqu'au bord de l'autre entrée, passa la tête et, quand la fumée qui provenait de la tour en contrebas fut suffisamment dissipée par la force des vents, distingua l'effrayante réalité : à la manière de termites, une horde grouillante de menticorps était en train de ronger et de détruire une série d'étages quelques centaines de mètres en dessous. Ce n'était qu'une question de minutes avant que le bâtiment ne penche définitivement et se fracasse sur plusieurs kilomètres. Elle releva la tête, les larmes aux yeux, en proie à la terreur.

— Vite, il faut partir ! VITE !

Les gardes formaient un mur humain devant la sorcière et leur chef. Ils barraient le passage pendant que Roi Xephon s'approchait, rugissant, sifflé par l'ocarina que Némo portait à ses lèvres. Les rapaces des deux camps s'affrontaient, tailladaient et entrechoquaient leurs carcasses de chair et de ferraille. Le métal grinça, la peau fut lacérée, les alliages cassèrent, des ailes furent déchirées, des copeaux métalliques projetés.

Boiteux observait, impuissant, les multiples confrontations. Il tira vers lui un garde blessé dans le but de l'éloigner des combats. Deux des soldats s'opposaient à SIX – une créature d'où une myriade de tuyaux-trompes sortaient des yeux et projetaient des jets de vapeur bouillants au visage de ses adversaires. Le chef de la Garde et la sorcière chevauchèrent le père des opinicus, tandis qu'un militaire accompagné de Bègue affronta HUIT – un worclock trapu à la tête oblongue comme une plume, muni de huit bras. Morve courut en direction du premier garde décédé et s'échina à récupérer l'ocarina qu'il portait au cou.

— Désolé, s'excusa-t-il en s'adressant au mort.

Ils devaient s'enfuir et ils auraient besoin de plus d'un de ces objets pour diriger et contrôler les montures volantes.

Georges ouvrit son sac et en sortit des boules métalliques affublées d'une minuterie. Boiteux les reconnut. Ce n'était pas des schémas de la montre et d'horloges qui se trouvaient placardés sur les murs de la péniche, mais ces objets ! L'inventeur remonta la minuterie sur l'une d'entre elles et la lança en direction des automates. Rapidement, tournant sur elle-même, la sphère mécanique propulsa un épais nuage de vapeur et de brume, masquant les mouvements de tout un chacun. Il esquissa un sourire nerveux en direction de Bègue et lança une de ces petites balles de fer à chaque membre de la bande.

— De quoi couvrir notre retraite !

Puis s'adressant à l'assemblée, il hurla de sa voix tremblante et cassée.

— On s'retrouve à *L'Hirondelle* !

L'inventeur courut jusqu'à Némo qui s'apprêtait à s'envoler avec la sorcière.

— Je vous indique le chemin si vous me le permettez !

Derrière lui, les gardes et Bègue se battaient au péril de leurs vies. L'un des soldats fut projeté par HUIT en dehors de la tour, précipité dans le vide en hurlant vers une mort certaine. Le bagarreur de la bande se retrouvait seul face à la créature. Il esquiva autant qu'il le put les multiples attaques de son adversaire pendant que la fumée vaporeuse des grenades-brume commençait à emplir la pièce.

Allumette bondit vers l'un des rapaces, serrant la main de Pleurs pour…

— Pleurs ! PLEURS !

Pleurs ne lui tenait pas la main. La fillette n'était pas là. La rouquine ne voyait plus rien dans la confusion de bruits et de brouillard. Où pouvait-elle être ? À quel moment l'avait-elle lâchée ? Avec l'intense brouhaha des combats et l'opacité de la fumée, s'y retrouver devenait impossible. À plusieurs endroits, on se battait contre les worclocks et les orphelins couraient, perdus, cherchant une sortie.

— Je suis fort aise que nous n'ayons pas eu à enfiler nos peaux d'humains ! Je suis libre de mes mouvements et de supprimer ces parasites ! éructa une voix mécanique parmi les nuages.

Boiteux porta l'ocarina à ses lèvres et siffla du plus fort qu'il le put pour appeler l'un des gardiens volants de la tour. Un volatile apparut à ses pieds tandis que, derrière lui, Allumette courait pour retrouver sa sœur d'adoption. Émergeant de la fumée, l'adolescente aperçut Pleurs tirée en arrière par celui qui n'avait qu'un seul long bras – ONZE. Et alors qu'elle était presque à sa portée, l'automate sauta dans le vide avec sa prisonnière pour atterrir sur l'une des créatures mécaniques. Son bras était trop court, elle ne pouvait pas l'attraper. C'était trop tard.

La tour commençait à pencher et de la pierre tombait du plafond en plaques de gravats. Ce n'était plus qu'une question de secondes avant qu'ils ne glissent sur le sol en pente, direction le parterre de nuages et le vide.

Morve rejoignit Boiteux et, alors que le garçon à lunettes arrivait à portée de la monture, un des automates leva son bras et le visa avec l'une de ses lances. Boiteux vit NEUF décocher l'arme, mais n'eut pas le temps d'avertir son ami. Tout alla beaucoup trop vite. Et Moignon s'interposa. L'adolescent transpercé tomba au sol. Morve se retourna pour voir son chef cracher du sang.

— Pars, lui chuchota-t-il.

Ses yeux étaient différents. Des flammes dansaient dans les pupilles de Moignon. Il était déterminé. Il poussa Morve vers le rapace et se retourna. Plus éloigné de la scène, fraîchement arrivé, CINQ retira la pique sur laquelle le premier garde s'était empalé et la lança de toutes ses forces sur le chef des orphelins qui n'eut pas le temps d'esquiver. Le jeune homme fut à nouveau transpercé. Il resta debout, luttant contre la gravité, traversé par deux longues tiges ensanglantées. Titubant, il étira un sourire crispé en direction de ses amis et adressa un bref clin d'œil à Boiteux.

Avec l'énergie du désespoir, il fila vers NEUF, ouvrit grand ses bras pour l'enrober, le transperçant par là même de ses piques mortelles, et le bouscula jusqu'à l'entrée de la salle pour chuter avec lui dans le vide céleste.

Tout s'était passé si vite. Ils étaient pétrifiés. Allumette et Bègue surgirent de la brume. Chacun d'entre eux, inconscients du drame qui venait de se jouer masqué par la fumée, attrapa le bras de l'un des garçons. À bout de souffle, estomaqués, ils grimpèrent sur les deux derniers opinicus et s'envolèrent du mieux qu'ils le purent. Ils fuirent, mettant le plus rapidement possible de la distance entre eux, la tour qui s'écroulait et les horribles monstres qui s'y trouvaient.

36

LES FUITES

— À l'aide! À l'aide!

Ils couraient dans tous les sens, affolés. Un nuage de fumée rouge avançait, aussi lent qu'imperturbable, dans les rues de la capitale, couleur des briques des bâtiments éparpillés sur la chaussée, le sol troué en de multiples endroits.

L'homme se tenait droit, stoïque face à l'avancée de la poussière qui saturait l'air, observant le chaos autour de lui. Sans bouger, laissant la population se débattre, il détailla son entourage, tel un fantôme immatériel, tentant de prendre du recul, cherchant à obtenir une vue d'ensemble, à comprendre ce qui venait de se passer. Sortant de sa torpeur, reprenant vie, il fut saisi par l'avant-bras par une femme habillée en haillons qui lui parlait sans qu'il l'écoute véritablement.

— Monsieur. Monsieur le policier, s'il vous plaît, aidez-nous.

Il était la seule personne des environs qui portait encore des habits propres. Il venait d'arriver et avait été épargné par les récents événements, son uniforme était donc aussi impeccable que reconnaissable dans le chaos poussiéreux. D'autres agents de police s'activaient au loin, tentant de coordonner leurs efforts, aidant du mieux qu'ils le pouvaient les gens de ce quartier.

— Où sont les sapeurs-pompiers? lui demanda-t-elle.

— Que puis-je faire pour vous? répondit-il à sa question en émergeant à peine de ses pensées.

— Là, c'est mon mari, indiqua-t-elle.

L'homme était recouvert d'un tas de gravats, allongé, blessé et à peine conscient. Se reprenant, il déblaya le malheureux et tira son corps leste en retrait des éboulements. En échange de son aide, l'homme espérait quelques réponses.

— Qu'est-il donc arrivé ?

— Des fuites de gaz, je crois bien. À quelques pâtés de là, avant-hier, une usine a sauté pour les mêmes raisons. Il paraît que les canalisations sont reliées et qu'elles ont toutes lâché sous la pression. Voyez d'ailleurs, ça forme comme une ligne droite entre ici et là-bas.

Il n'en croyait rien. Les canalisations suivaient autant de chemins détournés que les ruelles au-dessus. Elles ne filaient pas droit sous la chaussée parisienne comme on pouvait le penser. Remerciant la femme pour ses renseignements d'un geste de la tête, il s'avança vers l'endroit qui lui semblait avoir été le plus touché par les destructions. Joseph Delencre plissa les yeux et mit une main devant son nez et sa bouche. L'air était saturé de particules, aussi épais et opaque que désagréable à respirer. Bravant cette saleté et indifférent aux avertissements des gens qui claudiquaient péniblement dans la direction contraire, il avançait, focalisé sur son but. Là, dans ce décor en ruines, un élément attira son regard. Il s'approcha, se baissa et ramassa l'objet qui ressemblait à un avant-bras de fer. Le membre composé de mécanismes et de pistons avait été détruit, disloqué par le choc. La Teigne se rappelait la dernière fois qu'il avait touché le même type de poigne dure et glacée, la même sensation de métal.

Dans son dos, sans qu'il les aperçoive, deux garçons de sa connaissance atterrissaient sur le toit d'un des rares bâtiments du lotissement encore debout.

37

QUESTION

— Pose-toi ! Allez, pose-toi ! s'écria Boiteux.

— Si-si on se po-pose maintenant, on est pas-pas arrivés !

— J'sais ! On va d'voir traverser une partie de Paris pour se rendre jusqu'à la péniche. Mais j'préfère qu'le chemin soit un peu plus long plutôt qu'de rester une minute de plus sur ce… ce truc ! ALLEZ !

Le garçon tremblait. Il avait le vertige, et même si Bègue semblait parfaitement contrôler le vol du rapace, le plus petit d'entre eux voulait mettre un pied à terre au plus vite. Autant pour se rassurer que pour se dégourdir les jambes et se défouler de toute la tension emmagasinée. Bègue, vexé par le ton glacial de son ami, n'agit pas immédiatement. Boiteux lui avait raconté la dernière action de Moignon et il était lui aussi tendu. Il n'avait pas assisté au drame et n'arrivait pas à réaliser.

Finalement, utilisant l'ocarina confié par le garçon boitillant lors de leur envol, le pilote entreprit de faire se poser l'énorme oiseau mythologique. La créature obtempéra et atterrit sur la bordure d'une cheminée… d'un immeuble haussmannien de six étages. Peu rassuré, le plus timoré descendit de la monture et glissa le long de la toiture.

— Bord…

Le bagarreur de la bande le rattrapa de justesse. Le souffle de Boiteux et le reste de son injure avaient été coupés par la soudaineté de la chute et la peur. Toutefois, il ne remercia pas son ami de lui avoir sauvé la vie. Malgré sa casquette solidement ancrée sur son crâne masquant le haut de son visage, on remarquait sans difficulté son regard noir. Il débordait de rage, d'énervement et de frustration. Ferme dans ses appuis, il atteignit une fenêtre au dernier étage et entra à l'intérieur du bâtiment, dans un couloir envahi par la poussière extérieure. Bègue le suivit silencieusement. La pression n'était pas descendue quand ils arrivèrent au niveau de la rue.

Moignon avait disparu. Ils étaient seuls, sans chef, sans leader pour prendre les décisions à leur place. Renfrognés, énervés, démoralisés, ils marchèrent rapidement l'un derrière l'autre sans s'adresser la moindre parole. Ils virent les bâtisses écroulées, les gens blessés courant dans tous les sens, le nuage de saletés omniprésent, la police débordée. Ils ne comprirent pas immédiatement. Puis ils entendirent les passants parler des fuites de gaz et peut-être, racontait quelqu'un, de choses tombées du ciel. La gorge du garçon à la jambe raide se serra autant que ses poings. Ils durent contourner le pâté d'immeubles et avancèrent silencieusement encore durant de longues minutes.

Finalement, Boiteux, qui ouvrait la marche, se retourna vers Bègue, les larmes aux yeux.

— Il m'a fait un clin d'œil avant de chuter. Pourquoi ? Pourquoi il a fait ça ?

Le bagarreur de la bande, pris au dépourvu, ne sut pas quoi dire. Il se sentait penaud. Il n'avait rien vu. Y avait-il quelque chose à répondre de toute façon ?

— Il sauve Morve, il fait son héros, il se sacrifie, rajouta le garçon à la casquette. Mais y s'prend pour qui ! Il voulait dire quoi en me regardant ? Il voulait qu'je fasse quoi ? Je pouvais rien faire !

Le garçon avait les bras grand ouverts, gesticulant dans tous les sens, ne tenant plus en place.

— Te de-demande pas pour-pourquoi, le reprit Bègue. Tu sauras jamais ! Y a peut-être pas de raison. Pas-pas de sens à tout ça.

— Mais… pourquoi ?

— C'est com-comme ça ! Tu peux rien y faire !

Le visage de Boiteux s'illumina. Il sortit la montre de sa poche et la tendit dans un geste désespéré.

— La montre ! On a la montre ! On peut…

— La montre, elle-elle tue des gens en essayant d'en sauver d'autres !

Bègue saisit violemment l'objet et le projeta au sol de toutes ses forces.

— La montre, c'est de la merde !

Furieux comme jamais il ne l'avait été, il se mit à piétiner, à détruire, à saccager le mini-Cadran qui, de toute façon, était dénué de l'éther nécessaire à son utilisation. Pendant que son ami s'acharnait sur l'objet, Boiteux ne bougea pas d'un pouce, les mains toujours tendues dans le vide. Prenant conscience de la situation, fondant en larmes, il s'agenouilla au sol.

— Tout est de ma faute ! J'aurais tellement… tellement… voulu ne jamais voler cette maudite montre !

38
RÉPONSE

— C'est magnifique !

Allumette ne voulait plus réfléchir, ne plus penser à rien. Elle désirait simplement se laisser porter et admirer le paysage. Cette vision du ciel, sur le dos d'un immense oiseau à une vitesse folle, était hypnotisante. Elle ne souhaitait pas que le voyage se finisse, que les pensées et les paroles reviennent. Elle voulait se laisser aller, se laisser porter, en apesanteur, éternellement. Le paysage était si beau qu'elle avait du mal à retenir ses larmes. Moignon ne verrait jamais ça. Jamais plus il ne verrait quoi que ce soit. Et Pleurs, le pourrait-elle ? Elle les avait laissés filer tous les deux sans n'avoir rien pu leur dire. Elle était si désemparée.

Indifférent aux diverses tempêtes qui noyaient leur cerveau, le ciel était particulièrement lumineux. C'est en arrivant près de la péniche, en amorçant leur descente, qu'ils s'aperçurent à quel point l'altitude les avait glacés. Ils avaient froid et étaient groggy par ce qu'ils venaient de vivre. Morve contrôlait relativement bien l'animal mécanique, mais restait silencieux, ressassant les événements.

Cachés sous le pont proche, les deux amis virent les autres opinicus. Certains d'entre eux étaient déjà arrivés. Le garçon à lunettes posa sa monture sans encombre, et lorsqu'il se retourna en direction de l'adolescente, mettant un pied à terre, il remarqua l'importante tâche rougeoyante au niveau de son épaule.

— Allumette !

Préoccupée par les événements, choquée par ce que lui avait raconté son ami, s'imaginant Moignon transpercé se jetant dans le vide, la rouquine ne s'était aperçue de rien. Ce n'est qu'une fois à terre que la blessure se fit sentir.

— Qu'est-ce…

Elle perdit légèrement l'équilibre, surprise par l'impressionnante marque ensanglantée qui souillait ses vêtements. Morve courut, l'examina rapidement et découvrit un morceau de ferraille fiché dans le dos de la jeune fille, entre l'épaule et l'omoplate.

— Ça me lance, grimaça-t-elle.

— Je me doute. Viens, ordonna-t-il.

Ils retournèrent près de l'oiseau qu'ils avaient laissé quelques secondes plus tôt et repartirent aussitôt. Ils avaient toutefois échangé leurs places. Allumette était assise devant tandis que Morve manœuvrait la monture volante, avec de réguliers coups d'œil en direction de la blessure.

En un rien de temps, la température avait baissé de dix degrés. Du moins, c'est ainsi que l'adolescente s'expliquait les frissons persistants qui agitaient son corps meurtri et tremblant. Quelques heures plus tard, elle s'en voudrait de ne pas avoir profité du spectacle, du survol d'une capitale ensoleillée sur un volatile mythologique, le frôlement de la cime des bâtiments, les habitants devenus fourmis s'affairant à leurs tâches quotidiennes, les fumées lointaines s'élevant dans les hauteurs parisiennes et la tour de monsieur Eiffel au loin.

— Attention, tiens-toi bien, on descend, indiqua le garçon au nez coulant.

Malgré la douleur, elle ouvrit grand les yeux et reconnut le quartier.

— J'aime pas revenir ici, chuchota-t-elle.

— Parce que tu crois que moi oui ?

À vol d'opinicus, le pensionnat Gombert était très proche et la proximité avec leur ancien orphelinat accroissait encore la fraîcheur du ressenti. Selon les directives habiles de Morve, la créature ailée se posa dans la cour d'un petit bâtiment à la devanture sans éclat.

— Allez, retourne vers tes maîtres, ordonna le garçon en caressant le flanc de l'impressionnant volatile.

L'animal s'ébroua et prit son envol quelques instants plus tard.

Les orphelins se souvenaient très bien de la dernière fois où ils étaient venus ici, un an auparavant. Ils étaient entrés en courant, en pleine nuit, et avaient eu la chance d'avoir été bien conseillés par un passant. Le garçon eut l'impression de répéter les mêmes gestes que cette première fois-là (qui fut aussi la dernière). Il traversa la cour pavée en suant et frappa à la porte qui ne payait pas de mine. Un écriteau se trouvait placardé là, indiquant la profession de l'occupant des lieux.

TOC, TOC, TOC.

— Oui ? demanda une voix masculine à l'intérieur.

La porte s'ouvrit en grand et dévoila un homme de taille moyenne prenant appui sur une canne. Il portait une barbe brune parfaitement taillée ainsi que de petites lunettes rondes et avait quitté son modeste bureau au fond d'une pièce où il rédigeait quelques ordonnances de son écriture illisible à des patients dans l'attente.

— Mais que… s'étonna-t-il avant de se reprendre. Vous ? Venez, entrez !

— Docteur Hippolyte, faut que vous nous aidiez, s'il vous plaît ! commença Morve, inquiet.

— Ça va, pas la peine d'en faire du foin, grimaça encore l'adolescente.

Le médecin s'écarta, laissant passer le garçon soutenant la rouquine, puis fit installer cette dernière sur un tabouret. Là, il retroussa les manches de sa chemise salie par une précédente opération, s'essuya les mains et s'affaira sur le dos blessé.

— C'est douloureux ? questionna-t-il.

Elle répondit en serrant les dents.

— Un peu.

Morve la contourna et s'adossa au mur en face pour laisser au médecin le recul nécessaire à ses gestes. Le petit cabinet à l'ameublement succinct trahissait une clientèle aux revenus modestes. Seule coquetterie : un pendule de Newton, dont les billes en mouvement hypnotisaient le garçon, trônait sur le bureau aux angles arrondis par l'usage. Les fenêtres encrassées par la poussière extérieure étaient situées en hauteur et la lumière parvenait difficilement jusqu'à eux.

— Je me demandais si j'aurais un jour de vos nouvelles.

— Désolé, répondit le garçon en reniflant. On a pas mal été occupés… ces derniers mois.

— Comment va votre ami ?

Les deux orphelins furent pris aux tripes en entendant la question. Leur chef, celui que le docteur Hippolyte avait sauvé de la gangrène un an plus tôt, venait de perdre la vie. Devant l'absence de réponse, l'homme entre deux âges sembla comprendre de quoi il en retournait et n'insista pas. Avec précaution, il retira de l'épaule d'Allumette un morceau métallique – une tige de ferraille de quatre centimètres de long –, qui tinta lorsqu'il la déposa dans une coupelle.

— C'est plus impressionnant que grave. Il faut désinfecter et ça va piquer un peu. Ensuite, je vais bander la plaie, et d'ici quelques jours, vous serez sortie d'affaire.

— Merci, répondit-elle, je n'ai presque plus mal. Vous êtes un génie !

Il gloussa et sourit.

— Je suis simplement médecin. C'est mon rôle de réparer ce qui est cassé.

Reconnaissante, l'adolescente hocha la tête, puis regarda le sol, penaude.

— Docteur Hippolyte… Nous n'avons pas de quoi vous payer. J'suis désolée.

— Ce n'est rien, répondit-il calmement. Ce n'est pas comme si je ne m'en doutais pas. Si vous voulez, convenons que lorsque vous serez riches, vous viendrez me payer pour mes services passés.

— C'est entendu, sourit-elle.

— Faites attention tout de même, vous n'êtes pas immortelle.

Les orphelins ne pouvaient lui donner tort. Lorsque le médecin eut fini de bander l'omoplate et l'épaule de l'adolescente, Allumette releva la tête, découvrant un Morve au visage soucieux et au regard fuyant.

— Ça va ? questionna-t-elle.

Il ne répondit pas immédiatement, faisant tourner les idées dans ses pensées, réfléchissant à une énigme dont lui seul connaissait la problématique.

— Je ne comprends pas. Pourquoi est-ce qu'il a couru pour me sauver ? Pourquoi est-ce qu'il s'est interposé, alors qu'il aurait pu, je ne sais pas, crier, m'alerter ou s'enfuir, comme il le faisait à chaque fois ?

Allumette tarda à répondre.

— Parce que… c'était son rôle. Son rôle de chef. Son rôle de nous protéger.

En la regardant droit dans les yeux, il remarqua les larmes qu'elle contenait depuis si longtemps jaillir comme jamais.

— Il l'a fait pour toi ! Il voulait t'sauver ! Il n'arrêtait pas de s'en vouloir ! grimaça-t-elle encore une fois.

La phrase de trop. Il ne comprenait pas le sens de cette dernière affirmation.

— Il s'en voulait. Il s'en voulait de quoi ?

L'adolescente resta silencieuse un long moment, puis, ravalant ses larmes, entreprit de tout lui raconter.

— Morve, faut que j'te dise quelque chose. Viens. On va retrouver Bègue et Boiteux… Retournons à la péniche.

Ils saluèrent le docteur qui avait écouté d'une oreille leur mystérieuse conversation et s'en allèrent, marchant lentement pour qu'elle ait le temps d'expliquer l'action du défunt. Pourquoi Moignon se sentait redevable. Pourquoi son dernier geste avait été pour lui. Morve se décomposa, tremblant. Devant le nouvel éclairage de cet événement, mais aussi devant sa… non-mort. Devant le secret qu'avaient gardé ses amis et dont il était le cœur. Il était abasourdi. Il ne savait quoi penser. Il n'arrivait plus à parler. Il devait digérer les informations, les événements. Il… n'avait pas de mots.

Allumette ne pleurait plus.

— Sa mort ne doit pas être vaine, Morve. On doit retrouver Pleurs, et on doit faire payer les worclocks !

39

Ensemble

Boiteux et Bègue arrivèrent en dernier. Leurs mines étaient sombres, leur silence pesant. *L'Hirondelle* paraissait bien petite une fois tout le monde amassé à l'intérieur. Il y avait la sorcière, Némo, trois gardes dont un blessé au bras, Georges, Allumette, Morve, Bègue, Boiteux et… c'était tout. Il n'y avait qu'eux. Deux des orphelins manquaient. Pour la première fois réunie depuis les événements, la bande se jetait des coups d'œil. Boiteux vit que Morve était soucieux et qu'il le regardait bizarrement, durement, mais ne comprit pas pourquoi.

— Désolé, ce n'est pas le grand luxe, mais au moins nous sommes saufs.

Georges, n'ayant pas l'habitude de recevoir, se trouvait un peu gêné, mal à l'aise de faire partager à autant d'étrangers son intimité bordélique. Sibylline ne parvenait plus à se tenir debout et l'inventeur avait improvisé une chaise de fortune montée sur de fines roues de fer. Elle était assise, épuisée par le trajet et le retour sur la terre ferme – sur le sol tanguant d'une péniche, plus exactement.

— Ce n'est pas un problème, le remercia la vieille femme qui prit la parole, sentencieuse. Tout d'abord, je tenais à vous dire combien j'étais désolée. Vous, les enfants, vous n'auriez pas dû être mêlés à une telle histoire. Je sais bien que rien ne ramènera vos amis…

Elle marqua un temps d'arrêt, soucieuse, et leva les yeux vers les gardes.

— De même que rien ne ramènera les nôtres. J'en suis parfaitement et profondément désolée. Mais nous devons agir vite pour ne pas que d'autres suivent. Cette montre, il ne faut plus l'utiliser, dit-elle à Boiteux qui s'en trouva gêné.

De sa poche, le garçon sortit les morceaux brisés et piétinés de l'objet. Il les déposa sur la petite table, à la vue de tous. Georges était bouche bée, démoralisé de voir son travail ainsi réduit en pièces détachées. D'une voix basse et timide, le garçon la questionna.

— Je ne comprends pas. Quand nous vous avons trouvée, la montre n'était plus alimentée par de l'éther depuis bien longtemps. Près d'une journée.

— Ils devaient vous suivre depuis un certain temps. Ils ont dû attendre que vous les ameniez à un plus gros poisson…

Le garçon se sentait encore plus mal. C'était donc définitivement de sa faute. Il l'avait utilisée comme un jouet, sans faire attention. Ses épaules étaient lourdes.

— Si vous me permettez, sorcière, demanda Georges. Il y a quelque chose que je ne m'explique pas non plus. Les worclocks m'ont fait construire ce modèle réduit du Cadran. Mais pour quelles raisons ?

— Je ne sais pas exactement. Contrairement à la croyance populaire, je ne possède pas les réponses à toutes les questions. Le véritable Cadran était haut comme un homme et requérait d'importantes charges d'éther pour fonctionner. Cette montre en demandait beaucoup moins. Peut-être était-ce une des raisons. Peut-être que sans leurs créateurs, ils ne savaient pas comment recréer le Cadran. Peut-être avaient-ils besoin de vous pour le faire, pour leur donner un exemple.

— Nous devons parler des worclocks, réclama Némo. Nous savons qu'ils furent douze et que cinq d'entre eux ne sont plus. UN qui fut détruit lors de la précédente guerre worclock, les trois qui explosèrent dans l'usine comme nous l'ont rapporté les enfants et celui que votre ami a emmené dans sa chute. Il en reste donc sept.

— Même si tous n'ont pas participé à l'attaque, il m'a semblé en compter six. Toutefois, et même si sous leur véritable apparence ils sont différents, je n'ai pas vu celui qui se faisait appeler Milton, nota Georges. Aucun n'avait sa carrure. Peut-être est-ce lui qui dirige les opérations à la place de leurs créateurs décédés ?

— Excusez-moi d'évoquer ce sujet, questionna Morve, mais peut-on être certain que celui que Moignon a « tué » est bien mort ?

— Vous avez raison, lui répondit la sorcière. On ne peut en être assuré, mais pour être réanimé, il faudrait que les worclocks retrouvent les éléments qui le composaient et le reforment grâce à de l'éther. Or, autant c'était visiblement possible dans un lieu clos et fermé comme leur ancien quartier général où ils périrent tous ensemble face aux sorcières, autant là, avec cette chute, à cette altitude, les différentes parties de son corps ont dû être éparpillées sur plusieurs kilomètres. On peut donc fortement douter de sa survie.

— Pourquoi ne sont-ils que douze ? demanda Allumette, dont le ton était sec. Pourquoi la Machine n'en a pas créé des dizaines, des centaines ?

— Je crois qu'elle l'aurait fait si cela avait été possible. Mais peut-être que ces créations demandent trop d'énergie, peut-être que si nous lui en avions laissé le temps, il y en aurait eu des milliers, peut-être la Machine a-t-elle décidé que, statistiquement, ce nombre était pertinent. Je ne sais pas…

La sorcière commençait à marmonner, partant dans de longues digressions, des messes basses et des explications confuses, perdant sa voix. Le tic-tac de son cœur résonnait autrement plus que les râles de sa gorge. Elle semblait ailleurs, fatiguée. Némo s'approcha d'elle et lui prit la main. À son contact, elle se ressaisit brièvement.

— Il faut retrouver l'ancien repaire des worclocks. Les vestiges du Cadran sont peut-être encore là-bas et ils sont sûrement en train de le remettre en état maintenant qu'ils ont eu un exemplaire fonctionnel entre les mains…

— Où se trouve-t-il ? demanda Allumette, décidée.

— Malheureusement, je ne m'en souviens plus. C'était il y a si longtemps. Je me rappelle qu'en nous y rendant, nous n'y voyions rien. Il faisait noir, et à plusieurs reprises, je nous pensais perdues, même si Mère et Julianna semblaient s'y retrouver sans problème. Ils avaient élu domicile dans les sous-sols de Paris et nous les avions longuement cherchés dans les tunnels…

— Oh ! Grand Dieu !

Le visage de Georges avait blêmi. Ses yeux étaient écarquillés. Il avait compris quelque chose et tremblait.

— Qu'est-ce qui se passe ? Qu'est-ce qu'il y a ? le questionna Morve qui se mettait de nouveau à renifler.

— Je crois que… c'est moi. C'est moi qui ai ramené ce cauchemar à la vie. J'ai réveillé les worclocks !

Les deux hommes s'entretenaient autour d'une série de plans. Le plus grand écartait les bras autant qu'il le pouvait pour qu'ils puissent discuter du schéma étalé pendant que le plus petit tentait de trouver l'endroit qu'ils cherchaient. La lumière était mauvaise, aussi étaient-ils obligés de plisser des yeux pour voir avec précision ce qu'ils commentaient. Ils étaient sales, couverts de la poussière noire des tunnels environnants.

— Georges, j'ai peur que les délais ne soient jamais tenus au regard de l'avancée des travaux et de l'échéance. L'inauguration est pour bientôt et je crains ne pouvoir honorer le contrat. Qu'en pensez-vous ?

— Jacques, je ne suis là qu'en tant que conseiller. Je ne me permettrais pas de…

— Je vous ai fait venir parce que votre avis, mon ami, m'est important. Je connais la sûreté de votre jugement. Dites-moi si vous pensez qu'il existe une solution pour que nous parvenions à finaliser ce chantier dans les temps ?

— La situation est compliquée… Peut-être est-il possible de…

— Monsieur ! Monsieur l'ingénieur, s'il vous plaît !

C'était un ouvrier, le contremaître Devanchard plus exactement, qui appelait comme un désespéré et qui arrivait en courant. Il baissa la tête en s'approchant des deux hommes et s'adressa à l'inventeur.

— Excusez-moi, monsieur de Roc Lartigue. J'aurais besoin des conseils de monsieur.

— Allez-y, Georges, je termine ceci et je vous rejoins.

Devanchard courait, paniqué, avec le vieil homme à sa suite. Ils arrivèrent près d'un groupe d'ouvriers en bleu de travail dans un noir faiblement éclairé par leurs lampes-tempête.

— Qu'y a-t-il ?

— C'est ici, là.

L'homme montrait du doigt un trou, une ouverture d'une quarantaine de centimètres dans le sol, sur le bas-côté du tunnel.

— En creusant cette partie du canal, nous avons dû légèrement dévier et ça s'est effondré. J'espère que ce n'est pas une ouverture vers la Seine !

— Ne vous inquiétez pas, si cela avait été le cas, nous serions déjà immergés et morts noyés.

Georges – qui ne savait visiblement pas comment réconforter une personne inquiète – éclaira l'ouverture du mieux qu'il le put. Quelque chose brilla en reflétant le faisceau de sa lampe. Il s'allongea sur le ventre et passa la main à travers la brèche. Il cherchait ce qu'il avait entraperçu parmi les pierres et les gravats. Il y avait de la ferraille là-dessous, peut-être une déchetterie, un reste d'un chantier plus ancien – datant vraisemblablement des travaux de modernisation lancés par Freycinet en 1878. Il mit la main sur un objet et le ressortit du trou. C'était une sorte de dynamo affublée d'une vieille manivelle de laiton ouvragé. Il tenta de la faire fonctionner en tournant énergiquement le manche. Il opéra quelques tours sans que l'engin grippé réagisse pour autant.

— Il y a un problème ?

Monsieur de Roc Lartigue arrivait et s'adressait aux hommes accroupis autour de la brèche. Georges hésita un instant, puis répondit par la négative, tout en laissant retomber l'objet inutile dans l'ouverture.

— Non, Jacques, aucun, sourit-il. Il suffit que vous colmatiez le trou pour continuer, précisa-t-il aux ouvriers. Ça ne posera aucun problème. Croyez-moi.

— J'imagine que c'est à ce moment-là qu'ils se sont réveillés. Mon geste aura été suffisant pour relancer la Machine. C'est l'étincelle qui a mis le feu aux poudres. Grand Dieu… C'était peut-être même la manivelle qui servait à lire les directives ! Pas étonnant qu'ils soient venus me voir pour que je fabrique leur nouvelle version du Cadran si c'est moi qui suis à l'origine de leur retour ! Je suis responsable de ce qui vous arrive à tous. À vous les enfants et à la minuterie de votre cœur, sorcière. Comment pourrais-je me faire pardonner ? se désola le vieux monsieur, inconsolable.

Plus personne ne parlait. Personne n'osait. Le faible tic-tac résonnait seul. Aucun d'entre eux ne savait comment réagir. Dire quelque chose aurait-il changé quoi que ce soit ? Les faits étaient les faits et le passé ce qu'il était. Ils avaient un problème, les worclocks. Il fallait le résoudre. Aussi, la sorcière temporisa.

— Allons, ne vous mortifiez pas. Rester en vie serait une bonne façon de vous faire pardonner et, pour cela, nous avons beaucoup à faire.

— Il nous faut un plan, annonça Boiteux sur le plancher incliné de la péniche.

La sorcière fatiguée était partie se reposer dans la chambre de Georges. À chaque silence, le décompte mécanique de son cœur devenait plus pesant, rappelant à chacun le temps qui s'égrainait et l'urgence de la situation, les empêchant de réfléchir sereinement.

— On doit se rendre au quartier général, là où se trouvent les automates, le grand Cadran et Pleurs, surenchérit Allumette.

— Il faut aussi qu'on sache ce que mijotait le faux Milton quand on l'a volé dans la rue Fabert, continua Morve. Ils ont forcément un plan, un but. Et si l'automate se trimballait avec la montre, j'imagine que l'Exposition universelle toute proche doit y être liée d'une façon ou d'une autre.

— Bien vu, valida Boiteux. Il faut qu'on se sépare en deux groupes… De nous quatre, Bègue et moi-même sommes ceux qui avons le mieux vu le worclock sortant du fiacre. Nous pourrons l'reconnaître si nous l'croisons dans la rue…

— Je veux être de ceux qui s'rendent à leur quartier général, le coupa Allumette.

Boiteux aurait préféré faire équipe avec elle afin d'avoir une chance de lui offrir la broche qu'il gardait dans la poche depuis trop longtemps, mais il savait l'adolescente trop têtue et décidée pour la faire changer d'avis.

— Bien, concéda-t-il. Par contre, nous allons avoir besoin d'un… d'un de vous, confessa-t-il aux gardes. Nous sommes… recherchés et nous ne savons pas qui peut traîner là-bas. Il nous faut quelqu'un qui puisse se fondre dans la masse. Un adulte.

Bègue ne moufta pas, mais il prenait soin d'éviter de regarder Boiteux dans les yeux. Il savait que, sur ce point, le garçon avait raison, mais il avait encore du mal à digérer les récents événements ainsi que leur petite prise de tête.

— D'accord, conclut Allumette. Pendant ce temps, Georges, Morve et moi, nous allons dans les souterrains retrouver leur repaire.

— Mes hommes sont à votre entière disposition, annonça le chef de la Garde.

— Merci, ajouta le garçon à lunettes. De toute façon, il s'agit d'une mission de reconnaissance. Si ça devient dangereux, nous reviendrons immédiatement chercher des renforts.

Après avoir conclu d'un plan à peu près sûr, Georges briefa l'assemblée. Il avait préparé quelques grenades-brume supplémentaires et leur expliqua le fonctionnement un peu plus calmement que lors de la tourmente, quelques heures plus tôt.

— Il y a une minuterie sur chacune d'entre elles. Pour que la fumée jaillisse, il faut activer le compteur et les lancer. Elles peuvent être armées au maximum une minute à l'avance et au minimum une seconde. Elles gigotent et tremblent durant le temps du décompte de la minuterie, mais une fois celle-ci arrivée à zéro, elles s'arrêtent et libèrent la pression sous forme de fumigène. C'est compris ?

Tous répondirent par l'affirmative.

— Bien. C'est tout pour ce soir, allons nous coucher. J'ai installé des lits de camp faits de couvertures et de vieux draps et préparé un repas frugal, de quoi manger un peu. J'espère que ça vous ira.

— Oh, vous savez, nous, ça nous rappelle la maison, sourit Morve.

40

Seule

— Bouhouhou.

Pleurs sanglotait. La fillette était seule, assise sur un sol glacé qui tremblait légèrement, enfermée dans une pièce sombre où régnaient les odeurs de graisses et d'huiles et dans laquelle vrombissaient d'affreuses machines. Pour masquer le bruit assourdissant, la blondinette pleurait encore plus fort – une oreille sensible aurait pu qualifier ces pleurs de hurlements. Et ce qui devait arriver arriva : elle fut entendue.

Des pas lourds à la démarche saccadée résonnèrent à travers les coursives et s'approchèrent de la porte qui la retenait prisonnière. Ici, personne ne pouvait lui venir en aide. Elle devrait se débrouiller toute seule sans compter sur Allumette. L'adolescente qui savait la rassurer en toutes occasions lui manquait. Pleurs avait peur, mais quand elle entendit le worclock arriver, elle s'arrêta de pleurer.

L'automate déverrouilla le loquet de la serrure et ouvrit la porte grinçante, faisant entrer un peu de lumière dans le réduit. Il la vit, recroquevillée, au fond de la petite pièce, tremblante. ONZE s'approcha, immense et effrayant. La fillette s'était caché les yeux, ainsi que le visage.

— Vas-tu t'arrêter ! Tu auras beau pleurer tout ton soûl que rien n'y changera !

L'automate s'approcha et, avec son unique bras, lui saisit le poignet sans ménagement pour…

— Que ?

Le worclock agrippait un vêtement épais et chaud, un lourd manteau rembourré qui gigotait tout seul – plus exactement : qui gigotait à cause d'une grenade-brume. La minuterie se mit à sonner et libéra instantanément son opaque fumée pressurisée. Pleurs se leva et sortit de derrière la porte où elle s'était cachée. Elle avait facilement compris le fonctionnement de la grenade donnée par Georges et avait longuement réfléchi au meilleur usage qu'elle pourrait en faire.

Très légèrement habillée, bien décidée à s'en sortir, elle se glissa hors de sa cellule et referma la porte d'un geste vif. Ensuite, une fois verrouillée de l'autre côté, elle courut.

Regardant à gauche et à droite, dans chaque couloir mal éclairé, dans chaque escalier cuivré, elle avançait, ne s'arrêtant jamais. Des grincements métalliques en provenance d'une pièce dont la porte était grande ouverte lui firent ralentir la cadence. Sur la pointe des pieds, elle dépassa l'ouverture pour continuer son chemin. Elle entraperçut un automate s'échinant à lisser la tôle froissée de son long avant-bras coincé dans une imposante machine-outil. Une fois la porte dépassée, la fillette poursuivit sa course insensée en direction d'une hypothétique sortie. Après quelques embranchements supplémentaires, elle y parvint finalement, essoufflée, et s'empressa de sortir à l'air libre.

Il faisait nuit et elle n'y voyait rien. Pleurs se dirigea aussi vite qu'elle le put à l'opposé de la sortie qu'elle venait de dépasser, cherchant à mettre un maximum de distance entre elle et ses geôliers. La fillette courut à toute vitesse sur le sol glacé, mais dut s'arrêter, manquant de chuter à flanc de précipice. Reprenant son souffle, elle observa les alentours et dut se rendre à l'évidence : tout autour du bâtiment se devinait un vide immense, infranchissable. Où se trouvait-elle ? Affolée par le désespoir que portait cette soudaine révélation, elle recula de quelques pas pour ne pas tomber malencontreusement et…

— Tu n'iras pas plus loin ! cracha ONZE en l'attrapant violemment.

L'unique bras de la créature était puissant et Pleurs, malgré ses gesticulations énergiques, ne pouvait s'en défaire. Arrachée au sol, trimballée, elle vit un autre worclock arriver à leur niveau et interpeller son frère. C'était TROIS.

— Je ne comprends pas pourquoi nous ne l'avons pas supprimée immédiatement comme l'autre. C'est un poids inutile que nous avons là.

— Il a dit que tant que nous l'aurions avec nous, ils hésiteront à se mettre en travers de notre chemin. L'autre a finalement fait office d'avertissement. Si jamais ils agissent, ils savent ce qui lui arrivera. Nous la ferons pleurer.

— J'ai cru comprendre que les humains pouvaient s'en émouvoir.

— Surtout lorsqu'il s'agit d'un petit modèle qui n'a pas fini d'évoluer, comme celle-ci.

— Étonnant de s'attacher à ce genre de prototypes.

— Et s'ils se jouent de nous et nous gênent encore une fois, alors là, oui, nous sévirons et nous casserons nos jouets.

41

Ne pas louper le cocher

— C'est long !

Boiteux en avait marre d'attendre et n'arrêtait pas de souffler. Tomber sur Milton au coin de la rue semblait bien improbable, aussi le garçon avait soumis l'idée de retrouver le cocher qui transportait l'automate. Il estimait que c'était encore l'objectif le plus simple – du moins le plus réalisable – pour obtenir des informations sur le worclock. Où il l'avait pris, où il l'avait déposé. La tâche n'était pas compliquée, mais elle était ennuyeuse. Ils n'avaient aucune information sur la compagnie de fiacres. Ils avaient donc loué, avec l'argent de Georges, une calèche pour faire indéfiniment le tour des rues aux abords des Invalides où ils l'avaient croisé. Bègue et Boiteux, le visage collé de part et d'autre de la vitre, observaient les passants et les voitures. Ils regardaient et détaillaient tout un chacun le long des avenues pavées. Ils se trouvaient assis dans cet espace réduit, lui, Bègue et… le garde – comment s'appelait-il déjà ?

— Excusez-moi, mais, désolé, nous n'avons pas été polis… Nous ne nous sommes pas présentés. Lui, c'est Bègue, et moi, c'est Boiteux.

— Ratigan. Édouard Ratigan.

L'homme à la fine moustache et aux cheveux lissés courts lui adressa un sourire franc tout en lui serrant la main.

— B-bonjour, lui répondit Bègue qui se montrait plus cordial qu'avec Boiteux.

— Monsieur Ratigan, vous êtes un protecteur de la sorcière depuis longtemps ?

— En fait, on dit garde de l'éther et sorcière d'Hécate ou fille d'Hécate. Oui, c'est très pompeux, mais ce n'est pas moi qui ai fixé la terminologie. Bref, en fait, je suis devenu…

— Là ! Là ! C'est-c'est lui !

Bègue pointait du doigt un homme sur un attelage qui faisait descendre un de ses clients de son fiacre noir aux rideaux intérieurs de même couleur.

— À vous, Ratigan !

Pris au dépourvu, le garde réajusta son uniforme. Il était mal à l'aise. Les habits ne lui allaient pas et il n'était pas très sûr de lui. Il n'avait pas l'habitude de mentir, mais ils avaient attendu ce moment toute la journée. L'homme ouvrit la porte et fit descendre, en larmes, Bègue et Boiteux. Il les tenait par le col et les enfants pleurnichaient tout en faisant la moue.

Le temps était couvert, les nuages stagnant aux environs de la tour Eiffel étaient menaçants. Il n'allait peut-être pas tarder à pleuvoir, mais Ratigan ne s'en laissa pas compter. Il se dirigea prestement, accompagné des garnements, en direction du jeune cocher.

— Bien le bonjour, monsieur.

Ratigan avait une diction ferme et assurée – telle qu'il l'avait répétée – et portait un uniforme ressemblant à celui des agents de la police. Montrant les deux garçons, il joua son rôle à la perfection.

— Je viens d'arrêter ces deux vauriens. Le plus petit avait cette montre sur lui.

Il montra un couvercle fourni par Georges qui ressemblait beaucoup à la montre volée par Boiteux et brisée par Bègue.

— On m'a dit que vous auriez transporté le propriétaire de cet objet il y a quelques jours. Sauriez-vous où je puis le trouver pour lui rendre sa propriété ?

Les voleurs redoublaient de pleurs comme pour exhorter le cocher à donner ses informations au plus vite afin d'être libéré du bruit gênant.

— C'est-à-dire que… non. Je-je-je ne sais pas.

Le jeune homme était effrayé, son visage tendu le trahissait.

— Comment vous appelez-vous ?

— Antoine. Antoine Pierrefite.

— Eh bien, monsieur Antoine Pierrefite, qu'avez-vous ? Ne pouvez-vous pas me fournir cette information ? Ce n'est quand même pas l'uniforme qui vous impressionne, jeune homme ? Ne vous inquiétez pas. Racontez-moi, je suis un homme de loi, vous êtes en sécurité avec moi. Il n'y a rien à craindre.

Déboulonnant une flasque d'alcool qui se trouvait dans sa poche, le faux policier la tendit au cocher pour le dérider un peu. Le jeune homme ne refusa pas l'offre et vida le récipient de moitié. Il souffla, prit sa respiration et accepta de se livrer.

— Oh… C'est-à-dire que… Par où commencer… Avez-vous déjà entendu parler de la galerie des Machines ?

— Monsieur, nous y sommes.

Quelques semaines auparavant, un fiacre avait ralenti devant la galerie des Machines. Le véhicule s'était arrêté au plus près du palais comme le client l'avait spécifié et le jeune cocher en était descendu pour ouvrir la portière.

— Merci. Je souhaiterais que vous m'attendiez. J'évalue votre attente à soixante minutes, s'il vous plaît, précisa-t-il en regardant sa montre à gousset.

Le client, particulièrement froid et distant, avait une allure et un accent étrange. Il utilisait des mots de manière impropre et se disait étranger. Ça ne faisait aucun doute pour Antoine. Ponctuel, il sortit du bâtiment une heure plus tard, comme annoncé. Le cocher se remit au garde-à-vous, ne voulant pas risquer une remarque désobligeante qui remonterait aux oreilles de ses supérieurs.

— Ne trouvez-vous pas amusant qu'on appelle cet endroit Champ-de-Mars ? Mars était le dieu de la guerre pour les Romains. Et vos Champs-Élysées ? Un lieu des Enfers grecs où les vertueux pouvaient se reposer après la mort. Curieux choix de noms, vous ne trouvez pas ? Ici même, il y a moins de cent ans, des hommes en fusillaient d'autres, des hommes en guillotinaient d'autres et des hommes célébraient l'Être suprême. Un étrange culte.

Pas plus étrange que ce client, pensa-t-il. Antoine ne savait quoi répondre aux anecdotes décousues. Il ne suivait pas son raisonnement. Il n'avait pas sa culture. Il ne savait même pas s'il devait répondre quelque chose. Par contre, il le savait, c'était le jeu de Paris, y rencontrer plus de gens signifiait plus d'excentriques aussi. Cet homme ne serait pas le dernier bourgeois illuminé qu'il transporterait.

La famille Pierrefite possédait une petite exploitation rurale en province, mais les affaires périclitaient. La crise agricole, la « Grande Dépression » qui sévissait, l'amenait tout doucement à la faillite. Les prix du blé et de la pomme de terre étaient en chute libre et ils se retrouvaient avec de moins en moins de ressources territoriales et financières. La France était en pleine récession et Antoine, intéressé par les salaires plus élevés pratiqués à Paris, avait décidé de monter à la capitale. Il savait parfaitement diriger une charrue et s'occuper des chevaux, alors conduire un fiacre ne lui poserait pas de problème, s'était-il dit. Il n'avait simplement pas pris en compte le facteur humain. Les clients, tous plus désagréables et suffisants les uns que les autres envers « les provinciaux de son espèce », pouvaient ruiner toutes ses chances de s'intégrer à la vie citadine. Néanmoins, il n'avait pas quitté sa famille pour revenir la tête baissée. Il devait faire ses preuves et montrer que son choix avait été le bon.

Ainsi, malgré le temps clément, son client, qui n'avait jamais daigné décliner son identité, avait expressément demandé le recours à un coupé, un fiacre d'hiver au toit fermé et aux rideaux tirés. Il voulait visiblement rester discret, craignant peut-être le regard des manants et l'aumône des pauvres.

Plusieurs fois au cours des jours qui suivirent, Antoine fit office de chauffeur personnel entièrement dédié à son client, le transportant à différents endroits de Paris, l'attendant au bas de la tour Eiffel – où il déjeunait au troquet anglo-saxon du deuxième étage –, faisant l'aller-retour avec la galerie des Machines, l'amenant de temps en temps aux usines du quai de Grenelle. Quelles que soient les distances – la tour Eiffel et la galerie des Machines n'étaient séparées que par les jardins du Champ-de-Mars, une bagatelle –, Milton n'appréciait visiblement pas la marche ni le public. Mais après tout, il payait pour ça, c'était son plus strict droit. Accessoirement, les courses faisant vivre le cocher, le jeune homme ne s'en plaignait donc pas.

Les va-et-vient durèrent quelques semaines. L'homme se rendait quotidiennement à la galerie des Machines. Antoine, parfois un peu trop curieux, le vit discuter avec les organisateurs, des bourgeois tirés à quatre épingles. Il serrait des mains, payait rubis sur l'ongle, négociant des tarifs et un lieu décent pour proposer ses attractions.

Le cocher l'entrevit affairé avec d'autres artisans, des étrangers visiblement – aussi rustres que lui et parlant avec le même accent étrange. En toute discrétion, ils s'occupaient du montage d'une grande machinerie derrière les bâches masquant pour l'heure l'emplacement de son exposition. Imaginer ces notables bien habillés s'évertuer à assembler des câbles, des tuyaux et des pièces de mécanique avait quelque chose de surréaliste.

— Excusez-moi de vous interrompre, le coupa Ratigan. Mais vous dites « grande machinerie », alors que, dans le même temps, vous décrivez des bâches dissimulant les affaires de ce monsieur.

Comment pouvez-vous être aussi catégorique sur ce qui se tramait par-delà ?

— Eh bien, c'est que…

Il y a moins d'une semaine, Antoine alla chercher son client comme à l'accoutumée aux pieds de la tour de fer. Il fut surpris de le trouver accompagné de deux passagers. L'homme lui ordonna de les amener tous trois à la galerie. Les deux autres personnages dégageaient la même bizarrerie silencieuse et agissaient eux aussi comme des touristes excentriques. Tous étaient habillés de semblable manière, grands costumes noirs, lunettes de soleil et chapeaux plus ou moins bien coupés. Le véhicule grinça à plusieurs reprises sous le poids conjugué des trois lourds passagers.

— Merci. Je souhaiterais que vous reveniez nous chercher, mes frères et moi-même, dans douze heures exactement.

L'homme avait dit ça. Dans douze heures exactement.

— Mais c'est que… ce ne sont pas mes horaires, se plaignit le cocher.

— Je vous paierai grassement pour ce faire.

Ils n'avaient pas attendu sa réaction et s'étaient détournés pour rejoindre l'intérieur, comme si la seule réponse à l'hésitation du jeune homme ne pouvait être que l'argent.

Revenant un peu en avance, à la nuit tombée, Antoine avait bien du mal à patienter et, poussé par la curiosité envers l'étrange personnage, entra. Il se dirigea vers la bâche qu'il avait plusieurs fois entraperçue, masquant l'attraction encore en construction – du moins le supposait-il –, et se glissa dessous.

Il passa la tête discrètement à travers et eut la surprise d'y voir son client accompagné de dix associés entourés de nombreuses caisses en bois. Au centre de la pièce, une impressionnante machinerie, haute comme plusieurs hommes, avait été équipée d'un tapis roulant – vraisemblablement pour visiter ses entrailles. Debout, disposés de façon circulaire autour de l'appareillage, les onze personnages se tenaient la main, immobiles. Antoine fut pris d'un frisson en regardant ce spectacle incongru et dérangeant, aussi ne demanda-t-il pas son reste et il sortit du pavillon industriel pour retrouver sa place de cocher. Il attendit le retour de ses passagers et, quand il les transporta, ne commenta en rien ce qu'il avait pu entrevoir.

C'est le jour suivant, revenant de l'impasse située aux abords du passage Molière, alors que le cocher ramenait son client pour dîner, que les garnements jouèrent leur vilain tour. Après s'être entretenu avec un inspecteur du service de la Sûreté et l'avoir déposé aux pieds de la tour Eiffel, l'étrange passager expliqua au conducteur du fiacre qu'il s'agissait de leur dernière course.

— Merci. À présent, je n'aurai plus besoin de vos services. L'inauguration de mon attraction et de celle de mes associés aura lieu la semaine prochaine. Pour vous remercier, je tenais à vous convier à son vernissage.

Étrangement chaleureux – même si le terme n'était pas exactement adéquat –, l'homme lui tendit un morceau de carton. Le client lui avait plus parlé en deux minutes qu'il ne l'avait fait lors de toutes les courses précédentes. L'invitation pour la réception promettait :

L'EXPÉRIENCE LA PLUS MAGIQUE
DE TOUTE VOTRE VIE !

Le cocher voulut le remercier, mais, regardant tout autour de lui, dut se rendre à l'évidence : son client s'était évaporé.

— Ce carton, vous l'avez sur vous ? questionna Ratigan, prenant son rôle de policier très à cœur.

— Oui. Bien sûr !

Le jeune cocher fouilla ses poches et en ressortit le mot qu'il tendit. Le garde l'inspecta, puis le lui rendit. Lui échappant des doigts, le papier cartonné tomba au sol et glissa sous le fiacre. Boiteux s'accroupit pour le ramasser et le tendit au cocher.

— Merci petit. Il paraît qu'il y aura du beau monde demain soir ! On m'a parlé du ministre de la Guerre, voire même du président Sadi Carnot ! s'enthousiasma Antoine qui rangea machinalement le papier dans sa gabardine.

42

Voyage souterrain

— Je vous rappelle que selon vos propres termes, c'est une mission de reconnaissance. Autrement dit : on regarde, mais on ne touche pas, s'inquiéta Georges.

— Et vous devez bien vous douter que ce n'est pas parce qu'on l'a dit qu'on le fera. Au cas où vous ne l'auriez pas remarqué, la personne devant nous *(Morve parlait d'Allumette)* est motivée pour en découdre depuis son retour. Et elle n'est pas du genre à abandonner.

Il marqua une pause et renifla. Puis, plus doucement, il continua.

— Elle s'en veut. Pour Pleurs.

— J'espère que la culpabilité n'est pas une raison suffisante pour se jeter dans la gueule du loup, sinon nous sommes plusieurs à aller droit dedans, mon jeune ami ! Et vous là, dit-il en prenant en grippe les gardes, vous ne devriez pas être devant nous, à ouvrir la marche pour nous protéger, plutôt qu'en toute fin ?

— Je ne crois pas avoir d'ordre à recevoir de vous, lui répondit Némo.

Ils avançaient, tendus et tâtonnant dans la pénombre, en file indienne. Allumette cheminait en tête, suivie d'un peu plus loin par Morve et Georges. Le chef de la Garde et Joris – le plus vieux d'entre eux – fermaient la marche. Celui qui avait été blessé au bras, Gédéon, était resté sur la péniche pour se reposer, tout en veillant aux besoins de Sibylline.

L'inventeur se cramponnait au sac qu'il portait sur son dos comme s'il s'agissait de son seul salut possible. À l'intérieur, il y avait une lampe de rechange, des cordages, une gourde d'eau et ses grenades faites maison. Il fanfaronnait et parlait beaucoup pour masquer sa peur. Au fond de lui, il le savait, ils étaient tous là par sa faute. Rien de plus normal qu'il se trouve ici en ce moment, à tenter de corriger ce qu'il avait déclenché. Il se sentait responsable de chaque membre du groupe qui arpentait les tunnels parisiens, mais il ne voulait pas le montrer. Il masquait sa peur par des reparties bien senties et un esprit sarcastique qu'on ne lui connaissait pas.

— On y voit rien là-dedans ! grogna l'adolescente, balançant une des brindilles qu'elle affectionnait tant sur son passage.

— Par ici ? Par là ? s'enquirent les deux orphelins, chacun projetant sa lampe à pétrole sur l'entrée de tunnels.

— Par ici ! J'en suis quasi certain ! répondit le vieux monsieur.

La jeune fille ne s'arrêta pas, elle menait la troupe sans montrer le moindre signe de fatigue. Pendant qu'elle avançait face à la nuit et aux tréfonds parisiens, elle repensait au moment où Moignon lui avait demandé si elle voulait s'enfuir avec lui hors de l'orphelinat. Elle avait rougi et pris sa demande pour ce qu'elle n'était pas – quelque chose de plus… sentimental. Il avait également sollicité Bègue pour l'accompagner et ce dernier avait fait de même avec Morve et son pote Boiteux. Comprenant sa méprise, furieuse contre elle-même, elle avait alors demandé à partir elle aussi avec quelqu'un d'autre : Pleurs. Elle se sentait d'autant plus responsable.

— Oui, mais c'est toi qui t'en occupes ! Et tu la prends en charge, lui avait-il répondu.

Et le fait est qu'elle n'avait pas réussi. Elle avait abandonné la fillette. Elle l'avait abandonnée au pire moment possible. Pleurs n'aurait jamais dû quitter le pensionnat Gombert.

— Tout le monde a bien sa grenade-brume en main ?

Georges cherchait à remplir le silence pesant pour ne pas perdre pied, réfléchir à ce qui se cachait dans le noir, ses peurs inavouées.

— Ne me répondez pas tous aussi rapidement, je ne fais que vérifier que l'on puisse sortir vivant de toute cette histoire. Vous savez pourtant *(Georges termina sa phrase dans sa barbe)* de quoi ils sont capables *(gêné de ne pas avoir réfléchi, ne voulant pas doucher l'enthousiasme revanchard des deux enfants à l'idée de casser les boulons des automates. Ils ne le méritaient pas).*

— J'crois qu'il va falloir s'encorder ! annonça Allumette au loin.

— S'encorder ? Pour quoi faire ? paniqua l'inventeur.

La réponse apparut presque immédiatement sous ses yeux et ses pieds. Il y avait des fissures dans les sous-sols, des éboulements souterrains dont on ne voyait pas le fond. Tomber dans un de ces trous, c'était risquer une mort immédiate ou douloureuse, sans aucune possibilité d'être récupéré, seul dans le noir, le long de pierres tranchantes.

— Mais… mais… à ce rythme-là, je mourrai avant d'être arrivé en bas !

— Vous étiez plus téméraire lorsqu'il s'agissait de sauter sur un pont invisible, tacla Morve.

— C'était de la magie, c'était fascinant ! Il n'y a rien de fascinant à descendre de la sorte !

Allumette était agile et le semblant d'escalade qui s'offrait à eux demandait de solides jambes. Elle passa la première, tendant la corde pour que les suivants s'en servent comme ligne de vie, marchant le long de fines corniches.

Un par un, ils évoluèrent le long de la zone accidentée, collés contre un mur humide, tournant le dos au vide. Morve passa sans embûches. Georges, bien que peu rassuré et tremblotant, réussit à atteindre l'autre côté. Les deux gardes n'éprouvèrent aucune difficulté à travers…

La corniche céda sous leur poids et le plus vieux des deux tomba dans le vide.

43

NOS JEUNES ANNÉES

— Je te tiens ! Attrape mon autre main.

— Je… je… je ne sais pas si…

— Bien sûr que si !

— Je…

— ATTRAPE MON AUTRE MAIN, BON SANG !

Puisant dans ses dernières forces, il s'agrippa fermement au bras de l'homme et tendit son autre main. Il l'attrapa et le tira de toutes ses forces sur le ponton de la tour. Ils s'agenouillèrent enfin, reprenant leur souffle face aux rapaces et au pont brinquebalant. Il avait manqué mourir en plein soleil. Étrange décalage entre un décor paradisiaque et la possibilité d'en avoir terminé avec la vie.

— C'était quoi ça ?

— Des opinicus.

— Des opinicus ? Comme dans « opinicus : griffon à pattes de lion » ?

L'homme rit de bon cœur.

— Oui. Parfaitement. Exactement. Beaucoup de gens ne voient pas la différence. Comment t'appelles-tu ?

— Archibald. Archibald Némo.

Le jeune homme avait de longs cheveux bruns et les yeux verts. Quand les rapaces avaient foncé sur lui alors qu'il se dirigeait vers la tour des Sorcières, il avait couru à en perdre haleine. Et pour éviter l'une de leurs griffes, il avait dû sauter dans le vide, en direction du ponton. Il était là, pendu par le bout des doigts depuis de longues minutes quand Joris était descendu, l'ocarina aux lèvres.

— Eh bien, Némo, tu l'as échappé belle ! Heureusement que j'ai vu la ronde des oiseaux tout à l'heure, sinon je ne serais jamais venu à ton secours. Depuis combien de temps tiens-tu par la seule force de tes doigts ?

— Oh, pas longtemps. Une demi-heure peut-être, répondit Némo tout en souriant.

L'homme se remit debout, époussetant les saletés sur son uniforme.

— Et comique avec ça. Moi, c'est Joris. Albert Joris. Allez, viens, je vais te présenter aux autres.

L'ascension fut interminable. Némo était étonné qu'une telle construction, aussi fine et aussi haute, puisse tenir debout sans tomber ni courber sous son propre poids.

— Qui a bâti cette tour ? Elle existe depuis longtemps ? Et où se trouve sa base ? Je veux dire… Ses fondations se trouvent forcément au sol, à un endroit aux alentours de la cathédrale de Notre-Dame de Paris. Elle doit forcément être accessible, mais je n'ai pas trouvé de…

— Forcément, dis-tu ? En es-tu sûr ?

— Je… C'est-à-dire que… Et ça, c'est censé représenter quoi ? demanda-t-il tout en pointant le bas-relief où des femmes avaient été sculptées.

— C'est le chemin des Sorcières. Toutes les pratiquantes issues de la lignée d'Hécate – la première d'entre elles – furent gravées les unes à la suite des autres.

Ils gravissaient l'interminable escalier tournoyant autour de la tour qui était maintenant celle de Sibylline. Celui qui deviendrait le chef de la Garde n'imaginait pas alors que la construction sacrée puisse être si haute et le chemin pour parvenir à son sommet si long. L'air se raréfiant au fur et à mesure de leur montée, sa respiration s'en trouvait altérée. Son souffle était plus court et les efforts que demandait l'ascension étaient véritablement épuisants.

— Quel âge as-tu, Némo ?

— Dix-neuf ans, monsieur.

— Comment es-tu arrivé jusqu'ici ?

— Par le pont, répondit-il, blagueur. J'ai remarqué un ouvrage, les *Chroniques de l'éther*, dans la bibliothèque de mon oncle Balthazar. C'était le troisième tome. Je l'ai dévoré et appris par cœur. J'ai compris que ce n'était pas un livre comme les autres, qu'il y avait *(il reprit sa respiration)* quelque chose de vrai à l'intérieur. Et je ne parle pas que de la réalité des opinicus. Je parle de… l'éther.

Le jeune homme avait une voix qui transpirait la passion et la joie d'avoir résolu une énigme longtemps restée obscure.

— Dans le livre, j'ai découvert ce drôle de marque-page.

Il tendit ce qui se trouvait être un verre plat et rond cerclé de fer doré et d'une fine tige.

— Ah… Le monocle d'Aurélius. Je suppose donc qu'on peut maintenant écarter l'hypothèse de la chute accidentelle. Sans, il était aveugle comme une taupe et on ne l'a pas revu depuis longtemps.

— En regardant au travers et avec ce que j'avais lu dans le livre, j'ai compris. Et j'ai trouvé le pont.

— À quoi te destinais-tu, Némo ?

— Je suis prévôt d'escrime. J'aurais souhaité devenir maître d'armes.

— Comprends-tu que ce rêve ne sera plus ? Tu es d'ores et déjà l'un des nôtres maintenant. L'un des élus, l'un des rares à être parvenu jusqu'ici.

Ils étaient arrivés au bout de l'escalier jusqu'au campanile magique. À l'intérieur de ce lieu percé par de grandes alcôves gothiques et décorées de créatures fantastiques, des gardes – tous habillés du même uniforme – s'affairaient à diverses tâches. À la vue du nouveau venu, ils s'interrompirent pour lever la main et lui souhaiter la bienvenue.

— Je te présente l'ensemble des gardes. Là-bas, c'est notre chef, Hector.

L'homme bourru et balafré lui adressa un signe de tête.

— Voici Archibald Némo. Il a dix-neuf ans et il est parvenu, seul, jusqu'ici.

— Qu'est-ce qu'ils font tous les deux ? questionna Némo, à propos de deux gardes penchés sur des livres.

— Ils écrivent.

— Je le vois bien, mais qu'écrivent-ils ?

— Les mémoires de la sorcière qui vit entre ces murs, dans le Cœur sacré. Ils transcrivent ses souvenirs. Parfois, ils romancent un peu, car Sibylline raconte aussi les histoires de ses sœurs, celles qu'on lui a transmises. Tout ce qu'elle a vécu, vu et entendu doit se trouver dans nos chroniques. Certaines de ces histoires s'apparentent plus à des rumeurs qu'à des faits, mais l'histoire – la grande – jugera lesquelles étaient dignes d'intérêt. Nous nous efforçons de consigner tout ce que nous pouvons. C'est notre manière d'entretenir la magie, de faire perdurer l'éther. Toutes les réponses à tes questions se trouvent dans ces livres.

— Pourrai-je la rencontrer, la sorcière ?

— Elle vit à l'étage supérieur, mais ne t'inquiète pas, tu la verras bientôt.

— C'est elle qui est à l'origine de cette décoration ? dit-il, regardant les multiples objets magiques – ballons astrologues, capelines de change-forme, feuilles mortes d'illusion, fossiles de dragons de poche, ailes de vénérables, flèches d'artifices – et les statues effrayantes de créatures fantastiques.

— Presque tout était déjà là quand elle est venue vivre ici.

— Et celui-ci, que fait-il ?

— Comme tu peux le voir, il coud, recoud plus exactement, l'un de nos uniformes abîmés. Nous faisons beaucoup de choses par nous-mêmes. Nous ne descendons sur terre que lorsque c'est nécessaire.

— Mais vous, comment êtes-vous arrivé là ?

— Oh… Un peu comme toi. Nous avons rencontré les bonnes personnes, avons lu les bons livres… ou nous avons eu de la chance, dit-il en souriant, se parlant visiblement à lui-même.

— Et pourquoi n'y a-t-il pas de sorciers ? d'hommes sorciers ?

— Tu dis avoir dévoré les chroniques, tu sais donc qu'il y en a. Mais pas ici. Pas chez les sorcières d'Hécate.

— C'est-à-dire que… je…

— Dis-moi, poses-tu toujours autant de questions ? En tout cas, tu m'as l'air bien en forme, continua-t-il sans lui laisser le temps de répondre, et si tu envisageais d'en faire ton métier, il me semble que le minimum serait que nous testions ta compétence pour le fleuret.

Némo réalisait que l'air à l'intérieur de ce dôme était beaucoup plus agréable, moins difficile à respirer, moins froid à endurer que celui à l'extérieur. Il s'y sentait bien. Ils s'approchèrent des soldats qui s'entraînaient au maniement de la lance et de l'épée. Joris tendit une arme au jeune homme qui recula, se mettant en position d'attaque.

— En garde !

Les deux combattants s'affrontèrent sans retenir leurs coups. Les échanges étaient féroces et bruyants. L'un et l'autre semblaient s'amuser d'avoir enfin trouvé un adversaire à leur taille. Alors que Némo prenait le dessus, la porte qui menait aux appartements privés de la sorcière s'ouvrit. Une belle femme, souriante et d'âge mûr, se dévoila. Elle avait la peau diaphane et une longue chevelure brune qui accrochait la lumière.

— Que vous arrive-t-il ici ? On ne s'entend plus penser !

Profitant de la surprise de l'irruption impromptue de la sorcière, Joris esquiva le coup du jeune homme hypnotisé et retourna la situation en l'envoyant au tapis.

44

Leur tombeau

— Ça va ? demanda Némo à Joris.

— Oui. Merci. Il s'en est fallu de peu !

Némo l'aida à se relever, le hissant sur la corniche. Ensuite, ils traversèrent le tronçon de tunnel accidenté sans s'attarder.

— Chut, chut, chut ! On y est ! C'est ici, murmura Georges.

— Vous êtes bien sûr que c'est là ? demanda Morve.

— Grand Dieu, mais allez-vous vous taire ? Et vous, éteignez-moi cette lampe ou nous allons nous faire repérer !

L'inventeur se trouvait à quelques mètres d'eux, accroupi autour d'une crevasse dans le sol. À sa plus grande joie, ils étaient de retour sur de « la bonne vieille terre ferme ». Fini les cordages. Allumette et Morve s'approchèrent du vieil homme et tentèrent de regarder par l'ouverture, de discerner une éventuelle menace par-delà.

— Oui, c'est ici, je suis formel. Soyons discrets, tâchons de comprendre…

La rouquine, impatiente, crama une allumette et jeta la tige enflammée à travers le goulet.

— Non mais… Vous avez perdu la tête, jeune fille !

Georges avait manqué de s'étrangler. Il n'avait pas pu protester. Tout juste avait-il vu le petit bâton lumineux descendre à travers la fissure.

— Et vous, vous êtes en train d'perdre du temps, m'sieur ! Nous devons avancer. Pleurs s'trouve sûrement à l'intérieur. On sait pas quelles expériences ils lui font subir !

— Je vous l'avais bien dit, commenta Morve en haussant les épaules.

L'homme ne savait pas vraiment quoi arguer. L'adolescente n'avait pas tort, mais ce n'était pas une raison non plus pour agir en tête brûlée. Il fallait se montrer discret. Aussi, devant l'absence de retours suspicieux après la chute de la brindille enflammée, l'inventeur décida de descendre à travers l'ouverture en premier. Au moins, il pourrait un peu mieux contenir l'instinct belliqueux de la jeune fille.

Ils atterrirent sur une montagne de gravats dans une immense pièce circulaire. L'endroit tombait en ruines. Le plafond manquait de s'écrouler par plaques, les murs portaient les traces d'anciennes gravures, des sillons argentés parcouraient l'intégralité de l'enceinte. Le silence qui régnait dans ce mausolée était pesant et l'horreur bien présente. Les corps pétrifiés de sorcières – des squelettes immortalisés par la déflagration magique un siècle plus tôt – étaient dispersés un peu partout, sous une épaisse couche de suie et de soufre. Certains tombaient en poussière au moindre éraflement, d'autres semblaient décidés à résister au temps. Avec un peu d'imagination et les nombreux souvenirs racontés par Sibylline, Némo et Joris se représentaient sans mal ce qu'avait pu être le lieu quand les sorcières s'y étaient sacrifiées. L'endroit revêtait un caractère tragique et sacré. Personne n'osait parler. Mais s'il y avait bien une chose dont il n'y avait nulle part trace, c'était celle des worclocks. Quelques pièces cassées ou trop usées avaient été abandonnées, mais le reste, l'important – les créatures mécaniques et les installations dont avait parlé Sibylline –, était absent.

Des chemins de traverse, peut-être des rails ou des tranchées imprimées par les multiples passages de carrioles lourdes, étaient visibles. Ils prenaient la direction de longs tunnels débouchant un peu plus loin, en hauteur, sur la vie parisienne. Après avoir parcouru en long et en large les différents passages, le groupe dut se rendre à l'évidence : rien ne permettait de suivre un chemin en particulier. Ils avaient fait chou blanc et n'avaient plus aucune piste pour continuer leurs investigations.

Où étaient-ils passés ? Où se trouvait Pleurs ? Comment allaient-ils parvenir à la sauver ?

— J'espère que Bègue et Boiteux auront découvert quelque chose de plus significatif que nous ! commenta Morve, circonspect.

45

La galerie des Machines

— C'est gigantesque ! s'enthousiasma Boiteux.

Le dôme central et ses multiples palais constituaient le second pôle important de l'Exposition et, tout au fond, se trouvait l'immense galerie des Machines. Sous une nef de verre de 45 mètres de haut et longue de 400 mètres pour 110 mètres de large, le bâtiment couleur « jaune brique » présentait les grandes réussites industrielles contemporaines. Un quart de la structure était dédié à quatre pays : La Suisse, la Belgique, les États-Unis et, plus loin, l'Angleterre. Un « pont roulant », long d'une centaine de mètres, permettait de progresser dans le grand hall bondé sans avoir à marcher, en se laissant porter – le trottoir avançant de lui-même.

Bègue jetait des coups d'œil partout, détaillant chaque invention fonctionnant grâce à la fée électricité. Les deux garçons se pinçaient pour vérifier qu'ils n'étaient pas en train d'imaginer toutes ces folles créations. Après avoir déambulé au gré des curiosités, ils arrivèrent face aux grands escaliers de fer forgé menant au premier étage de l'antre des machines.

— Je croyais que vous ne deviez pas vous faire voir, gronda Ratigan.

— Il y a tellement de monde ! Et nous ne sommes que deux. Nos ennemis cherchent tout un groupe d'enfants. Et puis nous sommes en intérieur, le risque est moins important, s'excusa Boiteux.

— Je-je veux voir cette machine! s'excita Bègue qui partit dans la foule.

Les lieux étaient riches en ornements et en décorations : vitrail représentant une bataille, verrière donnant sur l'École militaire toute proche, frise murale d'enfants, sculptures ésotériques, statues prônant la connaissance, moulures, linteaux et dorures richement travaillées. Le moindre élément, le moindre détail avait été décoré et réalisé avec soin. De la même manière, ici, l'électricité concurrençait la vapeur; des lampes à incandescence bordaient les allées et des milliers de guirlandes lumineuses éclairaient les différents bâtiments : chemins de fer, machines-outils, matériel de confection de mobilier, d'usinage, d'impression, de carrosserie. L'ensemble était impressionnant par la foultitude d'objets, de décorations et de machines dispersée sur une quinzaine de palais aux thématiques diverses.

Tous les trois déambulaient dans les allées du pavillon, s'arrêtant sur chaque curiosité, détaillant chaque invention. Ratigan était tout autant fasciné que les orphelins par les idées mises en scène et la promesse d'un futur électrique. Finalement, et après bien des circonvolutions, ils arrivèrent près du palais anglo-saxon dont se réclamait Milton. Le pavillon faisait face à la grande bâche dont avait parlé le cocher. Haute d'une demi-douzaine de mètres, tendue via des poutres de fer, la draperie masquait la scène dans son intégralité.

Les deux garçons s'avancèrent dans l'allée, hypnotisés par les mystérieuses promesses dissimulées par la grande tenture opaque. Quelques visiteurs marchaient dans leur direction – certains seuls, d'autres accompagnés – et les orphelins attendirent qu'ils soient passés pour agir. Un grand homme au physique filiforme les dépassa et son regard détailla Boiteux de la tête au pied avant de continuer son chemin. Lorsque le garçon réalisa, quelques secondes plus tard, qui il venait de croiser, son cœur s'emballa. Dans la précipitation, retenant son souffle, il se retourna pour s'assurer qu'il n'avait pas rêvé… et l'homme avait fait de même. Ils se regardèrent, comprenant tous les deux qui était l'autre.

Le sang de Boiteux ne fit qu'un tour. Sans ménagement, il tira la manche de Bègue et partit en courant, laissant Ratigan seul dans l'allée, quelques mètres derrière eux.

— Vite ! Suis-moi ! cria le garçon tout en maintenant sa casquette.

— Qu'est-ce…

La tête brûlée n'eut pas le temps de s'étonner. En se retournant, il vit l'homme bondir dans leur direction, les veines du visage tendues. Il ne savait pas qui il était ni ce qu'il leur voulait, mais le garçon ne chercha pas à en apprendre davantage. Il suivit les conseils de son ami et prit ses jambes à son cou. Ils coururent à en perdre haleine sur les passerelles métalliques, slalomant entre les visiteurs, se retournèrent plusieurs fois pour jauger la détermination du personnage. Celui-ci ne les lâchait pas, raccourcissant même progressivement la distance qui les séparait. Ils cavalèrent à toute allure, dépassant le carrefour central peuplé, rejoignant la sortie extérieure opposée, bifurquant sur la droite jusqu'à trouver refuge dans un bazar égyptien installé spécifiquement pour l'Exposition. Là, sans demander une quelconque autorisation et profitant d'une seconde d'inattention du vendeur, ils sautèrent dans de grands paniers en osier et se dissimulèrent aux yeux de leur poursuivant.

— C'est qui-qui ? questionna Bègue à travers les brindilles.

— Edgar, répondit Boiteux en reprenant son souffle.

— Qui ça ? chuchota l'autre.

— Tu te souviens du cambriolage chez de Lerbier et du voleur qu'on avait surpris ? Renard nous avait dit qu'il s'était fait arrêter par la police après qu'on l'a enfermé.

— Pas-pas étonnant qu'il nous en veuille.

— Il m'a reconnu. Il a dû te confondre avec Morve. Laissons-le passer tranquillement, le temps que j'reprenne mon…

Des serpents. Boiteux avait sauté dans un panier d'osier plein de serpents.

— AAAAAAAAH ! hurla le garçon en chutant sur le bas-côté.

Les reptiles tentaient de se frayer un chemin le long de ses jambes et il avait perdu le contrôle de ses nerfs. Il se carapata en dehors du pot, hystérique, glacé par la peur, laissant les créatures au sang-froid zigzaguer à l'extérieur. Lorsqu'il se releva, faisant face au vendeur surpris et mécontent, il aperçut le cambrioleur dans son champ de vision. Alerté par le cri du garçon, il se dirigeait vers eux, se faufilant à travers la foule.

— Bègue ?

— Qu-quoi ? demanda le panier en osier vide de serpents à ses côtés.

— Cours !

La course reprit de plus belle, dans l'exact sens opposé à la poursuite qui venait de se jouer dans les couloirs de la galerie des Machines. Les deux garçons étaient fatigués, mais, gêné par les nombreux visiteurs, le cambrioleur revanchard avait des difficultés à les rattraper. La jambe de Boiteux le faisait souffrir. Il dut serrer les dents pour maintenir un rythme acceptable. Heureusement, sa petite taille lui permettait plus facilement de se faufiler entre les touristes. En atteignant la bâche, les garçons passèrent outre les barrières et se glissèrent dessous. Rapidement, ils furent rejoints par le cambrioleur qui essaya de franchir le périmètre interdit.

— Au secours ! Un criminel poursuit des enfants ! cria un homme au loin.

Edgar se retourna en direction de Ratigan pour voir arriver au pas de course un agent chargé de veiller à la sécurité des lieux.

— Monsieur ! tonna le garde d'astreinte. Vous n'avez rien à faire de ce côté-là. L'endroit n'est pas ouvert au public !

Edgar hésita quelques instants, puis rebroussa chemin en se mettant à courir pour fuir à son tour le vigile.

De l'autre côté, malgré l'essoufflement dû à leur course folle, la surprise était de taille pour les deux orphelins. Face à eux, au centre d'une scène circulaire légèrement surélevée, se trouvait… rien. Rien du tout. Pas de « grande machinerie à tapis roulant » ni de caisses en bois. Le sol était rayé à quelques endroits, sali par les traces de passage d'objets encombrants et lourds, mais rien de ce qu'avait pu leur décrire le cocher n'était là. La surprise était déplaisante. Boiteux remarqua qu'une table ronde se trouvait au centre de la scène, avec un renfoncement vide à l'intérieur. Bègue jaugea la commande de leviers placée au fond de l'estrade. Elle permettait de remonter la bâche et/ou d'abaisser un rail métallique sur lequel était accrochée une série de lampes électriques. Peut-être de quoi fomenter un incendie et faire évacuer les notables en cas de problème la nuit suivante. C'était toutefois bien maigre et sûrement pas ce à quoi les deux garçons s'attendaient. La déception était de mise quand ils sortirent de la scène pour rejoindre le garde.

— Il est parti ? demanda Boiteux, un peu peureux.

— À mon avis, il ne va pas revenir de sitôt. Alors ? Qu'avez-vous trouvé ?

— R-rien, répondit Bègue, dépité.

— Rien du tout ?

— Je comprends pas. Monsieur Pierrefite ne nous a pas menti. Il semblait sincère quand il nous a raconté c'qu'il avait vu. Alors pourquoi les worclocks auraient-ils tout retiré ?

— Ils auraient fait machine arrière ? Ça paraît peu probable.

— Si on considère qu'la soirée de demain fait partie d'leur plan, comment doit-on interpréter ça ?

— Tout-tout a été démonté. Ils ont re-retiré tout ce qu'ils avaient mis.

Bègue se prenait au jeu, cherchant comme Ratigan et Boiteux la solution à l'énigme que les automates venaient de leur soumettre.

— Les caisses en bois dont il nous a parlé doivent sûrement contenir des menticorps comme chez Georges. Alors, pourquoi les retirer avant ? Et il y a un renfoncement dans la table au centre d'la scène qui pourrait parfaitement accueillir un Cadran d'la taille d'un homme. Les dimensions concordent avec la description qu'nous en a fait la sorcière.

Ce n'est qu'une fois arrivé dans le fiacre qu'ils avaient loué que Boiteux percuta.

— Ils ont prévu une attaque dans le passé ! Si demain soir, à la réception, ils remontent le temps avec le Cadran et qu'ils reviennent une semaine plus tôt, la grande machinerie dont nous a parlé le cocher et les caisses réapparaîtront à leurs côtés, à l'endroit où ils se trouvaient alors ! Et s'ils amènent avec eux la plupart des notables, tous seront surpris et à leur merci !

— Ça fait sens, confirma Ratigan. Ils ont dû faire exprès d'y rester plusieurs heures pour garantir une fenêtre temporelle suffisamment longue pour être sûrs de revenir à un moment où ils étaient tous là.

— Et-et en retirant tout, ils s'assurent que pe-personne ne découvre rien avant de-demain soir !

— Oh ! Mais ça veut dire que… s'ils reviennent une semaine plus tôt dans l'temps, tous les worclocks qui ont été détruits seront aussi d'retour !

46

Agenda

— Certains des nôtres ne sont plus. Détruits par des événements aléatoires ou supprimés par l'ennemi. Mais bientôt nous les retrouverons et nous accueillerons d'autres frères. Ne vous inquiétez pas. Tous seront de retour demain soir.

ZÉRO parlait et, non plus en deux rangées, mais alignés face à lui, se tenaient les six worclocks restants. Ils attendaient, sereins mais prêts à agir au moindre ordre donné par leur supérieur.

— Je tiens à tous vous féliciter – à l'exception de DOUZE qui l'a appris à ses dépens – pour votre rapidité d'exécution. Le Cadran a été recréé en un temps record en utilisant l'ébauche de ce misérable inventeur. Je vous remercie aussi pour l'éther que vous avez pu m'apporter. Il y a quelques jours, grâce à vous, j'ai finalement pu acquérir suffisamment d'énergie et d'esprit pour finaliser les plans du Transformateur. D'ici demain soir, des dizaines de moroses, parmi les plus influents de leurs pairs, nous rejoindront. Là où des humains n'auraient pas réussi ni même imaginé pareille entreprise, nous avons travaillé inlassablement à notre tâche. D'ailleurs, où en sommes-nous des tests, DEUX ?

La gigantesque créature fit un pas en avant et brandit un homme gesticulant pour seule réponse. Affolé, l'aristocrate implorait la mansuétude inexistante de l'automate aux gestes saccadés. Devant son refus de se taire et de se calmer, le golem de métal assomma la victime du plat de sa lourde main. Il déposa ensuite le corps inerte sur le tapis roulant du Transformateur, que le worclock mit en marche en abaissant un interrupteur. L'homme transita à travers différentes roues dentelées alors que la machine laissait échapper de puissants jets vaporeux toxiques. La peau élastique fut arrachée, le cerveau gluant extirpé de la boîte crânienne, le cou fut remplacé par un pas de vis, les os par des tuyaux cuivrés, les articulations par un assortiment de pistons et de poulies. Quand il ressortit de l'imposant appareil fumant et alors que le tapis le déposa au pied du supérieur des automates, l'homme n'en était plus un.

— Très encourageant. Ce n'est vraiment plus qu'une question de calibrage, complimenta ZÉRO.

La créature étira un sourire effrayant et se déporta sur la passerelle, face aux hublots de la salle des opérations.

— Ça y est, nous y sommes ! Le dispositif est fin prêt. Notre avènement est proche. Mes frères, demain soir, les forces vives de la capitale seront des nôtres ou seront mortes. Nous contrôlerons Paris et ses deux millions d'habitants !

47

Le calme avant la tempête

Boiteux ne parvenait pas à trouver le sommeil. Il tournait sur lui-même, froissant sa couverture. Il se releva, s'assit et regarda les autres, à l'intérieur de la péniche, dormir à poings fermés. Ne voulant pas les réveiller et ne supportant pas de rester immobile, il se leva discrètement et gravit les quelques marches pour sortir prendre l'air. Une fois dehors, il se frotta les yeux et s'étira. Il faisait encore nuit et la lune était pleine.

Cherchant à grimper sur le dessus du bateau pour observer les multiples lampadaires illuminés de la capitale, le garçon s'aperçut que quelqu'un d'autre se trouvait déjà là. Morve. Posé à l'exact endroit où il pensait s'asseoir.

— Tu dors pas ?

— J'y arrive pas. Depuis… Moignon, je n'arrête pas de faire des cauchemars. Tout est devenu si… dingue. Et toi ?

— J'suis trop stressé.

— Hum. Tu dis ça, mais je suis sûr que ce n'est pas l'exacte vérité, renifla-t-il.

— Qu'est-ce qu'tu veux dire ?

— Tu n'es pas trop stressé. Tu es trop excité, analysa le garçon à lunettes. Tu veux en découdre comme tout le monde. Tu veux savoir où l'on va, ce qui va arriver. C'est compréhensible. On est tous plus ou moins dans cet état-là.

— C'est vrai, t'as raison. J'suis incapable de dormir dans un état pareil.

Boiteux prit place à côté de Morve. Les deux garçons s'allongèrent sur la surface dure et froide de l'embarcation, mais n'en avaient cure. Ils fixaient l'astre lumineux.

— J'tournais en rond.

— Moi aussi. Je ne savais pas quoi faire. J'attendais. Je n'aime pas attendre.

— Ces derniers jours ont été si…

— Éprouvants.

— Oui. C'est tellement étrange comme sensation. Attendre. Attendre la confrontation. On n'a aucune piste pour retrouver leur repaire, rien d'autre à faire qu'ça. J'ai peur et j'suis excité en même temps. T'as pensé au fait que…

Boiteux s'interrompit, réfléchissant à ce qu'il allait dire – comment il allait le dire plus exactement…

— T'as pensé au fait que s'ils activent leur Cadran et qu'ils reviennent une semaine avant pour massacrer tous les bourgeois de la ville, eh bien… Moignon sera d'retour. Quelque part dans notre repaire. Vivant.

— Je sais.

— Est-ce qu'on devrait pas les laisser faire ? Si on les arrête avant qu'ils mettent leur plan à exécution, Moignon sera bel et bien mort…

— Moignon est mort !

— J'veux dire…

— Je sais ce que tu veux dire, se lamenta Morve. Je ne crois pas qu'il faille trop y réfléchir. Il n'y a pas de solutions à ce problème. On… on ne peut pas se permettre de les laisser devenir plus forts et plus puissants encore. Ils le sont déjà beaucoup trop. Et s'ils remontent le temps sans nous, jamais on ne saura ce qui s'est passé. Et tout sera fini avant même d'avoir commencé.

— Mais…

Boiteux se remémora le discours rageur de Bègue qui avait abouti à la destruction de la montre. Cet objet de malheur. Il repensait aussi aux gardes qu'il avait essayé de sauver à l'usine, pour finalement risquer sa vie… pour rien.

— Moignon l'a choisi. Il a choisi de mourir pour me permettre de vivre. Dis-toi que j'comprends mieux que n'importe qui l'horreur de la situation. C'est un peu de ma faute tout ça…

Les poings de Morve étaient serrés, blanchis par la tension. Le garçon à lunettes était plus que jamais concerné par les événements et par ce choix cornélien. Lui qui avait toujours tourné le dos aux obligations, râlant sans cesse, se retrouvait au milieu de l'orage. Ils n'étaient plus guidés par un chef ni suffisamment nombreux. Chacun d'entre eux devait réfléchir par soi-même et prendre ses propres décisions. Ils ne pouvaient plus simplement se laisser porter par les autres, ils devaient agir. Ils n'en avaient pas parlé, mais tous devaient avoir considéré cette idée. Et tous avaient choisi de penser à autre chose. Dans les prochaines vingt-quatre heures, ils auraient sûrement la possibilité de ramener Moignon à la vie, et d'une certaine manière, ne rien faire, c'était presque comme le tuer une seconde fois. Ils devaient soit définitivement l'enterrer et peut-être réussir à faire échouer le plan des worclocks, soit courir le risque d'aller récupérer leur ami et vraisemblablement perdre tout le reste. Leurs épaules étaient lourdes, leur respiration étouffée. Il n'y avait rien à faire, si ce n'est d'accepter les événements. Comment auraient-ils pu dormir avec de telles pensées ?

Après qu'ils eurent échangé leur opinion et leurs doutes, le soleil se leva, ainsi que le reste des occupants de la péniche.

48
Prélude au chaos

La sorcière était assise dans un fauteuil, consciente, mais ne bougeant presque plus. Le son pourtant ténu de la minuterie de son cœur résonnait dans la cabine. La vieille femme était épuisée et cernée, mais s'accrochait malgré tout, défiant l'implacable logique du temps, en continuant à vivre. Quand tous les orphelins et les gardes furent réunis et que Georges fut sorti de son atelier situé à fond de cale, le visage fatigué et couvert d'huile, ils commencèrent la réunion.

L'inventeur avait travaillé toute la nuit pour confectionner des grenades supplémentaires et en avait enfin terminé avec cette tâche abrutissante. Il retira son masque de protection graisseux, posa une grosse poignée de balles brumeuses sur la table et s'assit lourdement. Il était éreinté.

— Avec Bègue et m'sieur Ratigan, nous sommes partis en repérage. En cas d'problème, on sait comment s'y prendre pour qu'tout l'monde fuie les lieux, expliqua Boiteux.

— D'accord. Mais comment fait-on pour y entrer ?

— C'est le souci. On a un seul carton d'invitation. Celui qu'j'ai subtilisé au cocher hier, dit Boiteux.

— Il n'y a donc qu'une seule personne qui pourra rentrer à la réception ?

— Dans un premier temps… oui.

— J'irai, s'avança Némo.

— Ce serait mieux qu'ce soit Ratigan, il était avec nous, contredit Boiteux.

— Tu as vu les fameux leviers dont ils parlaient ? demanda Némo en s'adressant au garde.

— N-non. Seuls les deux garçons ont pu se faufiler sous la bâche, je n'en sais pas…

— Bien. Donc, que ce soit Ratigan ou moi, il n'y a aucune différence. Je vais le faire.

— Bon. Pourquoi pas, convint le garçon. Nous attendrons à l'extérieur dans des fiacres loués pour l'occasion. Dès que les premières personnes seront sorties après que vous avez déclenché l'incendie, nous rentrerons pour en finir définitivement avec eux. S'il y a un quelconque problème durant la réception, nous ferons diversion à l'extérieur pour vous aider.

Boiteux se sentait différent. La sensation était étrange, le sentiment plaisant. On lui laissait la direction des opérations, il expliquait le plan qu'il avait imaginé. Allumette le regardait, l'écoutait avec attention. Il était celui qui donnait les directives. Paradoxalement, il était gêné de se sentir à l'aise, d'être valorisé par le rôle qu'il était en train de jouer. Il prenait la place de Moignon et culpabilisait d'être content en pareille circonstance.

— En attendant, on peut rien faire de plus. On doit s'préparer, être armés et s'tenir prêts à agir. On ne peut compter que sur nous. Personne ne nous croira, nous les gamins des rues, vous l'inventeur illuminé, vous la sorcière, vous les gardes de la magie… On sait pas si Pleurs sera avec eux quand ils agiront, il faut donc qu'on fasse profil bas durant la réception et qu'on attende le plus longtemps possible pour voir si on peut la trouver. Ensuite, tout se passera sûrement très vite. Si nous nous coordonnons, on pourra faire échouer leurs plans.

— Et pour Moignon ? questionna Allumette.

Le silence retomba. Personne ne voulait aborder le sujet.

— Il n'y a rien à faire, répondit d'un ton sec et déterminé le chef de la Garde.

— Et vos hommes, les gardes, ceux qui sont morts ? En vous servant du Cadran, vous pourriez tous les ramener ! s'écria l'adolescente.

— Je ne dis pas que c'est facile à accepter… Ça ne l'est pas, mais c'est un problème insoluble.

— Mais on pourrait essayer.

— Et si l'on rate ?

— Et si l'on réussit ?

— Pour chacun des nôtres qui reviendront, des worclocks reviendront eux aussi.

— Peut-être qu'on parviendra à faire mieux !

— En es-tu sûre ? Parfois, il faut accepter les faits tels qu'ils sont plutôt que d'espérer quelque chose qui n'arrivera jamais ! tonna Némo.

— Défaitiste ! Pas étonnant qu'des hommes meurent sous vos ordres ! Je vous préviens tous, tonna Allumette. Si j'ai la moindre occasion d'essayer, j'le ferai sans hésiter.

Tous étaient choqués par la virulence de la jeune fille. Celle-ci sortit du bateau pour prendre l'air. Elle claqua la porte. Elle était enragée et n'en démordait pas. Qu'allait-il se passer le moment venu ? Comment tout cela allait-il finir ?

— Et qu'est-ce que je fais, moi ? Avec qui je pars ? demanda Georges, coupant la conversation.

— Vous devriez rester ici. Il faut quelqu'un pour veiller sur Sibylline, dit Némo.

— Mais vous, vous n'avez qu'à rester ! Je veux participer, je dois participer ! C'est-c'est de ma faute tout ça !

Il regardait le sol, penaud, frustré.

— Georges, ce-c'est pa-pas vrai, le consola Bègue.

— Je suis désolée d'être un poids pour vous. Mais je vais venir. Je le dois, s'excusa la sorcière.

— Vous devez être protégée. On ne sait pas s'ils ne vont pas nous attaquer ici pendant que nous serons là-bas !

Némo avait haussé le ton, mais l'inventeur ne voulait rien comprendre.

— Je dois y être. J'ai commencé, je dois terminer ! gronda Georges.

Les remous de la Seine faisaient tanguer l'embarcation plus qu'à l'accoutumée.

— Qui sait faire fonctionner cette péniche hormis vous ? Personne. S'il y a un danger, vous seul pourrez la déplacer.

— Non ! Vous savez très bien que seul, de toute façon, je ne pourrai rien faire !

— Vous… vous avez raison.

Némo ne cherchait plus à argumenter. Il semblait avoir capitulé et ne voulait surtout pas réitérer la conversation houleuse débutée avec Allumette. Georges se détendit, regardant le chef de la Garde baisser les bras.

— Boiteux ?

Le garçon se retourna vers le vieil homme. Celui-ci lui tendit la grosse montre à gousset que Bègue avait détruite. Bien que légèrement différente dans son apparence et les matériaux utilisés, l'inventeur l'avait réparée.

— Tiens, je te la confie. Il n'y a pas de morceau d'éther à l'intérieur. Ce n'est qu'une simple montre à gousset, mais j'espère qu'elle te portera chance.

— Merci. Merci beaucoup, Georges.

Le propriétaire de la péniche prépara ses affaires et tendit des grenades-brume pour chacun d'entre eux. Alors qu'il s'apprêtait à partir, Némo surgit dans son dos et lui asséna un coup sec derrière la tête, le faisant tomber au sol, inconscient. Les orphelins le regardèrent.

— Pour son propre bien, conclut, intransigeant, le chef de la Garde.

49

La course contre la montre

Le soleil déclinant avait été masqué par d'épais nuages sombres quand les deux carrosses de louage arrivèrent non loin de l'entrée de la galerie des Machines. Dans un des deux véhicules se trouvaient Boiteux, Allumette, Ratigan et Joris. Dans l'autre, c'était Morve, Bègue, Gédéon et Némo. Il était 18 h 30 et le carton indiquait 19 h 30. Cette dernière heure serait interminable. Ils étaient tous impatients de se confronter à l'ennemi : d'en découdre pour certains, d'en finir pour d'autres.

Le garçon à casquette tentait de maîtriser les battements de son cœur. Il restait stoïque, regardant la tour Eiffel par la fenêtre de la carriole. Allumette, quant à elle, bouillonnait intérieurement. Elle avait été frustrée par la descente dans les égouts du jour précédent, de n'avoir rien trouvé et de n'avoir finalement servi à rien. Elle était déçue de l'hypocrisie du groupe lorsqu'elle avait évoqué Moignon. L'adolescente ne tenait plus en place. Face à elle, Joris tentait de la jauger.

— Nous devions laisser Georges là-bas. Hier, dans les souterrains, il était étrange, désordonné. Il n'arrêtait pas de parler.

— Il avait peur.

— Il se sentait responsable. D'une certaine manière, il est celui qui a déclenché ces événements. Et dans pareilles circonstances, ce genre de responsabilités trop lourdes à porter peut rendre les gens trop directs, trop…

— Je suis pas suicidaire, lui répondit-elle du tac au tac.

Elle avait parfaitement compris où il voulait en venir. Sa crise au sujet du chef de la bande. Son envie de remonter le temps pour le ramener à la vie. Piquée au vif, elle surenchérit.

— Ça n'existe pas les gardes féminines ? Vous n'embauchez que des hommes ? Vous avez peur d'être dépassés ?

Ratigan sourit, séduit par le caractère de la jeune fille.

— Je pense que vous avez tout à fait raison et que Joris est un goujat de rabaisser votre avis de la sorte.

— Je suis désolé, concéda l'autre garde, je suis simplement fatigué. L'oiseau mécanique de l'inventeur m'a empêché de dormir, à sonner toutes les heures.

— On s'y habitue vite, sourit Boiteux. Et puis vous devriez l'entendre crier à midi, c'est pire que tout.

Le garçon jouait machinalement avec la broche dans sa poche. Il pestait intérieurement d'être si proche de la jeune fille et de ne pas encore être parvenu à trouver le moment adéquat pour lui offrir l'objet. Il enrageait contre lui-même et commençait à désespérer de ne jamais pouvoir faire sa demande.

— Ça n'explique toujours pas pourquoi il n'y a aucun garde féminin dans votre groupe.

— Vous avez raison. C'est une vieille tradition basée sur le fait que les sorcières d'Hécate sont uniquement des femmes, des magiciennes qui se transmettent leur don par les liens du sang. La Garde de l'éther a été instituée pour servir de protecteurs et l'habitude a voulu que tous soient des hommes.

— J'avais donc raison. Peur des femmes.

— Vous avez sûrement raison. De toute façon, je ne saurais contredire une femme comme vous et j'ajouterais, si vous me le permettez, que vous...

— Dites, vous n'seriez pas en train d'me faire la cour, là, par hasard ?

— C'est-à-dire que... euh...

— J'ai quatorze ans !

— Oh ! Oh ! Oh mon Dieu !

Ratigan était confus et catastrophé. Il ne savait plus où se mettre ni quoi arguer.

— Vous êtes si grande que je pensais que vous étiez…

— Rhaaa ! Laissez tomber, le coupa-t-elle, déjà vexée par ce qui allait suivre.

Trop grande pour son âge. Oui, elle le savait. Elle grogna intérieurement.

Au lieu de se perdre en excuses et risquer d'envenimer la situation, le garde passa en revue les poches de son uniforme.

— Vous avez tous les deux vos deux grenades-brume ?

— Bien sûr, lâcha-t-elle, énervée.

— Boiteux ?

Le garçon ne répondait pas, le regard fixé vers l'extérieur.

— Boiteux, as-tu tes grenades ?

Il se retourna soudainement, habité par une force et une énergie surprenantes, comme possédé.

— J'ai compris ! J'ai compris !

Il était fou, galvanisé. Il passa en force entre Joris, Ratigan et Allumette afin de sortir. Il ouvrit en grand la porte et hurla à Némo qui se tenait près de l'attelage du second véhicule.

— NÉMO ! JE SAIS OÙ ILS SONT ! J'AI COMPRIS ! VENEZ ! On doit aller de toute urgence à la péniche !

Le chef de la Garde, bien que surpris, réagit promptement. Il se retourna vers Gédéon, le garde accompagnant Morve et Bègue, et courut en direction du fiacre de Boiteux.

— ALLEZ !

— Ne bougez pas. On revient tout de suite ! avait-il eu juste le temps de crier avant de s'accrocher au bastingage de la voiture, direction *L'Hirondelle*.

L'adrénaline bouillonnait dans le corps du plus petit des garçons. Il devait être sûr, confirmer son idée. C'était tellement improbable… que c'était fort possible !

Boiteux faillit tomber en parcourant les quelques derniers mètres le séparant de la péniche, il claudiquait le long de la berge, courant du mieux qu'il le pouvait sur le sol pavé mouillé, manquant de trébucher à chaque foulée. Le temps que Joris, Ratigan et Némo sortent de la calèche, Allumette était arrivée à son niveau.

— Qu'est-ce qu'il te faut ?

— La longue-vue, dit-il essoufflé.

La rouquine cavala. Boiteux était sûr de lui, en proie à une adrénaline comme il n'en avait jamais ressenti, porteur de la solution d'une énigme désespérante. Elle entra en furie, cherchant Georges et criant pour se faire entendre de n'importe qui sur le bateau :

— Georges ! La longue-vue ! Il m'faut la longue-vue !

L'inventeur se massait la tête et fronça les sourcils quand il la vit arriver. Il était assis aux côtés de la sorcière allongée, endormie. Le tic-tac de son cœur devenait plus difficile à discerner. Le vieil homme était en colère.

— Qu'est-ce qu'il y a ? On a besoin de moi maintenant ?

— On n'a pas l'temps, implora-t-elle. La longue-vue, s'il vous plaît.

La curiosité de l'inventeur était piquée, il se leva doucement et se dirigea vers un tiroir. Allumette lui emboîta le pas jusqu'à le coller. Le vieil homme lui tendit l'objet en la regardant dans les yeux.

— Vous avez prévu de me refrapper dès que je vous l'aurai remise ou c'était juste pour marquer le coup ?

— Je suis désolée. Je-je… Il m'faut la longue-vue, tout de suite, Georges.

Allumette ressortit, alors que les gardes et le garçon arrivaient tout juste sur le ponton. Boiteux déplia l'engin et le pointa en direction de la tour Eiffel. Ils étaient tous suspendus à ses lèvres.

— Oh… C'est ce que je craignais !

Il décolla l'œil de l'objectif et les regarda. Tremblant, il tendit la lunette à Némo. Il avait le souffle court, légèrement coupé, et parlait très rapidement.

— Ils s'cachent ! annonça-t-il. Ils utilisent la même technologie qu'celle de Georges avec ses grenades-brume, sauf qu'ils en utilisent beaucoup, beaucoup plus !

— Qu'est-ce que tu veux dire ?

Le chef de la Garde regarda en direction de la tour et resta coi.

— Les gros nuages là-haut, au-dessus de la tour Eiffel. Ceux qui sont gris et qu'on voit depuis plusieurs jours : ils bougent pas. Pas du tout ! Et même quand il fait beau, comme lors des derniers jours, quand on va là-bas, à côté de la galerie des Machines et de la tour, le ciel est toujours couvert !

— Tu veux dire que…

— C'est là-haut que s'trouve leur base ! Dans les nuages !

Némo scrutait les cumulonimbus et voyait une très légère brillance, quelques fins reflets bleutés dans le ciel saturé, signes d'une concentration masquée d'éther. Comment avaient-ils pu manquer une telle anomalie ?

— Quand nous avons utilisé la longue-vue pour trouver le pont jusqu'à la tour, nous n'avons jamais regardé au-dessus de nos têtes. Ça servait à rien. Nous n'avions aucune raison de lever nos têtes à la verticale. Nous pouvions pas savoir. Pendant tout c'temps, ils étaient là, sous nos yeux. Tellement en évidence qu'on les voyait pas. Il faut qu'on se rende à leur quartier général pendant qu'ils sont à la réception. Ce sera peut-être le seul moment où l'on pourra le faire. On pourrait complètement retourner la situation et c'est sûrement là-bas que se trouve Pleurs. Vous imaginez : il est possible qu'on puisse stopper tout ça avant même que ça ne commence !

— Il faut faire très vite !

— Mais… Morve, Bègue et Gédéon ? demanda l'adolescente.

— Ils sont seuls. C'est trop tard pour y retourner.

— Je…

— Allumette, tu veux t'les faire et récupérer Pleurs ? Viens avec moi !

L'adolescente plongea son regard dans celui du garçon, déterminée.

— Oui. Allons-y.

— Cette fois-ci, j'vous suis !

Tous se retournèrent. C'était Georges qui venait de parler. Il était décidé à se battre pour faire valoir sa bonne volonté et s'était bardé de tout un attirail, prêt à faire la guerre. Boiteux le fixa et lui sourit.

— Oh oui, vous v'nez avec nous, m'sieur Hubris. Vous v'nez avec nous, vous et toutes vos inventions.

50

L'EXPÉRIENCE LA PLUS MAGIQUE DE TOUTE VOTRE VIE !

— Qu'est-ce que tu-tu fais ?

— On ne peut plus les attendre. Prépare-toi. Vous, là, donnez-nous vos habits.

Morve s'adressait à Gédéon – le garde qui avait été notablement blessé et dont le bras était en écharpe. Le garçon le prenait au dépourvu. Ce n'était pas ce qui était prévu et il ne savait que dire. L'homme était le plus jeune et le plus introverti des gardes. Tellement introverti qu'il ne parlait jamais et qu'on en oubliait parfois sa présence. C'était un véritable rat de bibliothèque et, en poste à la péniche, il avait lu avec avidité les notes de Georges Hubris. Il avait soif de connaissance, était un gros lecteur, mais pas un fin bagarreur. Aussi se trouvait-il mal à l'aise face à la demande du garçon. Il se demanda ce que Némo aurait dit en pareille occasion et, bombant le torse, répondit par la négative.

— Non. Ils ne vont pas tarder à revenir.

— Oui, et la totalité des worclocks aussi. Dans quelques minutes, quand tous les convives seront arrivés, ils utiliseront leur Cadran. On a donc plus de temps à perdre. On doit y aller !

Morve faisait toujours preuve d'une solide repartie, mais aussi, et c'était plus récent, d'une véritable implication. Au lieu de se laisser porter, les événements l'obligeaient à prendre des décisions.

— Vous avez raison, jeune homme. Alors, je suppose que je vais y aller.

— Vous supposez ? Avec votre bras dans le plâtre et vos coupures sur le visage ? Ils auront tôt fait de vous repérer. Celui qui vous a fait ça vous remarquera encore plus rapidement. Non. Vous savez quoi ? Bègue, tu vas me porter sur ton dos. On met le costume de monsieur, on s'déguise façon « représentation ». Je prends le carton et ma grosse voix, et on y va. Tu m'as dit que tu avais vu de quoi dissiper la foule si besoin est ? Eh bien, on va le faire !

— Ça-ça marche !

Bègue était particulièrement motivé pour la bagarre contre les automates. Il n'attendait plus que ça.

— Ça ne va pas marcher ! contredit immédiatement Gédéon. Ils vont tout de suite remarquer que vous n'êtes pas un homme !

— Vous voulez dire que ceux qui ne sont même pas capables de remarquer qu'un automate n'est pas un homme remarqueraient que nous ne faisons pas notre âge ? Voyons ! Moi je pense que ça vaut le coup de tenter.

— Mais… c'est de la folie !

— Oh oui ! Mais a priori nos options se résument à poireauter ici et laisser la fin du monde avoir lieu sans rien tenter ou être fou et essayer de sauver ce qui peut encore l'être ! Remettez votre uniforme de la Garde et attendez les vôtres. Dès qu'ils reviennent, expliquez-leur ce qui se passe et envoyez-nous de l'aide.

En moins de deux minutes, les deux garçons avaient enfilé la longue gabardine les dissimulant. Morve portait un chapeau rond, sa paire de lunettes ainsi que de fausses moustaches improvisées avec de la graisse récupérée dans le creux des roues du fiacre. Bègue le maintenait consciencieusement sur ses épaules et ils avancèrent timidement. Au début par à-coups, puis avec de plus en plus d'assurance.

— On-on va y arriver, hein ?

— Je ne suis pas plus rassuré que toi, Bègue, mais soit on réussit, soit tout monde meurt.

— Eff-effectivement.

— Que le spectacle commence, marmonna Morve tout en inspirant du nez.

Les garçons s'approchèrent de l'entrée où des gentlemen filtraient la venue des nouveaux arrivants, contrôlant les cartons d'invitation de chacun. De la lumière et une ambiance festive se dégageaient de la réception alors que la nuit était tombée à l'extérieur. Se raclant la gorge, le garçon modifia sa voix en conséquence et tendit son papier cartonné.

— Bonsoir, messieurs. Antoine Pierrefite. Belle soirée, non ?

Les deux hommes – qui étaient bien des hommes et pas des automates –, chargés du contrôle des entrées mais inconscients de la mascarade à laquelle ils participaient, ne répondirent pas. Ils sourirent et se contentèrent de s'effacer face au carton en règle. Le faux cocher entra dans la grande salle, puis, guidé par les pas de Bègue, dépassa les différentes inventions et se dirigea vers celle des worclocks, seul endroit où les gens attendaient, regroupés en masse.

51

Parmi les sombres nuages

— Ah, je suis désolé, messieurs, il n'y a plus de montées pour aujourd'hui. Nous attendons la descente des derniers visiteurs pour fermer.

— Mais nous devons…

— Vous m'en voyez fort marri, mais revenez demain. La vue est superbe en plein jour.

Il faisait effectivement nuit, mais pas exactement noir, non plus. Dix mille becs de gaz illuminaient l'Exposition, dont les portes restaient ouvertes jusqu'à vingt-trois heures. Au sommet de la tour, deux gigantesques projecteurs à arc mettaient successivement en valeur les bâtiments environnants – le phare bleu, blanc, rouge était le plus puissant du monde – et les lumières des fontaines lumineuses proches rendaient les lieux magiques. Paris n'était pas la Ville Lumière pour rien.

— Mais c'est ce soir que nous…

— La tour de fer restera encore quelques années ici, lui répondit l'homme qui, décidément, adorait le couper avant qu'il ne finisse ses phrases. Vous aurez tout le temps d'admirer Paris vu des hauteurs. Veuillez vous reculer, s'il vous plaît.

Ils étaient quatre face aux deux hommes méprisants et hautains chargés de la sécurité. Les deux vigiles fermaient la montée des escaliers au bas du pilier ouest de la tour. Némo et Joris avaient bifurqué pour aider Gédéon et les deux garçons. Ne restaient qu'Allumette, Boiteux, Georges et Ratigan.

— À mon tour d'être désolé, s'excusa Boiteux, la casquette baissée.

— Désolé ? Mais désolé de…

Avant même d'avoir fini sa phrase, le garçon courut, se faufilant entre les jambes de l'homme. Il montait déjà les marches quand le second tenta de l'attraper. Allumette lui emboîta le pas, se frayant un chemin en les contournant, poussant le premier au sol. Ratigan attrapa le second par le col et aida Georges à suivre les deux orphelins.

— Allez-y, ne vous retournez pas. Je les retiens autant de temps qu'il le faudra !

— C'est apprécié ! le remercia Georges.

— Prenez mon arme ! lui dit Ratigan, tendant son épée.

— Désolé, mon ami, je ne touche pas à ça. Je ne sais pas m'en servir. Mes seules armes sont mon cerveau et la science !

— Toujours le mot pour rire, monsieur.

Le garde se retourna et barra le passage vers l'escalier, ouvrant grand les bras, se préparant à recevoir quelques mauvais coups.

— Merci ! cria Boiteux quelques dizaines de marches au-dessus.

Le garçon avait le sourire aux lèvres et était galvanisé par sa mission. Tous les trois coururent aussi vite qu'ils le purent. Boiteux n'était pas particulièrement désavantagé dans cette montée rapide, les marches ne permettant pas véritablement à Allumette de cavaler. Georges suivait derrière, sa lourde trousse à la main. Dire que quelques jours auparavant, ils avaient visité les lieux en pleine journée, émerveillés par l'existence de la magie et la promesse de retrouver une miraculeuse sorcière. L'ambiance était tout autre maintenant, mais le garçon à lunettes se sentait pousser des ailes. Il faisait équipe avec Allumette et était déterminé. Au cours de la montée, il jetait quelques coups d'œil derrière lui et la voyait concentrée, focalisée sur leur destination.

— Rappelle-moi pourquoi on utilise pas les opinicus ? demanda-t-elle.

— Parce que *(il reprenait sa respiration)* si on fait appel à des créatures plus ou moins liées à l'éther, ils remarqueront notre arrivée. On sait pas c'qu'ils sont capables de détecter, s'ils peuvent les discerner ou non. Dans le doute… Par contre, je ne vois pas comment ils faisaient pour descendre de là-haut jusqu'à la tour.

— Peut-être qu'ils utilisaient leurs automates-rapaces ?

— Peut-être, je sais pas. On va bientôt pouvoir leur demander en tout cas, s'amusa-t-il.

La jeune fille resta silencieuse, perdue dans ses pensées, commençant à réaliser qu'ils allaient se retrouver face à de sérieux ennemis, des créatures sans morale, capables d'assassiner sans même sourciller. Boiteux remarqua son appréhension.

— Ne t'inquiète pas, j'te protégerai.

Oups. C'était sorti comme ça, sur l'instant. Il n'avait pu s'en empêcher. La phrase était un peu de trop, déplacée. Il se sentait déjà stupide. Mais au lieu de le regarder de travers, elle sourit. Un sourire de connivence. Un sourire simple mais si doux à ses yeux. Et en moins de temps qu'il ne fallait pour y réfléchir plus longuement, ils avaient gravi les deux étages intermédiaires et étaient arrivés. Ils avaient croisé de nombreux visiteurs, mais concentrés sur la tâche qui les attendait, ils ne les avaient même pas vus passer.

Ils ajustèrent les lunettes d'aviateur dont les verres avaient été polis par Georges avec des restes d'éther et levèrent la tête, observant les nuages sombres. Quelque chose de massif se dissimulait au regard des moroses dans cette brume noire artificielle. Ils scrutaient avec attention les rares éléments bleutés de la structure qui se dévoilaient peu à peu à leurs yeux. Il y avait de la magie là-haut. Peu, mais tout de même. De la magie, mais pas que. De la technologie aussi. Et son usage ne permettait pas de la discerner avec ces lunettes particulières.

Au centre du dernier étage s'élevait un campanile – fine structure, petite tourelle pointue – autour duquel montait un escalier en colimaçon offrant l'accès à l'énorme phare. Ils gravirent donc les marches aux yeux de tous. Ensuite, Georges s'accroupit en ouvrant sa grosse trousse de cuir bordeaux et en sortit le matériel demandé par Boiteux. Il prit la longue corde enroulée, la déposa au sol et arma un pistolet-grappin de sa conception. Le vieux monsieur pointa l'arme en direction des nuages noirs et tira. Le bruit du pétard fit sursauter les derniers touristes et la fumée filandreuse qui s'échappait du canon acheva de les inquiéter, mais le trio ne se cachait plus. Dès le premier coup, l'engin s'agrippa au vide – du moins au bord de la structure invisible à l'œil nu.

— Parfait, un peu de chance ne sera pas de refus ce soir. Prenez ça et accrochez-vous avec à la corde.

Il s'agissait d'un système de poulies à ressort que Georges avait réalisé quelques mois plus tôt dans l'espoir de pratiquer la spéléologie. Actionné, le mécanisme rembobinait de lui-même la corde à laquelle le porteur était accroché, l'emmenant du même coup avec lui. Boiteux s'harnacha le premier. Il avait le vertige, mais voulait prouver sa valeur. Il désirait tellement impressionner l'adolescente qu'il ne pensait plus au vide. Cette dernière suivait à son tour les indications données par l'inventeur et clipsa la molette à l'épaisse corde.

— Ça va mieux ton épaule ? demanda Boiteux.

L'adolescente hocha la tête, affirmative.

— On se retrouve en haut, sourit le vieil homme.

Le garçon appuya sur les deux déclencheurs qui s'enroulèrent en s'élevant dans les airs. La montée se fit en moins d'une minute. Une minute glacée, à observer Paris et ses lumières au crépuscule. C'était effrayant et c'était magique. Quelques centaines de mètres plus bas, un chef machiniste dans une cabine vitrée actionnait des manettes pour varier les couleurs de jets d'eau des fontaines lumineuses sur le Champ-de-Mars. Les jaillissements s'élevaient à une vingtaine de mètres de hauteur, mais, vus d'ici, aussi impressionnants et colorés soient-ils, ils paraissaient minuscules.

Boiteux et Allumette traversèrent les premières couches de brume jusqu'à se retrouver au niveau de la structure métallique.

Ils sursautèrent en tombant nez à nez avec les montures mécaniques des automates. Toutefois, les oiseaux étaient inertes – têtes pendantes, ailes recroquevillées – et reliés à d'imposantes batteries par des câbles dégoulinants d'huile. Par contre, des grincements d'articulations mécaniques en provenance du cœur de l'appareil se firent entendre : quelle qu'en soit l'origine, la discrétion était de mise.

Le dirigeable était constitué d'une épaisse coque métallique et parcouru de gigantesques hélices lui permettant de rester stable dans le ciel. Autour, des turbines de vapeur et des canons à brume libéraient des fumigènes pour masquer leur existence.

Ils décrochaient leurs mécanismes respectifs quand Georges surgit à son tour. L'homme se hissa sur le terre-plein sans difficulté, le sourire aux lèvres.

— La vie est pleine d'ironie : Paris ne m'a jamais semblé aussi beau qu'en cette sinistre nuit !

Georges ouvrit sa trousse et distribua des grenades aux deux adolescents ainsi que des lampes de poche fonctionnant par dynamo. Il fallait tourner une manivelle pour charger l'appareil en énergie et pour qu'il se mette à éclairer les alentours. Les cordes avaient été laissées, pendantes jusqu'en haut de la tour Eiffel afin de pouvoir s'enfuir rapidement si les événements l'exigeaient. Le pont du vaisseau était fait d'alliages que l'inventeur, émerveillé par le prodige technologique, ne parvenait pas à définir. Aidé de sa lampe, Boiteux pointa une ouverture menant dans les tréfonds du bâtiment.

Alors qu'ils avançaient prudemment dans les couloirs labyrinthiques, le vieil homme se figea. Il venait de remarquer une inscription sur l'amalgame de métaux qui constituait l'énorme structure volante. Une indication qu'il reconnaissait. Cette révélation fit sens. Tous les éléments composant l'étrange bâtiment en forme de très large bateau étaient issus de l'usine qui avait été détruite quelques jours plus tôt par les explosions des trois worclocks. C'était là-bas que cette superstructure avait été conçue et assemblée.

Boiteux et Allumette ne voulaient pas être surpris et étaient à l'affût du moindre son susceptible d'être émis par un automate. Bien que déterminés, ils n'en menaient pas large. À chaque embranchement, chaque nouvelle coursive, ils couraient le risque de tomber face à face avec l'ennemi. Le duo d'orphelins faisait attention où il marchait, prenant soin de ne pas se frotter aux murs froids et métalliques, de ne pas provoquer le moindre bruit pouvant trahir leur présence. Après quelques minutes de recherches, ils entendirent une plainte. Une sorte de sanglot à travers le couloir. Pleurs? Le murmure désespéré émanait d'une des nombreuses pièces adjacentes. Ils se pressèrent d'aller à sa rencontre non sans un minimum de vigilance.

Habile de ses mains, le garçon abaissa la poignée le plus doucement possible, silencieusement, sans que personne, pas même Georges et Allumette, ne puisse l'entendre. La lumière était éteinte à l'intérieur. En tâtonnant, en cherchant bien, l'adolescente actionna un interrupteur qui alimenta une série d'ampoules au plafond. Elles grésillèrent, puis chassèrent l'obscurité pour un temps. La fameuse machinerie dont avait parlé le cocher se trouvait là, démontée en plusieurs gros morceaux. Mais la description qu'en avait donné Antoine Pierrefite ne trompait pas, c'était bien l'appareil en question – énorme machine constituée d'un long tapis roulant et d'un passage parcouru de perceuses, de vis, de boulons et de câblages. Des plans de l'engin recouvraient un imposant bureau et Georges peinait à en comprendre le fonctionnement.

Pendant que l'inventeur était obnubilé par sa trouvaille, les deux orphelins restaient à l'affût du larmoiement. Depuis qu'ils étaient entrés, ils n'avaient plus…

— Bouhouhou.

Sous la table! Les pleurs venaient de retentir à nouveau. Sans bouger, parfaitement conscient de la provenance de la plainte, Boiteux s'accroupit, pointant sa lampe à dynamo vers l'individu en larmes. Agenouillée contre un mur, sous le grand bureau, se trouvait une créature squelettique ou plutôt… mécanique. Chaque membre, chaque os avait été remplacé par une tuyauterie fine et cuivrée, chaque organe par un rouage ou un mécanisme approprié – une valve pulsant par intermittence singeait un cœur dans le poitrail de fer. La curiosité de Georges avait été piquée. Il passa la tête sous le plan de travail et fut horrifié.

— Oh… Grand Dieu ! Jacques ?

La créature releva le visage, les lamelles de ses sourcils baissées, implorantes. Monsieur de Roc Lartigue n'était plus. Son corps avait été remplacé par celui d'un automate. Seul persistait encore son cerveau.

— G-Georges ?

La voix était plaintive, chuchotée, apeurée.

La créature se recroquevilla dans un coin, s'éloignant un peu plus dans les ombres du grand bureau.

— Ne-ne me regardez pas. Je-je… Laissez-moi !

— Mais Jacques !

L'inventeur était en train de comprendre. La peur le glaçait. Les implications de cette horrible invention étaient monstrueuses et dramatiques.

— La machine, celle que le cocher a vue à l'Exposition et qui est maintenant désassemblée ici, c'est… un appareil servant à usiner des êtres humains pour les transformer en automates ! Un générateur de worclocks !

Boiteux et Allumette regardèrent l'inventeur, horrifiés. Ce qu'ils avaient sous les yeux, la créature vivante, était… un prototype.

— Ça veut dire qu'les worclocks ne projettent pas de tuer des Parisiens influents… commença Boiteux.

— Mais qu'ils veulent les transformer en automates ! termina Allumette.

Tous les trois se regardèrent sans savoir quoi ajouter à l'effroyable constat.

— Je ne veux pas que vous me voyiez ainsi, s'apitoya celui qui avait été Jacques de Roc Lartigue. Je suis si… différent.

— Mais que s'est-il passé, mon ami ?

Agenouillé, Georges avait les larmes aux yeux. Il le reconnaissait à peine sous cette « traduction » métallique de ce qu'avait été son enveloppe charnelle.

— Grévoux, le contremaître de mon usine, a rencontré ces… ces créatures et a accepté leur demande : la construction d'un navire d'un genre très particulier. Un navire qui n'était pas destiné à naviguer, mais à voler…

Jacques s'arrêta, cherchant à respirer, alors que ça ne lui était plus d'aucune utilité, et continua. Les poches servant de poumons se gonflaient en de courtes saccades.

— Je les ai rencontrés quelque temps plus tard, après avoir pris connaissance des dernières commandes. Et lorsque j'ai compris, ils m'ont assommé. Je… je me suis réveillé ainsi.

Celui qui avait été Jacques de Roc Lartigue, puissant et richissime industriel, dévoilait son corps mécanique cuivré à celui qui avait été son confident en affaires et en amitié.

— Je ne suis plus. Georges, je ne pourrai plus jamais… Partez, s'il vous plaît. Je vous en supplie. Je ne veux pas que vous me regardiez une minute de plus. Je suis si… monstrueux !

L'inventeur était peiné et ne savait que dire pour ramener son ancien ami à la raison. Effectivement, il avait été transformé, il était autre. Jamais il ne pourrait retrouver sa vie d'avant. Mais peut-être que… peut-être que… Il ne savait pas quoi dire ni quoi faire. Il aurait voulu l'emmener avec lui, pour qu'il ne soit plus malheureux, mais était-ce la bonne solution ? Il ne pouvait rien pour son état, il ne pourrait pas le faire redevenir comme avant. Georges s'appesantit, observant son ami dans les moindres détails, tentant de le rassurer. Puis des cris résonnèrent à quelques pièces de là. Des hurlements de fillette, de Pleurs assurément. Allumette sortit de la salle et courut sans demander son reste, suivie de près par Boiteux.

Georges ne savait pas ce qu'il devait faire. Il hésitait, mais après que l'automate dépressif lui a intimé l'ordre de s'en aller une nouvelle fois, l'inventeur se releva pour retrouver les orphelins, la mort dans l'âme.

— Je-je dois y aller. Mais… je vais revenir. Je suis désolé, mon ami.

52

AGIR

— Bon, j'en dénombre cinq pour l'instant. Est-ce que tu vois celui que Boiteux a détroussé ?

Bègue avait un œil collé à la gabardine. Il regardait à travers l'interstice séparant deux boutons et détaillait les invités de la réception. Celui à qui le garçon avait volé la montre dorée était aux abonnés absents.

— N-non. Qu'est-ce qu'on fait du coup ?

— Je crois qu'on doit partir du principe qu'on ne peut jamais compter sur la cavalerie.

— Hum.

— Oui, comme tu dis. Tu sais ce que ça signifie ?

— On va de-devoir le faire nous-nous-mêmes.

— Tu résumes bien la situation, mon cher Bègue.

Le bagarreur de la bande tournait sur lui-même pour permettre à Morve d'embrasser la salle du regard. Celui-ci, malgré des haut-le-cœur, détailla la périphérie de la scène, cherchant à les comptabiliser…

— Six. J'en aperçois six.

Le dernier venait d'apparaître. Ce n'était pas celui qui s'était fait passer pour Milton – qu'il n'avait de toute façon jamais vu –, mais CINQ, sous une apparence plus humaine que la dernière fois qu'ils l'avaient croisé. La créature était habillée d'un chapeau haut de forme, d'une redingote et arborait une longue et fine moustache qui s'enroulait sur elle-même à chaque extrémité. En guise de bouche, il arborait une estafilade qui joignait ses deux oreilles et lui donnait l'air de sourire en toutes occasions. L'humanoïde monta sur l'estrade et prit la parole.

— Bonsoir, très chers invités. Je me nomme Adam Milton et je serai votre maître de cérémonie pour cette soirée.

Sibylline l'avait expliqué, les automates prenaient tous la même identité. Suite à la prise de parole, les conversations avaient baissé d'un ton et tous se tournaient vers l'homme factice. Le public était entièrement composé de membres de la haute bourgeoisie : banquiers, industriels, grands négociants, membres de conseils d'administration, hauts fonctionnaires fortunés, magistrats héritiers de grandes familles de juristes, avocats, notaires, médecins, architectes, politiques. Morve ne reconnaissait aucune célébrité, mais il n'avait pas d'affection particulière pour le pouvoir en place.

— Tout compte fait, je me dis qu'on pourrait très bien rentrer chez nous et ne pas les sauver. Qu'en penses-tu, Bègue ? Et si on les laissait se faire tuer ? Si on les aide, ils ne le sauront même pas. Tous ces gens puants – ceux qui prennent leur air supérieur en nous regardant dans la rue – nous mépriseront toujours. Ce serait l'occasion de leur rendre la monnaie de leur pièce : ne pas jouer le jeu et envoyer tout ça se faire voir.

— C'est p-pas ce pourquoi Moignon s'est sacrifié ! Notre bande, son-son organisation, ça veut dire quelque chose. On a fui ensemble, on a vécu ensemble, on a volé ensemble. Ça-ça commence avec eux, mais ça finit avec qui ? C'est p-pas parce qu'ils seront les premiers tués qu'ils seront les derniers. On doit aussi le faire pour nous… Et ils ont Pleurs ! À la vie, à la m-mort, tu t'souviens ?

— Tu as tellement raison, mon cher Bègue, que je suis effrayé de ta lucidité.

Maintenant qu'il avait la pleine écoute de son public, CINQ continua.

— Merci d'être venus. C'est un grand honneur pour nous. Afin que cette expérience magique soit appréciée de tous, nous vous demandons de vous approcher de la scène dès à présent. Allez-y, n'ayez pas peur. Aucun d'entre nous ne mord – du moins, je l'espère, ria-t-il. Il n'y a rien à craindre. Des hôtes sont à votre entière disposition pour vous aider à participer. Surtout, n'hésitez pas, vous allez être transportés de joie !

Les cinq automates s'étaient disposés autour du Cadran situé au centre de la table. Chacun d'entre eux avait une main posée sur la surface de l'objet tandis que l'autre, froide comme le métal, était tendue vers les invités. Le duo scruta l'assemblée des convives quand le plus haut perché des deux reconnut l'un d'entre eux, un homme endimanché dont la canne soutenait une jambe fébrile.

— Le docteur Hippolyte est ici ! chuchota-t-il au garçon sous ses pieds.

— Qu'est-ce qu'il fait là ?

— Aucune idée. Sûrement que l'un des argentés dont il a sauvé la vie l'a invité ici.

— On n'a plus que quelques minutes, le coupa Bègue.

— Où se trouvent les leviers dont tu parlais ?

Le garçon marcha vers la droite de la construction, là où le jour auparavant il avait remarqué le boîtier de commande actionnant les rails de lumières. Ils avancèrent avec difficulté, cherchant à se faufiler et à coordonner leurs mouvements sans chuter. Ils frôlèrent des personnes qui s'attroupaient près de l'horlogerie et le garçon à lunettes dut faire entendre sa grosse voix pour s'extirper de la foule pressée.

— Pardon, monsieur. Pardon, madame.

Il souriait, reniflait, baissait la tête pour s'excuser et continuer son manège.

— C'est bon, je les vois. C'est au bout de l'estrade. Juste derrière deux automates.

— Faisons vi-vite, mais di-discrètement.

— C’est tout ce que je souhaite. Rappelle-moi qui a eu l’idée de ce plan ?

53

MONDANITÉS

— Franchement. Trouvez-vous que ce soit une très bonne idée d'organiser une Exposition pour célébrer la Révolution française ?

— C'était il y a un siècle, il est temps de passer à autre chose, s'époumona un gros monsieur habillé comme un chef de guerre.

— Tirons un trait sur ce douloureux souvenir...

— Il ne faut pas s'étonner que les grandes monarchies de ce monde ne soient pas plus présentes cette année. Quelle idée que de commémorer la prise de la Bastille !

— Effectivement, ça fait mauvais genre auprès de nos voisins étrangers d'honorer la prise de pouvoir du peuple sur leurs dirigeants, grogna un vieil aristocrate.

— Honorer, c'est bien le terme. Quelle déchéance ! se catastropha une femme trop maquillée, en robe d'apparat.

— Et après la honte de l'armistice de Bismarck en 71, ce qu'il nous faudrait, c'est un régime militaire qui puisse montrer aux Allemands à qui ils ont affaire ! Il serait vraiment temps !

— C'est-à-dire que, jusqu'à preuve du contraire, nous sommes les décisionnaires de la France.

Les sujets de conversation étaient multiples et les convives papillonnaient par groupe. CINQ discutait avec certains d'entre eux de sa voix monocorde.

— Mais vous qui êtes Anglais, très cher, que pensez-vous des crimes de ce Jacques l'éventreur dont on entendait parler en fin d'année dernière en la Perfide Albion ? Y a-t-il des pistes particulières suivies par Scotland Yard ? Depuis combien de temps n'a-t-il plus frappé ?

— Ah… C'est assurément l'œuvre d'un humain complexe. Définitivement très inspiré aussi et qui avait peut-être compris la logique de ce monde, répondit, amusée, la parodie humaine.

— Seriez-vous en train de dire que vous l'admirez ? questionna le moustachu en uniforme à sa droite.

Son auditoire ne le suivait pas. Que venait-il de sous-entendre au juste ? Un des convives – qui souhaitait se faire bien voir et entrer dans les petits papiers de ce richissime étranger – conclut par un :

— Je vous rappelle que nous parlons de putains ! Quelle importance ?

— Excusez-moi, coupa CINQ. Je dois vous demander de vous rapprocher de l'estrade. Le spectacle va commencer incessamment.

Ce faisant, l'étrange Anglais prit place sur la scène et s'adressa aux convives.

— Bonsoir, très chers invités. Je me nomme Adam Milton et je serai votre maître de cérémonie pour cette soirée.

Un spectateur se figea. Adam Milton ? Interloqué, il détailla l'étranger, mais si son élocution lui rappelait effectivement celle du passager du fiacre, il n'envisagea pas une seconde qu'il s'agisse de la même personne. Aux côtés de l'orateur, plusieurs hommes habillés de manière similaire – visages impassibles, chapeaux sombres et longs pardessus – se regroupèrent et posèrent la main sur le verre recouvrant le cadran d'une grosse horloge, couchée à l'horizontale sur une solide table ronde.

Alors qu'il s'approchait, il fut bousculé et reçut un coup d'épaule.

— Pardon, monsieur, s'excusa-t-on en reniflant.

Un homme l'avait heurté a priori sans faire exprès. Par déformation professionnelle, il palpa son costume, porta la main à ses poches pour être certain qu'on ne lui avait rien volé. C'était un rassemblement parfait pour un pickpocket et sa venue avait été motivée par le fait qu'on avait signalé la présence d'un cambrioleur le jour précédent. Du repérage sûrement. Instinctivement, il se retourna en direction de l'homme qui venait de le bousculer. Il souhaitait entrevoir son visage. Intrigué, il s'excusa auprès des personnes avec qui il discutait, prit congé et se dirigea vers la silhouette du maladroit. Ses tripes lui disaient qu'il s'agissait d'un postiche, de fausses moustaches et rouflaquettes. C'était un déguisement, il le sentait. Ayant tôt fait de le rattraper, il voulut confirmer qu'il ne faisait pas fausse route. Les pas étaient mal assurés, semblables à ceux d'un ivrogne, et l'homme se dirigeait vers le côté droit de la scène. Il l'interpella.

— Hey, vous, là. Que faites-vous ici ?

L'étrange personnage marqua un temps d'arrêt et se retourna légèrement. Croisant leur regard, ils se reconnurent immédiatement et sans l'ombre d'un doute. Face à l'inspecteur, dans un déguisement d'adulte, se trouvait un enfant qu'il connaissait parfaitement et dont il ne doutait pas qu'il soit juché sur les épaules de son meilleur ami. Il avait été leur intendant et les avait pourchassés quelques jours auparavant. S'assurant de sa découverte, il les appela par leur prénom et scruta leurs réactions.

— Samuel ? Octave ?

54

Compte à rebours

— C'est là, c'est là ! chuchota Allumette, impatiente.

Elle tirait sur le loquet, mais n'arrivait pas à ouvrir la porte. De l'autre côté, de petits poings tambourinaient sur les murs métalliques. Les worclocks devaient y être habitués puisque aucun ne se montrait. Georges arriva à leur suite.

— Allumette ? questionna la voix par-delà.

— Oui-oui, c'est moi. C'est moi, Pleurs !

L'adolescente était en joie.

Boiteux s'avança, prit la poignée à la place de la rouquine, força la serrure à l'aide de ses outils de crochetage et parvint à déverrouiller la porte. À peine eut-il le temps de l'entrouvrir que les deux filles se jetèrent dans les bras l'une de l'autre. Allumette s'accroupit. Après une chaleureuse embrassade, elle se recula et détailla la fillette.

— Ils ne t'ont pas fait d'mal ?

— Non…

Elle était penaude et gênée.

— Tu n'es pas blessée ?

— Non… mais… Moignon…

Elle se mit à pleurer en collant sa tête contre l'adolescente qui avait elle aussi du mal à retenir ses larmes.

— Je…

— Oui ?

— Je voudrais un chien.

Elle éclata de rire. Elle ne perdait pas le nord.

— Oui, oui. Tu vas l'avoir.

— Et...

— Oui, qu'est-ce qu'il y a ? Ne pleure pas.

— Je pleure pas... Je... je veux plus qu'on m'appelle Pleurs.

Allumette se retourna vers Boiteux, amusée.

— D'accord, comment veux-tu qu'on t'appelle alors ?

— Je ne sais pas vraiment. Fleurs, par exemple.

— D'accord. Fleurs, j'aime bien.

— C'est joli, Fleurs, ajouta Boiteux. C'est...

— Optimiste, conclut Georges qui passait en revue le fond de la geôle dans laquelle celle qui ne s'appelait plus Pleurs avait été retenue. Sa lampe s'arrêta sur un détail, sur un amoncellement de fer, de tuyaux et de rouages, mais aussi de tissus.

— Qu'est-ce qu'c'est ? demanda Boiteux.

S'approchant, le vieux monsieur réalisa à quoi il avait affaire, mais sans en comprendre le sens. Il souleva certains des éléments, dont un plastron, et le montra au garçon. Au niveau du cœur d'éther absent avait été gravé un numéro en chiffre romain : XII. Des vêtements coupés, des gants déchirés et une matière plastifiée semblable à de la maille singeant la peau humaine laissaient à penser que DOUZE – celui qui s'était fait appeler Adam Milton en premier – avait été détruit par ses pairs. Étrange découverte.

— Il était déjà là quand ils m'ont enfermée ici, informa Fleurs.

— Donc, ils sont six. Six en tout et pour tout.

— Maintenant qu'on a Pl... Fleurs, se reprit Allumette, que fait-on ?

— Il faut qu'on continue, annonça Boiteux. On l'doit. On sait pas où en sont Morve, Bègue et les gardes, mais on peut pas les laisser tomber. La solution à tous nos problèmes se trouve sûrement ici, dans c'quartier général.

Tous les quatre ressortirent en silence. Le garçon verrouilla à nouveau la porte et ils continuèrent leur avancée dans les ténèbres du repaire des worclocks. Ils venaient à peine de passer l'angle d'un couloir qu'ils les entendirent. Le bruit de leurs fines pattes réverbéré par les multiples passerelles métalliques ne laissait aucun doute. Des menticorps étaient là et patrouillaient à l'aveugle dans les couloirs sombres à proximité. Les orphelins et l'inventeur se collèrent aux murs glacés environnants, éteignant leurs lampes pour ne pas se faire repérer. Ils étaient à la merci des araignées mécaniques et ne savaient pas quelle direction prendre ni comment avancer sans faire de bruit dans une obscurité complète.

Georges se souvint alors et s'accroupit au-dessus de sa lourde trousse.

— Attendez, j'ai juste eu le temps d'en fabriquer un, chuchota-t-il. C'était vraiment pas évident à concevoir, mais je me suis dit que ça pourrait être efficace contre…

— GRYYYYAAAA!

Les menticorps étaient là. Nez à nez avec l'inventeur. Une odeur d'huile poisseuse les accompagnait, dégoulinant de leurs articulations graisseuses. Boiteux alluma sa lampe en pointant le faisceau lumineux dans leur direction. L'une des affreuses créatures se trouvait à un mètre de Georges, les ressorts tendus et grinçants, prête à bondir au moindre mouvement. Allumette imita le garçon et brandit la lumière dans les capteurs visuels du monstre le plus proche. Les autres créatures s'étaient agrippées à la trousse de cuir de l'inventeur et la tiraient vers eux.

— Non! se plaignit Georges, qui, lui aussi, était poussé dans le sens contraire par les enfants.

— Vite! Il faut courir.

Reprenant rapidement ses esprits, laissant le gros sac aux monstruosités, ils dévalèrent le couloir le plus proche et essayèrent plusieurs portes afin de se cacher. Ils s'engouffrèrent dans la première qui s'ouvrit à eux. Ils respirèrent un grand coup pour s'apercevoir en se retournant que cette double porte les avait conduits jusqu'à la pièce principale – la salle des opérations des worclocks. Celle qui était parcourue d'une allée menant à un énorme amoncellement de câblages et de tuyauteries vaporeuses. Celle où une créature à peine plus haute que Boiteux tapait des ordres sur une commande semblable à un clavier de machine à écrire. Les entendant, l'horrible humanoïde se retourna, souriant à la manière d'un enfant.

— Qui… qui êtes-vous ? s'inquiéta Boiteux.

— Moi ? Je suis ZÉRO.

55

Quand c'est l'heure...

— Merde.

C'était La Teigne. Bègue le reconnut immédiatement entre deux boutons de son déguisement. Il n'y avait pas d'échappatoire. Morve parla dans sa barbe s'adressant au garçon sur lequel il avait pris position.

— Tu es prêt ?

— Oui-oui.

— Allez !

Le renifleur sauta des épaules du bagarreur. Celui-ci se baissa et recula au même moment pour ne pas être gêné par la redingote. Joseph Delencre se figea, surpris par la manœuvre. Morve lui lança le déguisement au visage pour le désorienter et le gêner dans ses mouvements. Le garçon courut dans sa direction, puis fit un crochet pour le contourner en fonçant droit vers l'assemblée proche du Cadran.

N'ayant pas assisté à la scène, CINQ continuait selon le plan qui avait été fixé par ZÉRO. La créature posa sa main métallique et conductrice d'électricité sur l'aiguille alors que les cinq autres worclocks avaient retiré leurs gants blancs.

— Je vais maintenant vous demander de tenir les mains de vos voisins, de saisir celles de vos hôtes sur l'estrade et de former une ronde ininterrompue. Surtout, ne lâchez pas vos mains durant les quelques secondes que va durer le décompte.

Pendant que le policier tentait d'attraper Morve qui zigzaguait entre les invités, Bègue avait foncé dans le sens opposé, sprintant vers la fameuse console de leviers. Il allait devoir contourner l'automate le plus éloigné du public… mais le plus proche des commandes. Il en avait fait son deuil : la discrétion ne serait pas de mise.

Morve courait, glissait et se faufilait à quatre pattes parmi l'attroupement de notables. Sans gêne, il trouva refuge sous l'énorme robe bouffante d'une femme proche de la scène alors que Joseph bousculait les convives pour attraper le fauteur de troubles. Roulé en boule, le garçon à lunettes comprit immédiatement de qui il troublait l'intimité. Il sortit sa tête par-dessous la robe et sourit en regardant madame de Roc Lartigue sans pour autant quitter les jupons de cette dernière. Sa jambe de fer ne trompait pas. Le voyant, elle sursauta et retira sa main de la chaîne humaine qui s'était formée.

— Te voilà ! Tu ne t'enfuiras pas ! cria le policier qui l'attrapa par le col.

— Laissez-le ! ordonna Alice.

— Mais… répondit l'inspecteur, étonné.

— Lâchez-le !

Joseph, décontenancé, s'exécuta. Qui était cette femme du beau monde et pourquoi prenait-elle la défense du garnement ?

Morve gesticulait, affolé, et pointait du doigt les worclocks.

— Madame, il faut partir d'ici tout de suite ! Ces personnes ne sont pas celles qu'elles prétendent être. Ce sont des escrocs, des gredins !

— Qu'est-ce que tu racontes, morveux ! s'énerva l'inspecteur.

Bègue avait dépassé l'automate qui, étonné par son irruption, n'avait pas bougé et s'échinait à pousser les leviers dans tous les sens. Les rails de lumières montèrent, descendirent, montèrent à nouveau, pour finir par se percuter et déchirer la bâche qui avait été relevée. Le garçon acheva son travail de sape en arrachant d'un geste brusque une poignée de fils électriques qui, par le biais d'un court-circuit, mirent le feu à la grosse toile emplafonnée.

Immédiatement, l'automate, qui était TROIS, l'agrippa par le col et l'envoya valser contre une des poutres. Le bagarreur de la bande, surpris à son tour, étouffa un cri et se recroquevilla sur lui-même en gesticulant de douleur. Voyant son ami blessé, Morve éleva la voix.

— Madame, il faut nous aider, s'il vous plaît ! Tout le monde doit sortir. Tout de suite, ou ils vont tous vous tuer ! s'enflamma-t-il.

Certains invités distraits par la scène qui venait de se jouer reculèrent et aperçurent le feu qui prenait en hauteur.

— Mais arrête donc tes sottises ! le sermonna le policier.

La Teigne attrapa le poignet du renifleur, le serrant et le tirant vers lui pour le corriger quand il fut bousculé par des convives qui s'enfuyaient de la galerie. Voyant le groupe d'humains se disperser, optant pour une technique plus directe et agressive, CINQ reprit l'homme de loi.

— Et pourtant, il faut le reconnaître, ce diantre de parasite a raison !

56

Une armée à moi seul

— Vous… vous êtes ?

— Je viens de vous le dire. Je suis ZÉRO. Je suis la Machine devenue autonome et vivante. Je suis le stade ultime de la création de la sorcière d'Hécate et du scientifique lui servant de garde. Je suis leur enfant auto-conçu.

— Mais… mais…

— Oh mais il n'y a pas de mais. Je suis.

La créature parcourut quelques mètres dans leur direction. C'était un enfant sans cheveux ni sourcils dont les pupilles étaient des aiguilles virevoltantes. Un garçon nu de la taille de Boiteux au corps en partie mécanique, en partie organique. De la chair recouvrait partiellement des os de métal, d'énormes câbles dépassaient de son crâne imberbe, de ses jambes et de ses bras. Il était relié à l'amas mécanique qui avait été la Machine avant lui. Il arborait un sourire gigantesque et fou. Il marchait sur un amoncellement de feuilles cartonnées pliées, piétinant des liasses de ses propres directives obsolètes. Sa voix ne trompait pas, c'était celle entendue dans l'orgue de Barbarie, la même voix, un peu plus claire, un peu plus jeune, un peu plus organique, un peu plus… humaine.

— Mais le papier perforé…

— C'était avant. Quand je n'avais pas encore la parole. Chaque jour, j'absorbe un peu plus de l'éther environnant. Au-dessus de votre gigantesque tour de fer, je me nourris du peu qui se trouve dans le cœur des visiteurs, des moroses qui, pour quelques instants, vivent un moment « magique ». Plus je m'en gorge, plus je prends vie. Quand votre sorcière, la dernière, sera morte, ces derniers câbles tomberont. Alors, je serai totalement autonome, apte à me fondre parmi vous et à vous diriger tel que vous le méritez.

À côté du poste de pilotage, dans son dos, devant de grands hublots avec vue sur les nuages parisiens, se trouvait la bouche mécanique d'où s'écoulait encore le papier en accordéon quelques jours plus tôt. La montagne de fils et de tuyaux qui tapissaient le mur semblait être animée. Des câbles se tortillaient, seuls, sifflant et crachant de la vapeur, tels des serpents métalliques.

Georges était impressionné par la créature et par l'infrastructure permettant de diriger l'aéronef, par cette alliance de magie et de technologie.

— C'est tout bonnement… fascinant.

Sitôt qu'il eut fait cette remarque, Allumette fronça les sourcils.

— Euh… Je veux dire : c'est fascinant qu'une telle chose soit possible. Une machine vivante. C'est horriblement fascinant !

Boiteux ne savait quoi répondre. Fleurs était effrayée.

— C'est la vie de toutes les sorcières qui m'anime. Leur éther et le temps m'ont permis de croître et de prendre mon indépendance. À l'heure qu'il est, tous les notables de la capitale sont en train d'être transformés en frères d'armes. Ils rejoignent nos rangs. Quoi que vous fassiez, c'est trop tard. Vous ne pouvez plus empêcher les miens d'accomplir notre grand plan. Comme tous ceux qui se mettront en travers de notre chemin, vous serez détruits ou assimilés ! Nous vous contrôlerons et nous vous casserons comme de vulgaires jouets ! Nous allons faire de Paris une nation entièrement automatisée !

Pendant qu'il s'écoutait parler, extatique, feuilles perforées, câbles huileux et outils coupants s'étaient mis à léviter, dirigés par l'esprit électromagnétique de ZÉRO. La créature compensait le peu de liberté de mouvement qu'elle possédait encore par son contrôle télékinésique sur les objets alentour.

— Je suis tellement gorgé d'éther que je dois régulièrement me purger pour ne pas imploser sous ma propre puissance.

Dans leur dos, les orphelins et l'inventeur entendaient qu'on grattait derrière la porte. Ils savaient très bien ce qui se trouvait par-delà. C'étaient les menticorps qui ne désiraient qu'une chose : entrer. Deux choses, en fait : entrer et les massacrer. C'étaient deux choses de trop.

— Qu'est-ce qu'on fait, Georges ? demanda Boiteux, inquiet.

— Eh bien, je... je ne sais pas, mon garçon. Je n'ai plus ma trousse !

Visiblement, l'inventeur avait basé tout son plan sur le contenu de sa sacoche qui était maintenant aux griffes des menticorps. Ils pouvaient donc faire une croix dessus !

— On doit trouver quelque chose rapidement, sinon...

Un câble fila à travers la pièce à la manière d'un puissant tentacule. Boiteux glissa en évitant l'appendice mécanique projeté par ZÉRO. D'autres tuyaux coupants suivirent et le quatuor humain dut courir ou se mettre à plat ventre pour les esquiver. Derrière eux, la double porte s'entrouvrit, grinçante. Des griffes pointues et acérées se frayaient un chemin à l'intérieur.

57

C'EST L'HEURE ?

— Quoi ?

Le policier resta interdit, immobile, après la repartie de CINQ. Il ne savait pas ce qu'il devait faire, comment agir. Il avait été convié à cette soirée en tant qu'inspecteur du service de la Sûreté de Paris pour veiller à la sécurité des lieux après qu'un cambrioleur notoire a été appréhendé, avait finalement mis la main sur l'un des enfants qui lui avaient échappé au pensionnat Gombert l'année précédente et se retrouvait maintenant face à une contradiction flagrante.

L'homme, qui n'en était pas un, sourit de toutes ses fausses dents, se baissant du haut de son estrade vers le visage de l'abasourdi. L'automate profitait du moment de flottement qu'il avait provoqué, jouissant de cet instant historique, sadique en tout point. Puis il se griffa le visage et arracha la peau de plastique mou qui recouvrait sa tête ainsi que les parties visibles de son corps, dévoilant tout un attirail mécanique. Il se redressa et s'adressa bruyamment à ses frères.

— ZÉRO ne nous pardonnera pas de laisser s'enfuir de telles statistiques, les probabilités que des retombées négatives à notre encontre se fassent ressentir sont trop importantes. Si nous ne pouvons pas les transformer, alors nous les tuerons ! rit-il.

— Qu'il en soit ainsi ! répondit TROIS.

— Que ceux qui veulent finir comme DOUZE les laissent filer ! surenchérit CINQ.

— Mais…

CINQ lança un couteau en direction du policier déboussolé, ne lui permettant pas de formuler sa question. Bousculé par Morve, l'homme tomba et esquiva par là même la lame. Le garçon lui cria alors :

— Bon sang, ne vous l'avais-je pas dit !

Au fond de la grande verrière, dans la descente des deux escaliers ouvragés, Alice tentait de canaliser le flot de gens. Malgré ses efforts et sa tête froide, les bourgeois hurlaient, courant vers la sortie, complètement sonnés et ne sachant pas s'ils assistaient à un spectacle – de fort mauvais goût – ou à une attaque de la part des Allemands de Bismarck.

Déterminés à répandre le chaos, trois automates se dirigèrent vers la femme volontaire. Dans une poignée de secondes, ils seraient à sa portée. Quand ils les virent s'avancer dans leur direction, la file humaine éclata. Les fuyards se dispersèrent dans tous les sens, certains revenant même sur leurs pas, vers l'expérience qui aurait dû changer leur vie.

HUIT et DEUX canalisaient les malheureux invités pour mieux les acculer pendant qu'ONZE parvenait à hauteur de madame de Roc Lartigue. Car c'était lui, l'automate en charge de l'assaut meurtrier. De son unique et gigantesque poing, il attrapait les notables qui passaient à sa portée et leur broyait le visage et le cou, les tuant sur le coup, les cassant comme des jouets d'enfants par trop fragiles.

Alors qu'elle se reculait, impuissante, et que le worclock abattait un coup fatal, sa poigne fut retenue par les mains jointes de Némo. Le chef de la Garde, accompagné de Joris et de Gédéon, allait se mesurer à ces trois créatures pendant que Morve, Bègue et Joseph se confrontaient à CINQ, SIX et TROIS. Deux groupes de trois contre deux groupes de trois. Six contre six. Mais la cote n'était pas en faveur de la demi-douzaine d'humains. Pas du tout.

Bègue s'était relevé en se tenant la hanche gauche. Attrapant une ombrelle abandonnée, il tordit l'armature, enroula le grand morceau de tissu autour et le laissa prendre feu pour se servir de la torche de fortune ainsi confectionnée comme arme enflammée. Déterminé, il courut en direction de TROIS avec l'objectif de lui empaler l'articulation du genou. Il savait que l'interstice de la jambe était un endroit stratégique à frapper, là où les protections métalliques laissaient un vide pour permettre aux créatures de se mouvoir.

Il batailla sec, évita plusieurs coups, cherchant à planter son adversaire pour l'empêcher de bouger et restreindre son champ d'attaque. Dévêtu de son apparence humaine comme tous les autres worclocks, TROIS était affublé d'un unique œil en amande dans sa poitrine de fer et ne possédait pas de tête. Ses bras étaient longs et le bagarreur devait se déplacer à la manière d'un boxeur, faisant sans cesse des pas de côté, reculant pour esquiver, avançant pour frapper. Il n'arrivait qu'à érafler son ennemi alors que les égratignures commençaient à recouvrir son corps.

— Le torse ! Visez le torse ! hurla Morve.

Joseph avait sorti son pistolet à répétition Berger et tira dans ce qui tenait lieu de poitrine à CINQ. Les tirs rebondirent contre le plastron, manquant de peu Morve par ricochets. Le garçon à lunettes s'évertuait à décrocher une corde délimitant la scène et solidement accrochée à un anneau. Le renifleur entreprit de courir autour de SIX pour tenter de le déstabiliser et de le faire tomber. Le worclock était plus agile qu'il n'y paraissait – un monstre doté d'une tête d'éléphant garnie de multiples trompes expulsant des fumerolles chaudes et noirâtres – et la tâche allait s'avérer ardue. L'inspecteur fonça vers l'automate avec la rage d'un forcené et…

Il fut projeté sur le côté par le cadavre de Joris que HUIT venait de lancer du fond de la pièce. Le vieux garde avait été broyé par la poigne mortelle de l'automate, irrémédiablement perdu. Au loin, autour de personnes prostrées contre les soubassements d'une vitrine brisée, Némo et Gédéon se battaient avec leurs épées du mieux qu'ils le pouvaient.

— Gédéon, attention ! Votre tête !

Les différences entre les deux gardes étaient flagrantes. Autant le chef était alerte et particulièrement habile avec son arme, autant le rat de bibliothèque était dépourvu de tout panache au combat.

— Il y a les sorcières d'Hécate, bien sûr, mais elles ne sont pas seules. De nombreuses factions et organisations peuvent être répertoriées et tout aussi nombreuses sont celles qui ne nous sont pas encore connues : l'Ordre éthérique, les Serpents d'Horus, les Couronnes écarlates, les Dagues du Nord, la Digue cardinale, le Cercle des visions…

— Mais… mais… qu'est-ce qui vous prend ? s'écria Némo.

— Désolé, chef ! s'affola-t-il tout en repoussant son adversaire. Je ne peux pas m'en empêcher ! C'est le seul moyen que j'ai de calmer mon rythme cardiaque.

Face au gigantesque golem mécanique qu'était DEUX, il n'en menait pas large, passant son temps à esquiver du mieux qu'il le pouvait sans parvenir à placer la moindre botte.

— Réciter des passages des *Chroniques de l'éther* vous détend ? s'interloqua Némo.

— Absolument. Ça me relaxe infiniment !

Les flammes étaient montées jusqu'au plafond et des éléments de la verrière étaient en train de tomber dans toute la galerie. De gros morceaux de verre aussi.

— Alors, récitez sans vous arrêter les *Treize Techniques* du maître d'armes Garsifel, mais, s'il vous plaît, restez concentré !

— J'y mettrai tout mon cœur, chef !

ONZE se dirigea vers le duo de gardes, rejoignant les deux worclocks déjà engagés. Un combat perdu d'avance était en train de se jouer, car les automates avaient visiblement décidé de s'acharner sur le malheureux Gédéon. Cherchant à sauver son homme d'une mort certaine, Némo se rapprocha. À deux sur trois fronts, la tâche était considérable et les efforts épuisants. Esquivant un puissant coup de ONZE, le chef de la Garde, inconscient du danger, se plaça sous l'exacte trajectoire d'une vitre aiguisée se décrochant du plafond. Cette dernière seconde se joua au ralenti, lui laissant le temps de réaliser sa fin sans pour autant lui permettre de s'y soustraire. Transpercé, il perdit la vie sur l'instant.

Bègue avait le front en sang, une profonde entaille dégoulinait jusqu'à ses yeux, l'empêchant de voir correctement. Le garçon n'arrivait plus qu'à éviter un coup sur deux. Il montrait les dents, postillonnait de rage, mais n'en pouvait tout simplement plus. Il recula pour tenter de retrouver sa respiration. Le voyant souffrir sous les coups de son adversaire, Joseph courut en sa direction, suivi de près par TROIS.

— Hey! Pantin de ferraille, mesure-toi à quelqu'un de ta taille!

De l'estrade sur laquelle il avait pris place, CINQ admirait la fin des notables et de l'intelligentsia parisienne. Dans quelques minutes, c'en serait aussi fini de leurs ennemis. À défaut d'être ravi de leur modus operandi, ZÉRO pourrait prendre le contrôle de la capitale comme convenu. Il observait Delencre reculer sous les attaques combinées de TROIS et de SIX, de sorte qu'il se trouvait maintenant à sa portée. Mais CINQ interrompit brutalement son mouvement : le morveux avait surgi derrière lui. Le garçon à lunettes avait profité de la diversion opérée par le policier pour monter sur le côté du promontoire et grimper sur la table… sur le Cadran plus exactement. Morve souriait en le regardant, le visage amoché. Le renifleur vit Bègue tomber et trembler, en sang, à bout de force, rendant son dernier souffle.

— Ne t'inquiète pas mon pote, je te ramène.

— NON! hurla l'automate furieux.

Juste avant d'appuyer sur l'énorme bouton au centre de la pièce d'horlogerie et alors qu'au loin Gédéon en pleine récitation se faisait transpercer par le bras griffu de ONZE, Morve cria en direction du policier proche :

— La Teigne, prenez ma main!

58

PAR LES FLAMMES !

— Qu'est-ce qu'on fait ? cria Allumette.

Elle et Fleurs étaient allongées sur le ventre, sur la passerelle froide et striée de la salle des opérations. Boiteux et Georges, à quelques mètres de là, dans la même posture, les regardaient.

— Vos grenades, s'exclama Georges. Utilisons-les pour qu'il ne puisse plus nous voir et nous viser avec ses objets !

— Bonne idée, nota le garçon, qui fouillait ses poches pour en sortir les précieuses boules mécaniques. Il arma les objets comme l'avait expliqué l'inventeur quelques heures plus tôt et les lança d'un geste adroit aux pieds de ZÉRO. La brume ne tarda pas à se diffuser dans cette pièce sans autre ouverture que de fines ventilations et ayant pour seule échappatoire une porte forcée par des menticorps. Quand la première des créatures arachnoïdes parvint à entrer, elle bond…

… fut embrochée par une épée !

Le garde se débattait, bataillant contre les insectes mécaniques pour finalement s'extirper et passer par l'ouverture. C'était Ratigan qui tenait en respect, par de multiples coups de lame, les monstrueuses araignées. Il avait subi de nombreuses entailles au visage et aux mains, mais continuait de les envoyer valser à travers le couloir. Sous le bras, il tenait fermement ce qu'il avait pu récupérer de la trousse de cuir abîmée de l'inventeur.

— Je crois que c'est à vous, dit-il en se retournant à moitié, focalisé sur les ennemis.

Venant à sa portée et unissant leurs forces, Boiteux et Georges refermèrent la porte après son passage.

— Non ! Attendez ! Je ne suis pas... n'eut pas le temps de finir le garde, avant de se retrouver à terre, évitant de justesse une lame lancée par ZÉRO à travers le brouillard qui commençait à se dissiper.

Il se releva, énervé, et braqua la créature qui ne s'y attendait pas avec l'objet qu'il portait jusqu'alors en bandoulière. Un fusil de type Lebel. Du moins, une sorte de fusil, car l'arme avait été transformée par l'inventeur et un réservoir était accroché le long du canon. Il tira.

De l'eau. Des salves d'eau. De grandes giclées de flotte. Partout sur la créature. ZÉRO était consterné par leur stupidité. Non, il enrageait de leur médiocrité.

— De l'eau ? De l'eau ! Vous pensez que parce que nous sommes faits de métal, nous rouillons ? Mais pour qui nous prenez-vous, maudits parasites !

Il rit. D'un rire enfantin, métallique, d'un rire à glacer le sang.

— Il va vous falloir beaucoup plus d'eau si vous comptez véritablement me faire rouiller !

L'enfant automate était furieux et s'apprêtait à relancer une nouvelle salve de câbles tentaculaires quand Allumette le coupa dans son élan. Tandis que Boiteux et Georges se démenaient pour garder la porte fermée, elle s'était suffisamment rapprochée de Ratigan qui continuait à tirer son eau sur la créature pour comprendre ce qu'avait astucieusement prévu l'inventeur.

— Dommage qu'tu méprises tant les humains. Et que tu n'aies pas jugé bon de te doter d'un nez humain...

— Que...

Elle ne le laissa pas continuer.

— Car tu aurais alors compris qu'il ne s'agissait pas d'eau !

Avec le sourire, elle balança d'un doigt la brindille enflammée qu'elle venait de craquer dans l'alcool dont Ratigan avait copieusement aspergé la créature humanoïde.

— NOOOOONNNN ! hurla ZÉRO. Ça ne peut pas... *(la voix de la machine changea de ton, modifiée par les brûlures et la chaleur)* finnniiiirrrrr... coooommmmmme...

La créature ne termina pas sa dernière phrase. Brûlée, en proie aux flammes, fondant sous le mélange de chair et de ferraille, les câbles exposés explosant, la peau crépitant, elle libéra une foudroyante vague d'électricité statique que tous ressentirent. C'en était fini du supérieur des worclocks. Comme s'ils avaient compris ce qui venait de se passer ou, plus probablement, parce qu'ils avaient été victimes du court-circuit électrique, les menticorps arrêtèrent de gratter aux portes à leur tour. Ils ne bougeaient tout simplement plus.

Les orphelins respirèrent. Ils avaient finalement réussi.

59

C'EST L'HEURE !

— Quoi ?

Le policier resta interdit, immobile, après avoir touché la main de Morve. Il sentait le courant électrique parcourir son corps, se voyait sur la scène, aux côtés du Cadran, mais ne comprenait pas tout ce qu'il venait de lui arriver.

— On a remonté le temps, l'informa-t-il sans plus d'explications.

Le garçon avait réglé les aiguilles pour revenir quelques minutes auparavant, juste avant le début des hostilités, avant les combats et l'arrivée des gardes. Il aurait pu décider de les remonter de plusieurs heures ou même de plusieurs jours, mais à cet instant précis, face au massacre exposé à ses yeux et dans le feu de l'action, il ne voulait plus remettre ça à plus tard. Il voulait détruire les worclocks, les réduire en miettes. En finir, maintenant, définitivement, sans plus temporiser.

Alors que CINQ s'apprêtait à jeter un couteau en direction de l'inspecteur, il fut étonné de ne pas voir ce dernier. Se retournant, l'automate tiqua. Furieux, il arma son bras et lança à nouveau la lame affûtée vers l'ancien intendant. Celui-ci, sachant à quoi s'attendre, esquiva. Le garçon et le policier descendirent de scène pour venir secourir Bègue aux prises avec TROIS, et ce alors que la plupart des worclocks se rapprochaient.

Au fond de la grande verrière, dans la descente des deux escaliers ouvragés, Alice tentait de canaliser le flot de gens. Malgré ses efforts et sa tête froide, les bourgeois hurlaient, courant vers la sortie, complètement sonnés et ne sachant pas s'ils assistaient à un spectacle – de fort mauvais goût – ou à une attaque de la part des Allemands de Bismarck.

CINQ n'aimait pas la tournure des événements. Il devinait que quelque chose leur avait échappé. Sentant l'urgence de la situation, il prit la parole.

— Frères, rejoignez-moi. Il y a une erreur. Une faille dans notre plan. Revenez immédiatement et donnons-nous la main.

Ce faisant, et alors qu'il commençait à remonter les aiguilles du Cadran, Némo, Joris et Gédéon déboulèrent en courant. Comme convenu, ils avaient attendu que les premières personnes fuient pour entrer à leur tour. Passer à contre-courant n'avait pas été une mince affaire. Affronter les worclocks serait bien plus ardu. Ils coururent plus avant, dépassant Alice et les convives, pour arriver près de la bâche enflammée. Les automates étaient montés sur la scène et commençaient à se donner la main.

— Il ne faut pas les laisser faire ! implora Morve.

Le policier pointa son pistolet et tira les quelques balles qui restaient dans son chargeur sur la pièce d'horlogerie, brisant du verre et atteignant le bouton-poussoir du Cadran, alors même que CINQ appuyait dessus.

Au lieu de s'activer, les aiguilles tordues ployèrent, brisant le cristal d'éther qui s'effrita en une poussière sablonneuse à la couleur quelconque. Le garçon à lunettes fixa la scène dans sa tête et tout ce qu'elle signifiait. Toutes les possibilités envolées, les chances manquées, les moyens de revenir. Ils venaient de sceller le destin, de définir le point de non-retour pour Moignon, les gardes, les worclocks. Toutes les morts, passées et futures.

— Vous restez ici ! cracha Morve. Cette galerie sera votre tombeau, une décharge à automates !

CINQ entra dans une rage folle, sa tête gesticulant dans tous les sens, si rapidement qu'un œil humain ne pouvait en percevoir la totalité des mouvements.

Alice, tout comme les autres invités, était partie, saine et sauve. L'affrontement à mort, sans possibilité de retour temporel et de résurrection, allait pouvoir commencer.

60

PAR LES FLAMMES ?

— Qu'est-ce qu'on fait ? cria Allumette.

Elle et Fleurs étaient allongées sur le ventre, sur la passerelle froide et striée de la salle des opérations. Boiteux et Georges, à quelques mètres de là, dans la même posture, les regardaient.

— Vos grenades, s'exclama Georges. Utilisons-les pour qu'il ne puisse plus nous voir et nous viser avec ses objets !

ZÉRO entendait ce qu'ils disaient. Mieux : il comprenait ce qui se passait. Ses câblages parcourus de stries veineuses crépitaient, l'énergie éthérée traversant son être bouillonnait : le Cadran venait d'être activé. La sensation de déjà-vu était étourdissante – un tournis typiquement humain qu'il maudissait –, mais il visualisait ce qui allait advenir. Il…

Les grenades venaient d'être lancées. Il n'allait bientôt plus voir aussi bien qu'il le voulait. Le garde allait embrocher le premier menticorps entré et allait surgir par l'embrasure des portes dans l'instant. En bandoulière, il porterait le fusil gorgé d'alcool.

— Je crois que…

Un tentacule mécanique le transperça de part en part. Ratigan se figea. Il s'écroula au sol, troué au niveau de la gorge, alors que les menticorps se frayaient un chemin à l'intérieur. ZÉRO avait visé juste. Les orphelins et Georges s'étaient figés, paralysés par la soudaineté de l'action. Les araignées mécaniques n'avaient que faire du corps qu'elles recouvraient. Elles avançaient imperturbables. Et Georges hurla.

— BOITEUX ! LE FUSIL ! PRENDS-LE !

Le garçon se rua vers l'arme à feu, soulevant le cadavre, bataillant pour retirer la lanière de cuir entremêlée, pendant que l'inventeur tentait de dégager à coups de pied les créatures grouillantes. Aucun d'eux n'y parvint à temps.

— Baissez-vous ! cria Allumette.

Le câble tentaculaire se tendit pour atteindre la carabine encore harnachée à la dépouille du garde. Si l'attache ne lui permettait pas de l'agripper, le garçon dut reculer pour ne pas être blessé. Les menticorps progressaient, grouillant, bondissant. Le premier sauta sur l'inventeur, le piquant et le repiquant encore et encore. Georges se débattait, Boiteux tentait d'atteindre l'objet sans être blessé, Allumette et Fleurs étaient désemparées. La plus grande était démunie. Elle n'avait pas d'arme, ne pouvait pas bouger sans être à la merci d'un des multiples tentacules de ZÉRO et n'avait pas assez de force pour refermer la porte d'entrée. Elle se sentait inutile. Elle rampa jusqu'à Ratigan et, alors que le garçon et le vieux monsieur bataillaient avec les créatures arachnéennes, tira son corps en dehors de la zone de combat. Quand ses yeux vinrent se poser sur la double porte d'où émanaient des crissements, il surgit.

L'automate écrasait les araignées de tout son poids. Il était lent, éprouvait des difficultés à se mouvoir, mais sa force était sans égale par rapport aux petites créatures. Jacques de Roc Lartigue était entré, revanchard et vindicatif. À la vision de Georges qui saignait, lacéré en de multiples endroits, il redoubla d'énergie et le rejoignit.

— Je ne pouvais vous laisser vous faire tuer, mon ami.

Combinant leurs forces, les deux compères s'échinèrent à refermer les portes pour bloquer le passage aux monstruosités qu'elles dégorgeaient sans discontinuer. Des objets volaient à travers la pièce, un tentacule perça même l'armure de l'automate sans qu'il le remarque. Par-delà son mur de brume, ZÉRO enrageait. Que se passait-il ? Pourquoi ne les entendait-il par hurler sous les griffes de ses soldats ?

Quand la fumée se dissipa, il comprit.

Sur le côté gauche de la salle des opérations, Boiteux était allongé sur le dos, une jambe pliée, l'autre raide, carabine à la main. Il aspergeait d'alcool les tuyaux reliés à la créature en prenant soin de ne pas la viser directement, afin qu'elle ne détecte pas la présence du liquide inflammable. Sur le côté droit, la jeune fille lança une de ses allumettes enflammées dans les traînées qui filèrent à juste destination, embrasant l'intégralité des câbles et de la Machine.

ZÉRO grinça sans parvenir à parler, sa gorge mécanique en proie à un feu intérieur. Les fils se détachèrent de son corps, s'arrachant, purulents, sans qu'il puisse bouger. Une vague d'électricité statique se répandit dans tout le bâtiment et ses yeux s'arrêtèrent de fonctionner. Il pouvait encore ressentir les vibrations et les mouvements à proximité mais ne parvenait plus à communiquer. Il resta ainsi quelques minutes à l'affût du moindre changement, du moindre…

Boiteux lui piétina la tête et écrasa la batterie qui lui servait de cœur. ZÉRO n'était plus. Le corps aux pieds d'Allumette se mit à tousser.

— Ratigan !

La rouquine courut vers le soldat, le fit rouler, s'agenouilla pour le surélever légèrement. Il n'était pas mort. Pas encore.

— Ne vous inquiétez pas ! On va s'dépêcher et on va vous ramener à la vie !

— Non…

L'homme crachait du sang.

— Si vous le faites, ZÉRO reviendra aussi et il faudra tout recommencer. Qui sait si les pertes ne seront pas pires alors. Non, ne…

L'homme venait de passer de vie à trépas.

61

Les nuages grondent

— À MORT ! TUEZ-LES TOUS ! MASSACREZ-LES !

CINQ était furieux et vociférait ses ordres. Voyant les gardes arriver, épées tirées, près de la scène, ONZE, HUIT et DEUX allèrent à leur rencontre, au fond de la verrière.

— Fais gaffe à l'œil sans tête ! conseilla Morve à Bègue, en parlant de TROIS qui s'avançait, rageur, vers eux.

— Bien noté, chef !

Bègue cramponnait son bâton enflammé face à lui, effectuant de grands moulinets dans le vide pour faire reculer l'automate.

— Attention au plafond ! hurla le renifleur à l'attention de Némo. Des morceaux de la verrerie vont tomber !

Le chef de la Garde et Bègue réalisèrent presque immédiatement ce que sous-entendait l'information. Ils se sourirent mutuellement, comprenant que le garçon avait utilisé le Cadran. L'inspecteur jeta son arme – qui ne lui était plus d'aucune utilité sans balles – contre les appendices éléphantesques de SIX. Le voyant agir de la sorte, Némo lui lança son épée, que le policier attrapa adroitement au vol.

— Faites-y attention, j'y tiens, elle m'a été offerte par mon prédécesseur.

— Ne vous inquiétez pas, le seul sang qu'elle goûtera sera composé d'huile et de vapeur ! Et vous, comment allez-vous vous battre ?

Imitant le garçon bagarreur, le chef de la Garde décrocha une traverse où pendait le drapeau de l'Angleterre du pavillon voisin. Il enroula le fanion au bout de la tige et y mit le feu sans hésitation. Puis saisissant le long bâton en son milieu, il entreprit de s'en servir comme d'un bō enflammé.

Bègue répétait inlassablement ses tentatives pour empaler d'un seul coup TROIS, en vain pour l'instant. Une méchante coupure sur le front perturbait son champ de vision. À chacune des extrémités du bâton de combat de Némo se trouvait un worclock – HUIT et DEUX en l'occurrence – qu'il tentait tant bien que mal de faire tomber ou, du moins, reculer. Gédéon essayait de l'aider, tout en passant plus de temps à réciter d'étranges paroles et à esquiver les coups qu'à réellement porter une attaque percutante. Les deux automates cherchaient à prendre le chef de la Garde en étau et ce dernier devait se montrer vif pour ne pas se faire attraper. Joris, dos à son supérieur, affrontait l'unique bras de ONZE. La main de la créature était gigantesque, tranchante et disproportionnée, comme si elle avait dû compenser la perte du membre métallique manquant. Les coups étaient rapides et puissants. Le moindre d'entre eux pouvait être le dernier. La Teigne, dorénavant parfaitement conscient de la scène qui se rejouait et du drame qui pouvait recommencer à tout instant, combattait avec la fureur d'un damné. Il porta plusieurs estocades à SIX qui, malgré sa carrure pachydermique, avait une déconcertante facilité à se mouvoir.

Pendant ce temps, indifférents aux combats qui se jouaient dans le périmètre de la galerie enfumée, Morve et CINQ se toisaient.

— Je ne sais pas encore comment, mais je vais te supprimer en beauté. Ce n'est plus qu'une question de minutes, annonça, narquois, CINQ.

— Et moi, je vais te faire chanter plus faux qu'un orgue de Barbarie !

Pendant que Morve cherchait du regard une arme, de quoi l'affronter, CINQ attrapa au vol un paquet de fils électriques d'où giclaient d'éblouissantes étincelles. Le worclock les enfonça dans son cou afin de se doper à l'électricité. Il trembla et sembla parcouru d'une rage incontrôlable.

Les gardes s'échangeaient leurs adversaires et combattaient dans une cacophonie de fer et de cris.

Joris avait esquivé la main tendue de ONZE, mais le worclock avait continué à courir, surprenant un Gédéon apeuré et tremblant. Némo pesa de tout son poids pour bousculer la créature sur le côté, empêchant l'automate de tuer le garde. Malgré tout, mis en danger par ce mouvement, le chef se trouva en mauvaise posture face aux tranchants des lames de DEUX. Alors que le rat de bibliothèque se remettait sur pied, Joris poussa Némo qui n'avait pas vu venir la poigne de fer de HUIT. Hors de danger, le soldat ne put revenir suffisamment vite au combat pour sauver son mentor à son tour. Le vieux garde se débattit une fraction de seconde avant de se retrouver broyé sous l'incroyable puissance de huit bras mécaniques et d'être projeté au loin, aux pieds du Cadran et de SIX.

— Un de moins, fanfaronna HUIT. Et toi?

Choqué, Delencre profita du bref instant de battement pour porter une botte dans les flancs de l'automate qui ne se laissa pas perturber. La créature évita la lame de justesse et utilisa la vitesse imprimée par le policier épuisé pour le faire passer à travers le verre brisé des grands vitraux à portée. La fenêtre lacéra le corps de La Teigne qui fut projeté à l'extérieur.

— Deux-zéro, s'amusa SIX.

Morve courut récupérer l'épée de feu Joris, juste à temps pour parer les premiers coups de poing électrifiés d'un CINQ survolté. Le garçon à lunettes tentait de résister à ces assauts répétés, mais il le sentait : il allait vite s'épuiser. La chaleur devenait insupportable.

Témoin de la mort de celui qui lui avait jadis sauvé la vie, alors qu'il était suspendu au ponton de la tour des Sorcières, Némo, ivre de colère, se remit sur pieds et se lança, arme enflammée la première, contre HUIT. Il était fou de chagrin et de douleur. Rien ne pourrait plus l'arr…

DEUX l'attrapa par le col de l'uniforme et de sa main libre tenta de trancher la tête du chef de la Garde. Avant qu'il ne parvienne à porter son coup fatal, Gédéon se lança de toutes ses forces contre la créature. N'attendant rien de lui, surpris par cet adversaire mineur, DEUX fut déstabilisé et sa tentative de décapitation déviée. La lame coupa le visage de Némo, lui crevant un œil, projetant du sang sur l'automate. DEUX attrapa le bras de Gédéon et le compressa suffisamment fort pour le fracturer en de multiples endroits. Le jeune garde hurla. Les deux hommes meurtris furent lancés comme de vulgaires fagots de paille contre des poutres en fer proches. Le bruit de leurs os brisés rencontrant la force du métal stoppa les combats durant un bref instant. Ils ne bougeaient plus. Plus du tout.

Morve recula en direction de Bègue, dernière personne encore debout avec lui. Rapidement, ils se regroupèrent.

— Comment tu t'en sors ? demanda le garçon à lunettes.

— Plutôt bien. Je n'ai qu'une centaine de blessures. Rien que pour la tête, rigola Bègue, le visage en sang.

— As-tu noté que lorsque tu es dans le feu de l'action, tu ne bégayes plus ?

— Tu sais qu'il n'y a plus que nous, fit-il remarquer au lieu de répondre à sa question.

— Ah ? sourit Morve.

— Guillotine ?

— Guillotine, mon pote.

TROIS saisit le bâton de Bègue et le tira vers lui. Le monstre de métal projeta le garçon en l'air qui retomba au sol dans un bruit lourd. Morve recula une fois de plus pour rejoindre le bagarreur inerte, mort ou inconscient.

Finalement, il se retrouvait seul et maudissait son meilleur ami de le laisser ainsi, lui contre eux. Lui, face aux verres brisés, à la bâche brûlée, au plafond enflammé, aux drapeaux en charpie. Lui, face aux vapeurs qui prenaient feu, aux odeurs de fonderie, aux habits déchirés. Lui, le corps couvert d'hématomes, de bleus et de blessures, brandissant l'épée de Joris dans une posture guerrière, tâtonnant derrière lui pour tenter de réveiller son ami.

Morve serrait la fusée de l'arme à s'en faire blanchir les jointures des deux mains quand les six worclocks se dirigèrent vers lui, menaçants, prêts à faire de lui le clou du massacre, l'expérience la plus magique de toute sa courte vie.

Il ne pouvait plus reculer, son pied venait de buter sur l'épaule de Bègue toujours immobile. Les automates dantesques se rapprochaient encore un peu plus quand une boule tomba du plafond.

Psssssshhhh.

D'autres grenades suivirent, roulant au sol, projetant leurs fumigènes caractéristiques. Roi Xephon traversa la verrière trouée, semant le trouble dans l'attroupement, dispersant quelque peu les monstres mécaniques. La créature mythologique était menée au son de l'ocarina par Boiteux, accompagné d'Allumette. Le duo sauta à proximité du renifleur de la bande et l'opinicus reprit son envol dans la nuit parisienne, battant des ailes avec une telle puissance qu'il éteignit en partie des foyers d'incendie. En les entendant arriver, Bègue se réveilla. Il se releva en grognant, aidé par les deux nouveaux venus, sonné et en sang mais déterminé au possible.

— On vous aurait presque attendus, se moqua Morve. Vous avez de la chance que ce soit vous, je n'aime pas trop ça en temps normal.

— Pleurs ? demanda Bègue.

— Avec Georges, répondit Allumette, catastrophée de voir l'état de ses deux amis. Il s'occupe de manœuvrer le quartier général volant des worclocks. Longue histoire. On s'est dit que l'amener avec nous était trop dangereux. Elle est restée avec lui.

— Leur supérieur n'est plus. La Machine a été détruite. Visiblement, ça les a pas arrêtés pour autant, continua Boiteux, soucieux.

— Et Ratigan ? demanda Morve.

— Mort.

— Donc, nous ne sommes plus que nous quatre, annonça-t-il.

Les deux nouveaux venus regardèrent autour d'eux et se rendirent compte de l'horreur de la situation. Ils devinèrent les corps des gardes éparpillés dans la grande salle, les ruines de la galerie des Machines et les dépouilles des bourgeois qui avaient eu l'imprudence de croiser le chemin des automates. La verrière était dévastée, les flammes nombreuses, le spectacle apocalyptique. La jeune fille chercha du regard le Cadran, et quand elle aperçut la pièce d'horlogerie écrasée et brisée, ses espoirs s'envolèrent. Pas uniquement le retour de Moignon, mais aussi celui de Ratigan et de tous les morts de ces derniers jours. Ses pensées se bousculaient, changeant sans cesse, la faisant passer de la rage au désespoir, de l'abandon à la détermination. Ses nerfs étaient tendus, prêts à éclater.

Morve se retourna vers ses amis et les regarda intensément, des flammes dansaient dans ses yeux.

— Excusez-moi, mais j'ai un compte à régler avec celui-ci.

Il pointa CINQ du doigt. Ce dernier s'avança, alors que les autres worclocks attendaient une consigne de leur chef.

— Non, Morve ! cria Boiteux, affolé.

— Ne t'inquiète pas. On peut peut-être me tuer une fois, mais on ne peut pas me tuer deux fois. Tu dois bien le savoir, je ne meurs pas si facilement.

Il sourit en regardant son ami qui comprenait ce qu'il venait de sous-entendre. Le garçon se moucha en appuyant du doigt sur l'une de ses narines et se tourna, décidé, vers le worclock qui s'était acharné sur Moignon.

— TOI ! hurla-t-il de toutes ses forces, de la voix la plus rauque, la plus adulte, la plus animale qui soit, sur un ton de défi, comme un ordre jeté à l'ennemi qu'il faudrait en découdre et forcément passer par le fer.

Il agrippa fermement son épée et courut à grandes enjambées vers l'automate boosté à l'électricité. Celui-ci, prêt à le recevoir, attendait la première attaque. Morve frappa d'un coup puissant mais lent dans l'épaule. La créature esquiva et le garçon rabattit son arme sur la tête de l'ennemi qui se baissa. L'assassin de fer frappa le flanc de l'orphelin. Le choc électrique fit cracher du sang et de la salive au renifleur. Son duvet et ses cheveux se dressèrent, puis s'ensuivit une série de passes d'armes où chacun esquiva les coups hargneux de l'adversaire. CINQ portait de violentes attaques que le garçon parvenait à éviter avec plus ou moins de facilité. Faisant mine de s'enfuir, Morve s'éloigna, grimpa la courte série de marches de l'estrade et se retourna sur lui-même pour sauter sur la créature. Il projeta tout son poids sur la tête de CINQ, lame la première. L'épée vint se ficher de moitié dans l'interstice de la nuque du monstre. La lame dépassait suffisamment pour refléter les flammes et la fumée qui se propageaient, mais pas assez pour que l'automate parvienne à l'attraper. Le worclock ne ralentit pas pour autant son flot d'attaques et Morve retomba au sol. Démuni, cherchant à bloquer le coup suivant comme il venait de le faire plusieurs dizaines de fois dans les minutes qui avaient précédé, le garçon tenta d'arrêter le poing tranchant de son adversaire en se protégeant de son bras. Sans épée pour parer le coupant de la main mécanique, il hurla à la mort et son avant-bras tranché s'envola. La blessure avait été cautérisée dans l'instant, ce qui n'avait pas empêché le garçon d'éructer une douloureuse gerbe de sang. Le liquide se répandait au sol, indifférent au combat.

Les trois adolescents qui le regardaient se battre hurlèrent en le voyant se faire mutiler. Mais Morve se releva, le visage blanc comme un linge, un œil poché, suant et épuisé. Il arracha les manches de son pull déchiré et enroula son avant-bras au plus serré. Malgré ses tremblements ou peut-être à cause d'eux, il paraissait possédé. D'où ils étaient, les orphelins témoins de la scène pouvaient voir la vapeur dégagée par son corps. Conscient que ses forces l'abandonnaient, le garçon tenta le tout pour le tout.

— T'aimes ça l'électricité, hein ?

Il fit un détour autour de la créature électrique, courut sur un amoncellement de ferraille brûlée, bondit pour attraper au vol une poignée de câbles qui se tortillaient en l'air et se projeta en direction du worclock furieux mais décontenancé par le manège de l'orphelin.

— Eh bien, en voilà, saleté de conserve !

Les fils s'enroulèrent autour de la lame de l'épée – antenne de fortune prête à attirer la foudre – et CINQ se mit à surchauffer, tremblant et fumant d'énergie. Des étincelles giclèrent de sa nuque, suivies rapidement par un geyser d'huile noirâtre jaillissant de sa gueule de fer. L'automate tomba au sol, en proie à des spasmes violents, court-circuité.

De la fumée dégageant une odeur de métal brûlé s'élevait de sa carcasse éteinte.

62

À LA VIE, À LA MORT

— Morve!

Le garçon tremblait, comme glacé, en revenant vers eux. Le tissu qui masquait son avant-bras était ensanglanté. La douleur de son membre absent lui vrillait le crâne si fort qu'il avait du mal à garder les yeux ouverts.

— Je crois que ce coupe-jarret m'a cassé le nez en plus de... de...

En état de choc, il se colla entre Bègue et Allumette. Les orphelins se tournaient le dos, serrés les uns contre les autres afin de n'offrir aucun angle mort et pouvoir ainsi faire face, quel que soit le côté où ils seraient attaqués. Ils étaient épuisés, blessés, à bout de force et d'armes. La fumée était en train de se dissiper par la toiture éventrée et les worclocks restants commençaient à se reformer, surpris par la disparition de CINQ. Les orphelins pouvaient les distinguer à travers les volutes brumeuses.

— Votre supérieur est mort! ZÉRO – la Machine – a été détruit! cria Boiteux en direction du nuage de poussière.

— Quand bien même! Nous vous annihilerons, vous et tous les moroses. Nous ne nous arrêterons que lorsque la surface du globe aura été vidée de votre répugnante existence! tonna une voix gutturale – celle de ONZE.

— On pourra jamais en venir à bout. Ils sont trop nombreux, se désespéra Allumette. Et Morve a failli y laisser la vie rien que pour en détruire un.

Ils en étaient tous parfaitement conscients, la mort les attendait. Mais loin de s'avouer vaincus, prêts à vendre chèrement leur peau, ils s'armèrent et firent face aux cinq worclocks. Inhumains et sans pitié, les automates les encerclèrent, rétrécissant à chacun de leurs pas lourds le périmètre autour des quatre derniers survivants.

— J'ai une idée, lança Boiteux, mal en point.

— Propose toujours. On a rien en réserve, lui répondit Morve grimaçant.

— Vous vous souvenez comment Azeriah et Milton étaient parvenus à battre les sorcières d'Hécate?

— Au lieu de jouer aux devinettes, viens-en rapidement aux faits, parce que les automates vont pas t'laisser finir.

Bègue avait resserré ses poings autour d'une longue barre de fer et il menaçait TROIS qui s'approchait dangereusement. Dans son dos, Morve se démenait pour ne pas tourner de l'œil. Il avait agrippé l'un des plots utilisés pour délimiter l'entrée au palais de l'Angleterre et s'en servait comme maigre repoussoir contre DEUX.

— À chaque fois qu'ils étaient en mauvaise posture, qu'ils perdaient une bataille, ils remontaient le temps avec l'expérience du combat, le souvenir des événements. En recommençant, ils connaissaient les erreurs à ne pas commettre et les futurs mouvements de leurs adversaires. Prenons-les à leur propre jeu, faisons de même.

— Comment? répondit Allumette, intriguée.

Les yeux de l'adolescente piquaient, mais elle n'allait pas se laisser faire pour autant. Elle avait déchiré des morceaux de tissus et s'échinait à y mettre le feu, se préparant à enflammer HUIT. Boiteux, quant à lui, avait saisi une série de grosses pierres et se concentrait pour viser au mieux les jambes de SIX afin de le déstabiliser. ONZE se tenait à l'écart, observant, incapable d'agir dans un espace si restreint.

— CINQ, répondit le garçon. Morve l'a peut-être rendu inopérant, mais l'automate a toujours son cœur d'éther... et j'ai toujours la montre de Georges...

— Tu voudrais...

— Tu-tu sais... Si on remonte le temps, si on change les événements, si on sauve des personnages, ce sont d'autres qui mourront à la place. La montre cherche une sorte... d'équilibre, de contrepartie à chaque changement, on dirait.

— Je sais, Bègue. On en a déjà discuté, et tu avais raison. Tu as raison. C'est pour ça qu'il faut changer le moins de choses possible.

— Je ne te suis pas... répondit le bagarreur, peu convaincu.

— Est-ce qu'on peut pas envisager que là, maintenant, tout de suite, le mal que pourrait faire cette montre n'est rien comparé à tout le bien qu'elle apporterait ? Tous ceux qui étaient avec nous sont morts ! Est-ce qu'on peut vraiment se permettre de ne pas essayer une dernière fois ?

La légèreté de l'armement des orphelins en comparaison des cinq machines de guerre face à eux était indubitable et l'argumentation de Boiteux faisait son chemin dans la tête de ses trois amis.

— Alors, ton plan, c'est quoi ? demanda Morve. Courir jusqu'à CINQ pour accéder à son cœur, récupérer la pierre bleue et faire fonctionner la montre ?

— Oui, exactement.

— Et si tu-tu n'y arrives pas ? questionna froidement l'autre garçon.

Boiteux se retourna pour le regarder droit dans les yeux.

— Ça n'a aucune importance que j'y arrive ou non. L'important, c'est que l'un de nous y parvienne. N'importe qui, du moment que ce n'est pas l'un d'entre eux. Celui qui parvient jusqu'au cœur de CINQ et fait fonctionner la montre n'aura qu'à remonter dans le temps quelques minutes plut tôt et on modifiera le plan en conséquence. Et on peut recommencer autant de fois qu'il le faudra, jusqu'à ce que l'équilibre des gains et des pertes soit...

— Satisfaisant, termina Bègue. D'accord.

— Est-ce que ça vous va ?

Aucun des orphelins n'eut à répondre. Ils savaient tous que c'était la meilleure solution – la moins mauvaise du moins, peut-être la seule – pour espérer s'en sortir et défaire leurs ennemis. Chacun d'entre eux resserra sa poigne sur son arme de fortune, patientant jusqu'à ce qu'ils ne puissent plus reculer. Puis, comme pour se jouer de la tragique fatalité qui les attendait, ils s'élancèrent sans hésiter, rageurs, contre les worclocks.

— À la vie, à la mort ! s'écria Boiteux.

63

Haut les cœurs !

Le garçon handicapé tira une salve de pierres en direction des jambières métalliques de SIX. La créature crachant de la vapeur ne fut aucunement dérangée par les ricochets contre ses protections, mais son attention fut détournée pendant quelques secondes – quelques secondes qui suffirent à Boiteux pour se faufiler entre les longues pattes de l'automate. Malgré sa jambe récalcitrante, le garçon le dépassa rapidement et traça en direction de la carcasse de CINQ.

Derrière lui, les trois orphelins restants se battaient – esquivaient plus exactement – sans répit. Une seconde d'inattention, et ce pouvait être la fin pour l'un d'entre eux. Après le départ du garçon à casquette, ils avaient formé un triangle, dos à dos, chacune de leurs épaules collant celles des autres pour ne laisser aucune place à l'ennemi pour les prendre en traître.

Mais l'adversaire n'avait malheureusement pas besoin de ça.

Bègue luttait pour atteindre les interstices sans protection de TROIS, mais rien n'y faisait, la créature à l'œil unique semblait parvenir à déterminer chacune de ses attaques à l'avance, sans pour autant utiliser de Cadran. Fatigué, Morve ne faisait qu'éviter les coups de DEUX, mais ses mouvements étaient de plus en plus lents et limités. À l'inverse, Allumette combattait avec énergie, lançant des balles de tissus enflammés sur HUIT qui, malgré ses nombreux bras, était aveuglé par les projectiles se collant à son contact et provoquant la fonte de parties de son armure cuivrée.

De son côté, Boiteux était arrivé près de l'ossature noircie de CINQ. Il agrippa le plastron de bronze, observa la manière dont il était emboîté au reste du squelette mécanique et le déverrouilla en appuyant sur les flancs de la machine. À plusieurs reprises, il donna des coups d'œil en direction de ONZE pour éviter une mauvaise surprise. Les worclocks s'étaient éparpillés dans toute la galerie et la créature se tenait à l'opposé de lui, tentant d'avoir une vue d'ensemble des affrontements et de définir un nouveau plan d'attaque. La poitrine de fer révéla un enchevêtrement de pièces, de roues et de pignons ainsi qu'une cage sphérique surmontée d'une clef au niveau du cœur. Le garçon l'avait vue en action et savait qu'elle déclenchait un dispositif lui permettant de s'autodétruire si les événements le requéraient. Un symbole en forme de V y avait été d'ailleurs gravé. L'orphelin tenta de tourner la clef, mais aussi sûrement que l'automate ne fonctionnait plus, le mécanisme était grippé. Las et rageur, armé d'une pierre, il frappa la cage-cœur à répétition pour la tordre et décrocher le cristal bleuté.

— Je l'ai, je l'ai ! cria-t-il à ses amis en difficulté lorsqu'il tomba.

Le garçon touchait du doigt leur salut. Il était galvanisé, sentant qu'enfin ils pouvaient y arriver. Être victorieux. Lorsqu'il se retourna pour annoncer la nouvelle aux orphelins, son enthousiasme s'effaça immédiatement.

Il vit l'imposant worclock qu'était SIX déchirer les câblages retenant une cloche de plongée surplombant la scène. L'objet massif était exposé dans un coin du palais de l'Angleterre à côté de plusieurs modèles rudimentaires de scaphandres afin d'illustrer l'évolution de l'archéologie marine. Et lorsque le garçon s'était retourné pour annoncer leur future victoire, la cloche retombait de tout son poids sur un Morve bien trop épuisé pour se déplacer suffisamment rapidement pour l'éviter, le tuant sur le coup.

Paniquant face à l'horreur de ce qu'il venait de voir, reculant en tremblant, Boiteux tenta ensuite de faire le vide dans sa tête et de se concentrer sur l'objectif. Il l'avait dit quelques minutes plus tôt : peu importait ce qui leur arriverait. Si l'un d'entre eux faisait fonctionner la montre, ils étaient tous sauvés. Il sortit l'invention de Georges de sa poche, l'ouvrit et… s'aperçut que le cristal d'éther était beaucoup trop gros pour pouvoir s'enchâsser dans le fin réceptacle prévu à cet effet ! Retenant son souffle, tremblant, il jeta la pierre au sol avec l'idée de la briser en suffisamment de morceaux pour en récupérer un de la bonne taille. Il ne pouvait plus se permettre de rater.

Le minéral frappa le parterre et rebondit légèrement. Sans se briser.

HUIT, avançant avec une visibilité réduite, ses capteurs visuels couverts de tissus fondus, brassait l'air de ses huit bras hystériques. Le worclock était furieux et agité, se guidant uniquement au son de la respiration de l'adolescente essoufflée, distribuant des baffes dignes d'un marteau dans le vide. Mais il lui suffit d'un seul coup porté – d'une puissance rare – pour projeter la rouquine comme un pantin désarticulé contre une statue représentant un Africain en tenue d'apparat, à l'autre bout de la salle.

— Allumette ! hurla Boiteux en la voyant atterrir au niveau des escaliers.

Le garçon ramassa la trop grosse pierre d'éther et courut jusqu'à l'adolescente alors que Bègue, derrière lui, avait fort à faire, se battant au péril de sa vie, piquant la cuirasse des automates avec la longue tige de fer qu'il manipulait avec dextérité.

La fine rouquine gisait, allongée dans une position impossible à tenir en temps normal. Elle était couverte de griffures, de bleus et de sang, les yeux mi-clos.

— Boiteux… chuchota-t-elle alors qu'il s'agenouillait.

— Tiens bon, ça va aller, je vais trouver une solution.

Le garçon releva la tête de l'adolescente et fouilla dans ses poches à la recherche d'une écharpe, d'un tissu, de quoi faire un garrot de fortune. À la place, il fit tomber sur le sol poussiéreux la précieuse broche si longtemps gardée. Les yeux de la blessée bougèrent lentement et se posèrent sur l'objet. Ils revinrent, interrogateurs, vers ceux de Boiteux.

— Je… Désolé, je voulais te l'offrir, je… l'ai découverte sous une table. Pas trouvé le moment, se perdit-il en explications. Et ce n'est sûrement pas maintenant que…

— Je la veux bien.

— Je…

Les mouvements d'Allumette étaient effrayants de lenteur. Sa main blessée et couverte d'ecchymoses se leva en direction du visage du garçon. Les yeux de celui-ci étaient mouillés. Il trembla en saisissant le bijou brillant. L'expression de la mourante était figée, et lorsqu'il parvint à accrocher l'objet à sa salopette, l'adolescente n'était déjà plus de ce monde.

Délicatement, il reposa la dépouille sur le métal recouvrant le sol brûlant. Puis, se retournant, il regarda autour de lui et confirma son mauvais pressentiment : il n'y avait plus de bruit d'affrontements. Il n'y avait plus que lui. Bègue était couché, face contre terre, parmi les décombres poussiéreux, blessé à mort par l'une des lames de DEUX. Ses amis avaient tous péri et il ne pouvait plus compter sur un quelconque secours. En rage, visualisant les visages de ceux qu'il avait perdus, il se saisit du cristal d'éther et… réalisa que la pierre était en train de s'éteindre. Les flux bleutés s'évaporaient petit à petit de l'ancien cœur de l'automate mort. Le temps était compté avant que l'objet ne perde définitivement ses propriétés magiques. Boiteux savait qu'il ne pouvait plus échouer sous peine de signer la fin de tout.

Il se releva et entreprit de s'acharner sur la pierre pour…

Le long bras, puissant, démesuré, meurtrier, de ONZE le balaya. Le garçon n'avait pas eu le temps de le voir arriver que déjà l'automate le compressait comme une vulgaire boule de papier chiffonnée. La créature joua avec lui, le faisant valser dans les airs. Retombant violemment au sol, le visage couvert de mortier, Boiteux tenta de se relever avant d'être à nouveau saisi par la poigne rageuse du worclock. Celui-ci le secoua de haut en bas comme une simple brindille et le jeta si brutalement qu'il traversa la passerelle métallique branlante pour s'effondrer un étage plus bas, aux pieds des escaliers.

64
La canne d'éther

BLANGGGG !

Le bruit assourdissant et le violent tremblement du sol le tirèrent de son inconscience. Boiteux se réveilla en sursaut, avec l'envie de vomir. ONZE venait de sauter par le trou causé par l'effondrement de la passerelle et ses pas résonnaient dans tout l'étage. Le garçon était désorienté, migraineux, et ses battements cardiaques s'emballèrent lorsqu'il ne reconnut pas immédiatement le décor alentour. Se hissant sur ses coudes ensanglantés, il réalisa qu'il se trouvait sous les marches des escaliers menant à la galerie des Machines. Incapable de se relever, silencieux et paralysé par la douleur, il ne pouvait que contempler la montre qui avait glissé à quelques mètres de lui. À ses côtés, le morceau d'éther s'était brisé et, devenu un amas de poussière, avait perdu ses facultés et sa couleur caractéristique.

— Petit, petit, petit, s'amusait à répéter l'automate, sadique.

D'où il se trouvait, l'orphelin n'était pas directement visible, mais il tenta de se reculer afin de se mettre…

Ses coudes rencontrèrent une surface molle. De longues chaussures. En tournant la tête et en la relevant légèrement, il sursauta, effrayé. Le docteur Hippolyte était allongé, meurtri, dans la pénombre. Lorsque les worclocks s'en étaient pris aux convives, il avait dû être une des victimes et s'était retrouvé ici, à la manière de Boiteux, projeté à l'étage inférieur. L'adrénaline provoquée par la proximité de l'automate et la découverte du corps du médecin le réanima, le tirant violemment d'une douloureuse torpeur.

— Docteur ? Réveillez-vous ! chuchota le garçon en essayant de s'asseoir.

L'homme ne répondit pas, inconscient. Malgré son corps douloureux, Boiteux se hissa jusqu'à lui et entreprit de le secouer pour le sortir de sa léthargie. Lorsqu'il arriva à sa hauteur, l'orphelin eut un mouvement de recul. Le visage du médecin changeait d'apparence, ses traits étaient différents. La barbe brune et bien taillée avait laissé place à un foisonnement de longs poils blancs ; la peau du quadragénaire s'était affaissée, tachée et était en partie brûlée ; ses joues et ses cernes s'étaient noircis et creusés. L'âge de l'homme venait de doubler en l'espace d'une poignée de secondes alors que le worclock avançait dans le rez-de-chaussée à la recherche de l'orphelin blessé. L'unique bras de la créature se faufilait entre les passages trop étroits, raclant les murs, griffant les poutres de soutien, cherchant le dernier parasite humain encore vivant pour en finir définitivement.

— Je-je ne comprends pas, s'inquiéta Boiteux.

Hippolyte gémit, sorti de sa somnolence par les paroles du garçon. Il suréleva sa tête et ses yeux s'écarquillèrent brièvement lorsqu'il se rendit compte de sa condition. Puis il étira un sourire fatigué comme s'il comprenait la situation et pouvait enfin se détendre. Le vieil homme plongea alors son regard dans celui de Boiteux, cherchant à formuler une explication qu'il semblait avoir mûrie depuis bien longtemps.

— Que… Comment ? questionna le garçon incrédule.

Le vieillard tendit un index en direction de la canne de marche argentée qui gisait non loin. Incrédule, le garçon remarqua que le pommeau était serti d'une petite pierre bleutée, un morceau d'éther en permanence dissimulé sous la main de son utilisateur. Toutefois, le cristal faiblissait et les dernières vapeurs éthérées étaient en train de se disperser.

— Ce fragment m'avait été confié par Azeriah et m'a sauvé la vie, dit-il avec un léger accent anglais.

Boiteux ouvrit grand les yeux, tentant de saisir le sens caché de cette simple phrase, abasourdi par la surprise.

— Vous voulez dire que…

— Lorsque j'ai repris connaissance, le coupa le vieil homme, que j'ai réalisé ce qui s'était passé, le massacre qui avait eu lieu, que j'ai pris conscience des crimes que j'avais commis et combien je m'étais perdu au nom de la science, j'ai décidé de me servir de cette seconde chance pour réparer mes erreurs, d'utiliser mes compétences différemment, en guérissant les blessures des petites gens plutôt qu'en essayant de les asservir. Ce morceau d'éther m'aura permis de vivre parmi les moroses en masquant mon apparence. C'est aussi ce qui m'aura tué en empêchant les worclocks de me reconnaître.

Le sang palpitait dans les tempes du garçon énervé. Il réalisait à qui il avait affaire.

— Vous… vous êtes Adam Milton ?

Le docteur Hippolyte, cet homme qui avait sauvé le bras de Moignon un an plutôt, celui qui avait soigné Allumette après la chute de la tour des Sorcières, celui qui était lié à leurs vies depuis leur fuite de l'orphelinat, était aussi le protecteur de la sorcière Azeriah et le concepteur de la Machine !

— Si vous saviez que la Machine était de retour, vous auriez pu la combattre, réparer votre erreur justement !

— La Machine était mon enfant. C'était ma création… et elle m'avait dépassé. Elle était plus intelligente que moi. Elle nous a longuement observés, a appris nos défauts, nos habitudes, notre façon de penser. Elle a tout enregistré. Je n'aurais rien pu faire, elle aurait tout deviné. J'étais forcément perdant, mes actes voués à l'échec. Le seul moyen de l'atteindre était de lui faire affronter l'inconnu, des éléments extérieurs, des grains de sable. Vous.

— Cette montre n'apporte que le malheur ! cracha le garçon.

— Si tu le penses vraiment, détruis-la, le mit-il au défi. Je me le suis souvent dit. Je ne l'ai jamais fait. Le Cadran a toujours été trop tentant.

— Tout ça est de votre faute !

— Te voilà ! éructa la machine.

Boiteux n'avait pas terminé son invective que la carcasse métallique de ONZE se découpa dans le dos de l'ancien inventeur, de l'autre côté des escaliers. Les yeux du garçon s'écarquillèrent en voyant apparaître si proche l'imposante stature de l'automate et son bras disproportionné. Le vieil homme se redressa lentement, ignorant la douleur et la gravité de ses blessures, pour y faire face. Surpris par la présence dissimulée, le worclock contourna bruyamment la succession de marches, martelant un sol qui s'affaissait sous ses pas lourds. Boiteux voulait se lever pour se tenir prêt, mais ses jambes et ses bras tremblaient, en pleine asthénie.

Le poing large comme un homme s'élança pour saisir celui qui se dressait face à lui. L'inventeur ne chercha pas à esquiver le coup. Sa création de métal, incapable de reconnaître celui qui fut Adam Milton, resserra sa poigne, compressant le corps du mourant.

— Hippolyte !

— Plus le temps passe, plus tes chances de ramener tes amis disparaissent avec.

— Mais…

Une fois debout, Boiteux considéra l'option et se saisit de la canne à ses pieds. À moins d'aller récupérer ce morceau en retournant dans le passé, le garçon savait qu'il ne lui serait pas possible d'utiliser la pierre plus d'une fois. Et il ne pouvait pas se permettre d'attendre plus longtemps. Il fit craquer les articulations d'un corps devenu une immense douleur généralisée, grimaçant comme jamais, et délogea le cristal bleuté du pommeau. Puis, sans dire un mot, sans attendre la fin de l'homme prisonnier de la poigne de fer, le garçon contourna l'escalier et gravit les marches le plus rapidement qu'il lui était possible.

Décidé, il ouvrit le clapet de la montre, inséra le fragile morceau d'éther, recula les aiguilles et appuya.

65

Réactions en chaîne

— Morve!

Le garçon tremblait, comme glacé, en revenant vers eux. Le tissu qui masquait son avant-bras était ensanglanté. La douleur de son membre absent lui vrillait le crâne si fort qu'il avait du mal à garder les yeux ouverts.

— Je crois que ce coupe-jarret m'a cassé le nez en plus de... de...

En état de choc, il se colla entre Bègue et Allumette. Les orphelins se tournaient tous le dos, serrés les uns contre les autres afin de n'offrir aucun angle mort et pouvoir ainsi faire face, quel que soit le côté où ils seraient attaqués. En se reculant, l'adolescente s'aperçut que Boiteux avait disparu. Il s'était purement et simplement volatilisé.

— Boiteux? hurla-t-elle, inquiète et à bout de nerfs.

— Ici! répondit, enthousiaste, le garçon au fond de la grande salle du premier étage.

Ils étaient tous là. Ses amis. Allumette. Ils étaient épuisés, blessés, à bout de force et d'armes. La fumée était en train de se dissiper par la toiture éventrée et les worclocks restants commençaient à se reformer. Les orphelins pouvaient les distinguer à travers les volutes brumeuses.

Le garçon handicapé et blessé se trouvait au niveau des escaliers et examinait la montre à gousset de Georges. En ouvrant le clapet de la réplique du Cadran, de la poussière bleutée s'épancha de l'artefact, confirmant l'avertissement qui lui avait été fait : l'éther avait complètement abandonné la pièce d'horlogerie. Il regarda en direction de l'étage inférieur, sachant que le docteur y vivait ses derniers instants, sans pour autant l'apercevoir.

Boiteux en était conscient : ses actions, ses choix auraient des conséquences. L'idéalisme avait quitté les réflexions du garçon. Il ne pouvait sauver tout le monde et il n'aurait pas de seconde chance. Pressé d'en finir, il se hâta de rejoindre le reste de ses amis.

— Le temps nous est compté. À moins de vouloir encore une fois désosser CINQ et risquer nos vies, on a le droit qu'à un seul essai, croyez-moi, commença Boiteux qui masquait mal sa joie de tous les revoir vivants.

— Tu as utilisé la montre ? questionna Bègue.

— Cas de force majeure. Et même si tu ne t'en souviens pas, on a déjà eu cette conversation y a même pas dix minutes et tu étais finalement d'accord avec le fait de s'en servir.

— Ça ne te coûte rien de le dire, grogna le bagarreur de la bande. Qu'est-ce qui m'prouve que tu dis la vérité ?

— Je suis là, et sans toi je n'aurais jamais pu y arriver. Et si tu ne m'écoutes pas, on va tous mourir. J'ai la montre, j'ai déjà vu ce qui allait se passer. Je ne te demande qu'une seule chose, là, maintenant, c'est de m'écouter. Après, si on survit, on pourra se bagarrer et tu auras tout le temps de m'en vouloir.

— On pourra jamais en venir à bout. Ils sont trop nombreux, se désespéra Allumette. Et Morve a failli y laisser la vie rien que pour en détruire un.

En l'écoutant parler, Boiteux prit conscience que les derniers moments vécus avec l'adolescente avaient été effacés. Il ne lui avait jamais offert la broche, elle ne l'avait jamais acceptée. Il tâta sa poche et s'aperçut que l'objet avait disparu. Il regarda la salopette sale de la jeune fille et l'étoile filante n'y était pas accrochée.

Le bijou s'était volatilisé dans le temps.

— Qu'est-ce que tu proposes ? On a rien en réserve, lui répondit Morve grimaçant.

— On sait qu'ils ont un système d'autodestruction caché dans leur plastron. Si l'on parvient à actionner le mécanisme d'un des automates, il explosera, et vu l'endroit confiné où l'on se trouve, si l'un d'entre eux explose, les autres vont suivre dans une réaction en chaîne.

— Dans l'idée, ce n'est pas idiot, soutint Morve. Mais comment vas-tu faire pour tourner la clef d'un de ces monstres ? Ils ne vont pas le faire pour le plaisir… surtout qu'ils sont plutôt en train de gagner !

— Tu veux utiliser celui de CINQ ? demanda Allumette.

— Non. Le système ne fonctionne plus une fois que l'automate est mort. Il faut que l'un d'entre nous aille tirer cette clef.

Bègue le regarda alors que le garçon à casquette continuait, sûr de lui.

— Je suis le plus agile d'entre nous tous et j'ai vu comment étaient conçues leurs protections. S'il y a bien quelqu'un qui peut réussir cette mission, c'est bien moi.

— Mais… mais… comment tu vas faire pour t'approcher d'eux sans t'faire toucher ? questionna Allumette.

— Facile, j'vais les laisser m'attraper.

Le silence s'installa. Que voulait-il dire ? Ses trois compagnons étaient en train de réaliser ce qu'il sous-entendait.

— Vous voyez la coupole ronde là-bas, la grande cloche en fonte ? reprit-il.

— Oui.

— Coupez la corde qui la maintient, et une fois qu'elle sera tombée, cachez-vous derrière avant qu'ça explose, ça devrait vous protéger suffisamment !

— Mais…

Allumette voulait dire quelque chose. Le retenir. Lui faire abandonner sa terrible entreprise. Tout se bousculait dans son cerveau et dans son cœur. Boiteux la fixa intensément, contemplant l'âme de la jeune fille par-delà ses yeux brillants.

— C'est l'instant, le moment où on peut en finir d'un seul coup, définitivement. On ne peut pas s'permettre de laisser filer cette chance. Tu comprends ?

La jeune fille ne répondit pas. Elle comprenait, mais ne le voulait pas. Le garçon découvrit son crâne et lui tendit sa casquette effilochée sans dire un mot. L'adolescente hocha la tête tout en la serrant contre elle. Au fond de la galerie en ruines, Gédéon se relevait avec difficultés. Son visage était tordu, parcouru d'une grimace de douleur. Il essayait de réveiller Némo, inconscient mais pas trépassé.

— Ils ne sont pas morts ! indiqua Bègue à ses amis. Je dois aller les aider !

— D'accord. Morve et Allumette, vous courez couper le câblage de la cloche pendant qu'toi, Bègue, tu t'en vas les aider, coordonna Boiteux. Et moi, j'vais au-devant d'ses salopards.

Comme pour répondre à l'insulte, les worclocks s'avancèrent dans leur direction.

— Boiteux, je crois que Moignon, en te faisant ce clin d'œil, il voulait te passer les rennes, que tu deviennes le chef à ton tour, expliqua Bègue qui ne bégayait plus du tout.

Le plus petit des garçons se tourna vers son ami. Il avait les yeux mouillés et le remercia en lui adressant un signe de tête.

— Je n'avais pas vu les choses comme ça, marmonna-t-il pour lui-même. Vous êtes prêts ?

Les trois orphelins hochèrent la tête et s'activèrent. Bègue sprinta en direction de Gédéon et de Némo, Morve et Allumette se dirigèrent vers la grande coupole métallique et Boiteux se mit sur le chemin des automates. Voyant le groupe se disperser, alors que la logique de l'infériorité numérique exigeait le contraire, les worclocks hésitèrent. Attendant les ordres d'un chef qui n'était plus, ils s'immobilisèrent durant quelques secondes, incapables de se décider.

Boiteux sut alors que c'était le moment qu'il avait espéré. Ce n'était pas qu'il le voulait vraiment, c'était qu'il le devait, s'il voulait qu'ils survivent. Malgré l'air saturé par le soufre et les particules métalliques, il inspira intensément – la plus intense et la plus profonde goulée d'air qu'il n'ait jamais respirée. Puis il s'avança et courut vers celui dont le bras était le plus massif, le plus long, le plus lourd, celui qui n'avait qu'un seul bras, celui qui était légèrement en retrait des autres. ONZE.

Le voyant arriver de loin, le worclock prépara son attaque, arma sa poigne immense. Le garçon à la jambe raide savait qu'il lui fallait éviter un seul coup, le premier, pour réussir et tous les sauver. Il laissa son ennemi calculer sa probable trajectoire, prendre confiance dans son comportement, et alors qu'il arrivait à sa portée, il décala sa course, se détourna légèrement. Sûr de lui, l'automate porta son coup qui vint s'écraser dans le sol, tordant les plaques de la passerelle. Prenant appui sur sa jambe handicapée, Boiteux bondit sur le gantelet de ferraille, remonta le bras en courant et s'agrippa au plastron du worclock. Celui-ci tenta alors de l'écraser contre son torse métallique. Le garçon n'eut qu'une infime poignée de secondes pour dévisser le clapet de l'armure et accéder à la clef mécanique qui régissait le cœur d'éther de ONZE. Heureusement, il avait déjà pu s'exercer à cette manipulation. En moins de temps qu'il n'en fallait pour que les worclocks ne réalisent ce qui était en train de se passer, ce que cette variable en forme de petit morose avait accompli, CLIC, Boiteux appuya.

66

Et le temps s'arrêta

Le temps s'arrêta durant un bref instant – laissant place à un silence aussi soudain que total.

Puis il reprit son cours. Et les explosions retentirent les unes à la suite des autres, puissantes, brûlantes, cataclysmiques, soufflant tout sur leur passage.

67

Avec des si...

— Réveillez-vous. Allez, relevez-vous.

Alice était penchée sur lui, à l'extérieur. L'air lui faisait du bien, lui permettait de respirer. Il avait le visage égratigné en de multiples endroits, des contusions et de profondes coupures sur tout le corps. En prenant appui sur ses jambes encore fébriles, il manqua de retomber. Joseph Delencre avait le vertige. Ses oreilles bourdonnaient. Il était sonné. La série d'explosions avait été puissante. Il ne restait plus aucun automate en état et Boiteux, la montre et Joris avaient purement et simplement disparu. Volatilisés par la mort, vaporisés par le feu.

On ne retrouverait rien d'eux.

De la fumée émanait du toit du palais d'exposition. Toutes les fenêtres avaient été soufflées. Des sapeurs-pompiers s'affairaient, entourés de policiers, à sortir les corps des convives. C'était la cohue, le vacarme des allers et des venues, mais c'était des hommes et des femmes, des humains, vivants, qui s'attelaient à éteindre le feu, à soigner les blessés. Les worclocks n'étaient plus. Il y avait du bruit, des ordres criés, des pas de course qui résonnaient sur les pavés, mais tout paraissait si calme par rapport à ce qu'ils venaient de connaître. Il y avait de-ci de-là des pièces de leurs ennemis qui pour l'humain moyen ne seraient que des rebuts de ferraille couverts de mauvaise huile. L'inspecteur s'interrogea sur le devenir des enfants, mais n'eut pas le temps de se questionner plus avant : les silhouettes des survivants se dessinaient dans l'épaisse fumée sortant de l'antichambre de l'enfer, la galerie des Machines.

Quelques minutes plus tôt, Allumette était montée sur le reste d'estrade pour voir le Cadran complètement détruit par les multiples explosions. Elle était tombée à genoux, les poings serrés sur l'objet, les yeux fermés par les larmes. C'en était véritablement fini. Ils ne pouvaient plus revenir en arrière. Pas sûr que ça en vaille le coup d'ailleurs. Boiteux avait raison. À chaque nouvelle vie sauvée, la montre prenait quelqu'un d'autre en échange. Ils n'avaient pas le droit de prendre cette décision, d'exiger que quelqu'un vive plus qu'un autre. Il fallait dorénavant faire avec ce qu'ils avaient, plutôt que d'espérer ce qui n'existait pas.

La Teigne et Gédéon portèrent Némo jusqu'à l'un des fiacres, La Teigne redonnant par là même l'épée qui lui avait été prêtée. Bègue et Allumette soutenaient, quant à eux, Morve. Les croisant sur son passage, l'homme salua les orphelins.

— Où est Simon ?

L'adolescente fit un signe négatif de la tête tout en abaissant la casquette qu'elle portait, confirmant ce qu'il supposait déjà. Le garçon ne s'en était pas sorti. L'inspecteur baissa les yeux, sombre, atterré par la nouvelle.

— Qu'est-ce que vous allez faire ? demanda Allumette.

— On ne peut rien contre les fuites de gaz. Il y en a beaucoup en ce moment.

— Vous allez nous arrêter ? nous ramener au pensionnat ? grogna-t-elle.

— Oh non. Vous seriez un danger pour les autres orphelins.

Il sourit. Il était nerveux, perturbé, complètement déboussolé.

— Non, je crois que vous avez assez souffert comme ça. Au contraire, je vais tout faire pour que vous soyez un peu tranquilles.

Il n'arrivait pas à trouver ses mots après ce qu'il venait de vivre.

— Merci, répondit Bègue.

— Excusez-moi, mais…

Par où devait-il commencer ?

— Qu'est-ce que c'était que ça ? Ces choses ?

Morve grelottait.

— C'était rien que de la magie, monsieur Delencre, ironisa-t-il tout en laissant échapper un grognement de douleur.

— Ta main, Morve… pleura Allumette. Il faut qu'on t'emmène voir le docteur Hippolyte !

— Je crois que c'est trop tard, s'essouffla-t-il. Vous pourrez dès à présent me surnommer « Moignon »…

Il marqua un temps d'arrêt et s'efforça de sourire.

— Mais je connais un inventeur qui fait, paraît-il, des prothèses particulièrement efficaces.

ÉPILOGUE
PRESQUE MINUIT

Pshhhh.

Une allumette s'éteignait dans une flaque d'eau sous le pont de la Tournelle. La lune se reflétait sur les pavés humides des berges de la Seine et les orphelins marchaient en direction de la péniche de Georges. C'est d'ailleurs lui qui vint leur ouvrir la porte quand ils toquèrent. La nouvellement nommée Fleurs tenait la main de l'adolescente à casquette. La petite se frottait les yeux, à moitié endormie. En entrant, le garçon au moignon et celui qui ne bégayait plus saluèrent silencieusement les deux gardes blessés. Bien qu'assis, Némo, qui portait maintenant un cache-œil pour masquer son regard borgne, dissimulait mal sa tristesse devant l'inévitable. Gédéon, dont le bras gauche était en écharpe, redoublait de travail et d'efforts pour ne pas trop penser à ce qui était en train d'arriver. Il se perdait dans les plans de la capitale, traçant des itinéraires, calculant la trajectoire de la chute de la tour des Sorcières, définissant des lotissements où il pourrait – peut-être – retrouver des objets.

Enfin, ils étaient réunis. Eux, les survivants. Une nuit après avoir perdu certains des leurs, une nuit après avoir combattu comme des forcenés pour empêcher une probable fin du monde.

Au fond de *L'Hirondelle*, des lumières tamisées éclairaient la dernière des sorcières. Les orphelins étaient venus pour la saluer une ultime fois. Le plancher grinçait jusqu'aux abords d'un épais tapis bordeaux entourant le lit qui éteignait le bruit des pas. Plusieurs grands oreillers avaient été disposés dans son dos pour la surélever confortablement. Sa peau était presque transparente, ses cheveux effilochés et blancs. Le tic-tac de son cœur avait considérablement ralenti et résonnait timidement de toute sa mécanique dans la pièce ouatée.

Le garçon à lunettes s'assit au plus près de Sibylline, tandis que ses amis restaient debout, au pied du lit. Morve posa sa main valide sur celle de la vieille femme et les yeux gris de cette dernière s'ouvrirent lentement.

— Nous avons réussi. Nous avons fait ce qu'il fallait. Ce cauchemar est fini, expliqua-t-il à voix basse.

La vénérable femme voulait parler, mais n'arrivait pas à se faire entendre. Sa voix était éraillée. Un mot sur deux était étouffé. Ce n'est qu'au prix d'efforts incroyables qu'elle pouvait converser. Elle ne bougeait presque plus, son regard était fixé dans le vide.

— Le repaire… des… worclocks ?

— Némo réfléchit à l'utiliser comme nouvelle tour des Sorcières, une base mouvante, inattaquable et dissimulée aux yeux de tous sans pour autant puiser dans l'éther. Beaucoup d'objets et de livres sont tombés quand une partie de la tour a chuté. Gédéon cherche à récupérer tout ce qui peut encore l'être.

Elle soupira, satisfaite et apaisée.

— J'ai parlé à… Georges. Si vous le souhaitez…

Elle prit sa respiration.

— Il pourrait devenir votre tuteur légal. Il y est tout à fait disposé. C'est une décision qui vous appartient. Qui appartient à chacun d'entre vous. Votre vie pourrait s'en retrouver facilitée.

Morve regarda ses amis, s'assurant qu'ils l'avaient tous entendue, qu'ils avaient tous compris.

— Nous apprécions.

— S'il vous plaît… perpétuez la magie.

Elle bougea la tête une dernière fois pour contempler la pièce dans son ensemble. Elle prenait des photos mentales de tout le décor, s'attardant sur chaque objet construit par Georges, sur chaque relique déjà sauvée de la tour porteuse de souvenirs, sur la lumière des bougies environnantes et des lampadaires visibles par-delà les hublots. Quand elle eut fini d'en faire l'inventaire, elle ferma les yeux, tout en posant la main contre sa poitrine. Le tic-tac était devenu inaudible et elle était devenue aveugle. Une larme d'éther coula le long de sa joue, et dans un dernier effort, elle émit une dernière question.

— Quelle heure est-il… s'il vous plaît ?

Morve tourna la tête vers Rouge-Gorge pour déchiffrer les aiguilles qui pointaient sous le cou du volatile. L'oiseau mécanique faisait les cent pas sur une étagère située face au lit et le garçon répondit le plus doucement du monde.

— Presque minuit.

Sibylline esquissa un sourire et se détendit. L'éther quittait son corps et se propageait, diffus, à travers l'embarcation. C'en était fini.

FIN

Postface

Presque minuit est mon premier roman.

D'aussi loin que je me souvienne et comme beaucoup, j'ai toujours eu cette envie un rien abstraite « d'écrire un roman ». Jusqu'au jour où, à la faveur d'une promesse de licenciement économique, avec en ligne de mire l'anniversaire de mes 30 ans quelques mois plus tard et la connaissance du décès à venir de mon père d'une maladie incurable, je me suis dit que si je devais le faire, si je voulais vraiment le faire, « symboliquement », maintenant valait mieux que n'importe quand. L'horloge de la vie n'attendait personne, n'allait pas ralentir pour moi, pour que je me motive, me décide et agisse.

Le premier jour de mon chômage, je me suis donc lancé.

Un mois et demi plus tard, j'avais une structure développée et détaillée de mon histoire. Après un mois et demi de plus, j'avais rédigé un premier jet. S'ensuivront plusieurs jets supplémentaires, des relectures, des réécritures et de nombreuses années avant que vous ne lisiez ces quelques dernières lignes.

Toujours est-il que c'est tout ça – le temps qui passe, le temps qui n'attend pas, les coups du sort qu'on transforme en opportunités, le fatalisme de la vie (la fin d'un temps, d'une époque, d'une vie), mais aussi une profonde envie d'en découdre, de se dépasser, la volonté de ne pas baisser les bras – qui porte et infuse ce roman, à tous les niveaux.

Pour un premier essai, pour m'amuser tout au long de cet effort, et peut-être pour contraster avec le contexte crépusculaire, j'ai eu l'envie de raconter une histoire qui permette de s'évader, un roman jeunesse, léger sans ignorer des aspects sombres, une aventure qui soit très rythmée et énergique avec des personnages attachants, de l'action, quelques mystères et un peu d'émotion pour prendre le temps de « faire vivre » le tout.

Je rêvais d'un roman d'aventures qui s'inscrive dans la mouvance des œuvres qui excitaient mon imaginaire quand j'avais l'âge des orphelins de *Presque minuit* : les animés d'alors – *Nadia, le secret de l'eau bleue*, mon préféré d'entre tous –, mais aussi les films de l'époque – *Les Goonies*, *L'Histoire sans fin*, *Retour vers le futur*. Ces récits initiatiques qui parlent, pour la plupart d'entre eux, du passage à l'âge adulte, de dépassement de soi, de la fin de l'innocence, avec des personnages aussi naïfs que passionnés, capables de grands sentiments et portés par un refus de l'injustice.

Je voulais de l'intensité, de la couleur, du sourire, des pleurs et un peu de magie. De la vie, en somme.

Je ne sais pas si j'y suis arrivé, j'espère au moins en partie, mais tant qu'il ne sera pas minuit, je continuerai d'essayer, encore et encore.

Anthony « Yno » Combrexelle

Pour finir, et parce que sans elles et sans eux, vous n'auriez pas exactement lu le même roman, remerciements aux relectrices et relecteurs, téméraires ou inconscient(e)s de la tâche qui allait leur incomber, qui m'aidèrent à améliorer ce baptême du feu romanesque : Laure André, Antoine Bauza, Charlie Burton, Julien Combrexelle, Coralie David, Matthieu Destephe, Cédric Ferrand, Marion Gallot, Damien Gilbon, Julien Heylbroeck, Éric Nieudan, Johanne Picot, Éva Sinanian, Stéphane Treille, Frédéric Lorreyte et, pour finir, toute l'équipe de 404 éditions, dont ma maîtresse Jedi, Ludivine Irolla.

404 Factory est une plateforme d'écriture créée **par des geeks, pour des geeks** : une plateforme qui leur ressemble et qui les rassemble.

Lancée en octobre 2016, 404 Factory compte déjà des milliers de lecteurs et d'auteurs qui échangent autour des univers forts de la pop culture : fantasy, science-fiction, apocalypse, fanfiction, steampunk, il y en a pour tous les goûts.

Chaque année, un auteur de la plateforme est récompensé par le **Grand Prix 404 Factory** !

Un prix hommage à Lola Salines – l'éditrice par qui toute l'aventure 404 a commencé –, sous son patronage aussi rock que créatif.

Pour cette première édition, plus de 100 talents ont participé !

Le livre que vous tenez entre les mains est le premier roman d'**Anthony Yno Combrexelle**, le grand lauréat de l'édition 2017, et il a été le véritable coup de cœur de tout le jury !

Nous sommes très fiers de voir *Presque Minuit* rejoindre notre bibliothèque 404 et espérons que vous serez aussi emballés que nous par cette aventure pleine d'ambition et par ce Paris steampunk enchanteur.

En 2017, le Grand Prix 404 Factory a été organisé en partenariat avec Le Point POP

Signé, la 404 team.

404 EDITIONS

CULTURE GEEK

www.presque-minuit.fr

404-editions.fr

404 éditions

@404editions

@404editions

snap404editions